见证者之书

凌越 著

北京联合出版公司
Beijing United Publishing Co.,Ltd

雅众文化 出品

目 录

辑一　奥斯维辛灵魂的代言人

艰难的证词　　　　　　　　　　　　3
用金属的光泽照亮众生　　　　　　　11
莱维：从疲惫的牲畜到碳的诗意轮回　20
叙述的愉悦，但还不够　　　　　　　31
大屠杀幸存者，在一片荒凉的天空下　39
有毒气室和焚尸炉的风景　　　　　　48
奥斯维辛灵魂的代言人　　　　　　　57
现代"园艺"国家观的罪孽　　　　　67
质问希特勒的律师　　　　　　　　　77

辑二　被戕害的词语

开往地狱的火车　　　　　　　　　　91
来自德国的反省：人性—民族性—兽性　99
被戕害的词语　　　　　　　　　　　109
《生而有罪》：我的父母是纳粹　　　118
刷新第三帝国的历史与记忆　　　　　125
从专制拥趸到反纳粹斗士　　　　　　136
从见证者到写作者　　　　　　　　　148
让历史真相从迷雾中浮现　　　　　　159
德国为什么曾滑入深渊？　　　　　　168

辑三　用苦难量度语言

真相为何难以追寻	181
诗如何承担"可怕的责任"？	190
被"新信仰"扭曲的心灵	199
对抗流逝的时间	208
用苦难量度语言	218
见证者之书	227
用《回忆录》复活一个诗人的生命和灵魂	237
文学想象领航社会正义	253

跋	263

辑一　奥斯维辛灵魂的代言人

艰难的证词

普里莫·莱维从 1975 年开始创作《被淹没和被拯救的》，他写得很慢，八篇文章断断续续花了近十年时间，首版于 1986 年，相距他亲历纳粹集中营已经逾四十年，离他第一本有关纳粹集中营的书《这是不是个人》的出版也相隔了三十九年。在《被淹没和被拯救的》第八章"德国人的来信"中，莱维称《这是不是个人》是"一本缺乏广度和深度的书"，这也许是事实，也有可能仅仅是一种谦辞，尽管没有中译本[1]，但是从莱维在《被淹没和被拯救的》一书中引述的片段来看，《这是不是个人》应该是一本记叙莱维在奥斯维辛集中营里亲身经历的书，叙述和描写应该是这本书的基调。莱维显然在获得自由之后即开始写作此书，记忆仍然是簇新的，连同那些屈辱和苦难，莱维急于要呈现集中营里那些令人发指的迫害犹太人的事实，急于要控诉那些凶手和帮凶，同样在"德国人的来信"中，莱维讲述了当初那种毫

---

[1] 中文版《这是不是个人》后于 2016 年推出，沈萼梅译，人民文学出版社出版。

不掩饰的急迫心情："之前他们（指德国读者）是压迫者和冷漠的旁观者，而现在他们将是我的读者：我要将他们逼进困境，把他们绑在镜子前。算账的时刻到了，摊牌的时刻到了。"

《被淹没和被拯救的》和《这是不是个人》主题相近，都有强烈的作为揭露纳粹暴行的证词的目的，但是前者写作时间的延后，必定赋予它某些独特的气质。时光的流逝必定要带走亲历者的部分记忆，或者使某些记忆变得模糊，另一方面，正如莱维指出的那样，"过于频繁地唤醒一份记忆，并像故事似的讲述它，这份记忆就会渐渐变成一种结晶般的、完美的、添枝加叶的、在经验中千锤百炼的老生常谈。这份虚假的记忆，终将取代原始记忆，并不断地自发增长"。在《被淹没和被拯救的》一书中，理性思辨取代对记忆的描述成为书的主调，因为理性思辨正是摆脱被有意无意扭曲的集中营记忆的一种途径，莱维很清楚，追求真相仅止于如此描述事实是不够的："在这些回忆所激起的同情和愤慨之外，我们更应该用一种批判的眼光去审视它们。"的确，没有思辨的参与，这事实很难在记忆之海里沉淀抛锚，而漂浮和摇荡原本就是记忆的本质。时间冲淡了记忆，模糊了细节，但是却使另一种东西裸露出来，变得越来越清晰，以致令人震惊。莱维在《被淹没和被拯救的》一书中正是试图抓住这样的东西，在很大程度上我们可以说这"东西"正是真相本身。这本书无愧于作为莱维垂暮之年的书，无愧于作为他生命中最后一本书，他愈益老辣的观察力和愈益透彻的分析能力，将纳粹集中营中各种形式的恶、各种复杂的恶纤毫毕露地呈现出来，没有任何地方可以藏身，它们躺在莱维的手术台上颤动着，喘息着，丑陋不堪、令人作呕。

莱维在此书中不再纠结于暴行的细节，尽管他也历数了一些事实，但是这些事实多半只是作为他深入讨论的起点或论据，而且这些事实也不再仅限于莱维亲身所经历的，几十年来由其他亲历者逐渐披露出来的事实也被莱维所引用，只要它们是合适的准确的论据。莱维将关注的焦点对准行为背后的原因，以及集中营里人性的复杂和卑微——是的，甚至将批评的笔触对准了囚犯自身。有关纳粹集中营的书不在少数，但是如此"苛刻"地描述集中营受害者和幸存者的书，《被淹没和被拯救的》恐怕是第一本。这也是这本书首先抓住我并让我震惊之处。当然，莱维是极为敏感的，追求复杂真相的内在要求和能力，使他决不能容忍将对幸存者的"残酷分析"扭曲为减轻纳粹党徒罪责的理由，在这一过程中，莱维一直小心翼翼地区分两者的界限，不容许有任何混淆。在书中，莱维引用19世纪意大利大作家曼佐尼的话，将某些幸存者之恶和纳粹党徒的恶联系起来，这无疑是此书深度的一种表现。曼佐尼是这样说的："内奸、压迫者，所有那些以某种方式侵害他人的人，是有罪的，不仅因为他们所犯的罪行，也因为他们扭曲了受害者的灵魂。"这种细微的谨慎的区分和论述，在《被淹没和被拯救的》一书中具有典型意义，如果他执意追求真相就必然会反对任何意义的简化，因为真相永远是复杂的，天然地带有隐蔽的灰色地带。如此，我们也就可以理解莱维在本书中经常性的犹豫和踌躇的笔触，纳粹集中营无疑是人所能经历的极端残暴也极端荒谬的处境，和平年代日常生活里通常松弛的善恶关系在集中营里尖锐对立，或者也可以说善恶之间的张力在集中营里被拉扯到最大限度，有时候这种绷紧的连接之绳真的就在我们眼前绷断了，恶之链条散落一地，面对极端狼狈和悲惨的境地，我们甚至无法树立起重建善的决心。

在第二章"灰色地带"中,莱维着重分析了两个和纳粹有所合作的受害者案例,一个是奥斯维辛和其他灭绝营的特遣队,他们的任务是在新到的、要被送进毒气室的囚犯中维持秩序,从毒气室运出尸体,剃掉女犯的头发,把尸体送进焚尸炉并监视炉体的运转,提取和清理骨灰;而他们的特权仅限于在几个月内可以吃饱,他们最终的命运和其他犹太人并无二致。纳粹党徒为了掩盖真相,每隔数月便会杀掉一批特遣队员,新的特遣队员第一个任务就是清理前任的尸体。这些特遣队员所从事的工作——如果那也是工作的话——具有极大的恶,他们在杀死自己完全无辜的犹太同胞,他们逆来顺受地承接下集中营里最肮脏的工作,当然前提是他们是在纳粹的胁迫下去做这些事情。所有被挑中的特遣队员如果拒绝,都会被立即送进毒气室。虽然,莱维一再强调没有人有权利去审判这些焚尸场上可悲的苦力,但是在另一处,莱维忍不住要问:"他们为什么接受这份工作?他们为什么不反抗?他们为什么不情愿去死?"——以便对人性重拾信心。的确,有人拒绝过也有人反抗过(当然难逃死亡的命运),但是更多的人还是妥协了,去从事这份肮脏的"工作"。怜悯与残酷通常集于一身,魔鬼与天使通常比邻而居,这就是我们必须面对的现实,但我们都习惯于做个鬼脸别过脸去,而集中营则以极端的方式赤裸裸呈现出这一点,并将我们扭开的脸庞再度强行掰了过来。

莱维列举的另一个事例是查伊姆·兰科斯基的故事。兰科斯基是波兰犹太人,"二战"期间被任命为波兰第二大城市罗兹的犹太人隔离区的领导人,这是一个极端矛盾的人物典型,既认同压迫者的许多理念,又同情被压迫者。他一方面通过严酷的镇压,来消灭隔离区内反抗的苗头,但又尝试和德国人讨价还价以防止区内更多的犹太人被投进集中营。最终,兰科斯基自己也无法逃脱当时犹太人的普遍命运,被送进奥斯维辛的毒气室,尽管据说是以他要求的体面的方式——一节特别的车厢载着他和他的家人,挂在运送普通囚犯的拥挤的车厢之后。这个人物故事再次证明托马斯·曼的著名判断——人是一种混合生物。压力会使他更加复杂,会挤压出更加陌生难闻的人性之液。莱维告诉我们,为了更准确地了解自身,我们必须凑过去,去嗅去闻,从而使我们身上那一点点可悲的免疫力有所增加。

特遣队员和兰科斯基是两个极端的例子,很自然引起探求事实真相和人性复杂性的莱维的重视。事实上,他们很像是古希腊悲剧里的人物,被命运抛入可怕的境地,善恶如此复杂地扭结在一起,以致每一方的努力都似乎必然携带着它的对立面,摆脱此种困境的方式看来只有一个,那就是死。莱维就此展开的议论是高水平的:"我们看到兰科斯基,便如在镜中看到了自己,他的道德的模糊性和我们一样,这是我们的第二天性——我们正是由黏土和灵魂混杂而成。"以此种自省为出发点,当我们发现莱维在书的第三章"羞耻"中将矛头直接对准自己时也就不再惊讶:"我活着,代价也许是另一个人的死去;我活着,是取代了另一个人的位置;我活着,便篡夺了另一个人的生存权,换言之,杀死了另一个人。"这种沉重的负罪感,使莱维从幸存之日起即自觉地去担当犹太人苦难命运的见证者,并把自己一生的文学创作作为证词。

可这是一份多么艰难的证词啊,甚至连见证者的身份都在莱维严苛的考察之列:"我必须重申:我们,幸存者们,不是真正的证人。"事实是最糟糕的人成为幸存者,那些自私者、麻木者、施暴者、"灰色地带"的合作者最终幸存了下来。凭借着支吾搪塞，或能力或运气，幸存者没有到达集中营底层。而那些到达底层的人，他们无法回来讲述它的可怕。自省和自责一直在撕咬着莱维的心灵。见证？谁在见证？谁有资格见证？去见证什么？如何保证见证本身的真实和准确？所有这些问题都被莱维推向它们所能忍受的极限，唯一越来越清晰的是，控诉是一种太轻浮太廉价的见证。

向事实真相深层地掘进，必然会触及复杂性的岩层，但其中也隐含危险，一种寄生于苦难的思维之乐？一种混淆是非的美妙托词？莱维无疑意识到此种危险，因而他会时常从复杂纠结的思辨中跳出来回到事实表层——就像一个画家退后几步重新打量之前的笔触是否因过度追求效果而变得造作——以简单的是非判断去矫正复杂的思辨带来的迷局。莱维批评的分寸掌握得很好，他以反对简化事实为横轴，以纳粹党徒极端的恶为竖轴，在这个坐标系中，他给每一个集中营里的角色勾画了准确的位置，在善恶的无情角力中，人们最广泛地分布在中间广袤的灰色地带。这个结果不难估计，问题是这个结果是否预示着危险的前景：在另一个时空中，如果条件合适，同样的恶就会卷土重来。人类是健忘又短视的，莱维痛感于后来者对于纳粹集中营的冷漠与无知，如果人们不认真地从中吸取教训，那么类似的巨大灾难还会发生。写作这本书时，莱维已是年逾六十的老者，他对人类未来可能的重蹈覆辙显得格外焦虑，有时甚至带着激愤要求人们将这人类曾经受过的巨大苦难记取，因为"它可能还会发生，它可能发生在任何角落"。

记忆是漂浮的、不稳定的，而且必然会受到时光的侵蚀，可是记忆有时候也很顽皮，有时候它死死守护着的反而是次要的事情——那些日常生活细节——反而把重要的事情轻易放过。

在《被淹没和被拯救的》一书中，像许多类似书籍一样，莱维描述了一些令人发指的暴行，可是另一方面莱维对其他幸存者很少讲述的一些集中营的生活细节给予了充分关注，就像许多伟大的小说善于从日常生活细枝末节的描述中，触及伦理和价值层面最细微的敏感处，莱维也善于从集中营生活的寻常细节中发现那个时代无所不在的堕落和恶。在第五章"无用的暴力"中，莱维体现了自己这方面过人的能力。1944年2月，莱维被押上开往奥斯维辛集中营的火车，德国纳粹没有分发任何物品，没有水也没有准备一个容器作为厕所。事后证明，与干渴和寒冷相比，后者造成了更大的痛苦。当众排便对每一个人都是一种巨大的痛苦，这显然是蓄意的凶残的体现。只是由于其中有个母亲带着一个尿盆——只有一个供五十人使用，人们又从木板夹缝里找到几根钉子，钉在角落里，挂上绳子，披上一块毯子作为屏风。莱维总结得好：只要人们尝试抵抗，就不会变成禽兽。其他的细节还包括：不给犹太人分发汤勺，逼使他们像狗一样地舔食，尽管奥斯维辛的仓库里就有数千把透明的塑料汤勺；通常持续数小时的点名；极端地要求床铺整洁等。所有这些细节表明，集中营的存在就是要对犹太人实施最大程度的折磨，最大程度的肉体和道德上的痛苦，以摧毁一个种族的集体意志。换句话说，在死亡之前，必须先损害受害者的人格，从而减少凶手可能的负罪感，哪怕仅仅是心理上的。

《被淹没和被拯救的》是一部沉痛之作，也是一部因严酷的自省而闪耀之作。它在将纳粹党徒牢牢地钉在被告席上的同时，也将犀利的批评触手伸向幸存者自身。人性是如此卑微，在重压之下，人和魔鬼几乎只有一线之隔。在结语中，莱维一再强调，纳粹党徒"与我们一样，他们也是普通人，有着普通的智商，普通的邪恶，除了个别例外者，他们并不是恶魔，他们的面孔同我们一样"。莱维如此强调并不是为纳粹开脱罪责，而是意在警醒，巨大的灾难就潜伏在我们身边，而未来的恶魔也将在我们中间产生——如果我们不打起十二分的精神去极力避免可怕的灾难重蹈覆辙。说到底，《被淹没和被拯救的》是一部警世之作。它是莱维用自己生命中最后的时光给全人类敲响的一记警钟，他希望这声音能够传播久远，而灾难也将被持久地震慑，躲在角落里不敢露头。

2014 年

用金属的光泽照亮众生

去年才出了中译本的《被淹没和被拯救的》是莱维晚年对大屠杀问题正面思考的结晶，其思辨的深度和广度、语言的沉痛和庄严使之在一众反思大屠杀的作品中几乎无出其右者。有了这样的印象，再去读莱维出版于1975年的小说《元素周期表》（正是在这部小说杀青之后，莱维决定写《被淹没和被拯救的》一书，只是由于《元素周期表》中译本的出版要比《被淹没和被拯救的》晚了一年多，造成了阅读顺序上的颠倒），会有一种奇妙的感觉。在翻开这本书之前，你就知道这是一本有关大屠杀的书，因为莱维早就说过："如果我思索我的生活和我直到现在才为自己树立的目标，我认为在它们中只有一个目标是明确而自觉的，那就是：去作证，让德国人民听到我的声音，去'回应'那个在我的肩头擦手的'卡波'、潘维茨博士，那些绞死尤尔提姆的人，以及他们的后代。"如此强烈的使命感，使得大屠杀成为莱维全部文学创作的母题，但在《元素周期表》中大屠杀只是作为背景因素出现，小说的焦点和莱维早在1947年即完成的直接描写奥斯维辛集中营经验的《这是不是个人》有所不同。后者至今没有中译本，不敢妄加评判，但是《元素周期表》显然首先是一本尽显文学本体魅力的书，其语言生动、诗意，甚至略带俏皮，和主题的庄严有一种奇特的和谐，通常这种貌似矛盾的和谐只是在杰出作家的作品中才偶尔出现。

莱维曾经说过："化学家和奥斯维辛集中营的囚犯这双重身份在我身上是如此根深蒂固。"小说《元素周期表》正是莱维这两种身份融合之后的体现，没有这两种身份的任何一种，这部小说的完成都是不可想象的。《元素周期表》结构颇为新颖，是以二十一种元素作为各章节的名称，每一个元素对应着一个和这个元素相关联的故事。如此，这部由彼此相关或不相关的二十一个小故事组成的小说集则获得了一种隐喻上的整体感。其中某些故事出自小说叙述者"我"的直接经验，有的故事则是小说中第三者的转述，有的则纯粹标明是小说叙述者的创作，比如"铅"和"汞"这两章就是"我在正统的化学故事里插进的两段幻梦曲"。每一章节的故事都有自身的完整性，但它们彼此之间又构成一种奇特的张力，整部小说获得的力量因此远大于小说字数的简单累加。

莱维在《元素周期表》中充分运用了自己化学家的身份，元素周期表不仅被用作小说的结构，每一个以某个元素命名的章节，也成为这个元素的隐喻，自然，反过来说也成立——某个元素也是某个故事的隐喻。那些在外行看来冷漠生硬的化学元素及化学物质，在莱维笔下竟然生发出美妙的生命的火焰，并照亮了芸芸众生——实验室里手拿试管的人、在自由的朵拉河里淘洗金子的人、在"我的臂弯里"没有闪开也没有靠拢过来的姑娘、集中营里偷偷削铈棒的人、提起掺有砒霜的糖果安详走下楼梯的人、站在粉笔圈里不敢越雷池一步的女孩。所有这些人物都和化学元素发生了千丝万缕的联系，并因此被召唤到这本小说中，在冰冷的实验室和漠然的化学制剂间上演着自己热气腾腾的悲喜剧。

和莱维另外几本意在"作证"的小说不同，《元素周期表》关注的主题更为开阔，在书的最后一章"碳"中，莱维坦承："这不是一本讨论化学的书，这也不算是本自传，除了在象征意义上，每本书也许都有点自传性。某种程度上，这是一部历史。"基于这样的认识，《元素周期表》关注的范围自然要扩大许多，那些并不能用来直接"作证"的日常生活细节逐渐成为书的主体，并和"磷""金""铈"等几章中直接的集中营经验一起成为对生命本质探寻的介质。莱维的文学观总体上是介入式的，这对于亲身经受了纳粹暴行并视见证为己任的犹太作家来说再正常不过。一种见证的热情几乎贯穿所有大屠杀幸存者作家的写作——莱维、博罗夫斯基、威塞尔、凯尔泰斯、策兰莫不如此，但是更重要的问题可能还在于如何去见证，如何有效地有说服力地去见证，在这一点上文学形式的重要性一点也没有减弱，相反，越是重大的主题，越是需要杰出的文学形式予以配合，否则作家善良的初衷必然会歪曲走样，以致失真。但悖论的是，面对重大的例如大屠杀这样的主题，人们羞于谈论形式，误以为这样做会显得轻佻。说到底，这仍然是一种错误的内容和形式的二分法在作怪。其实二者早被一流的批评家证明过是一体的，既然二者不可分，如何厚此薄彼呢？

好在，一流作家有使命感也有形式上的意识和直觉，至少在《元素周期表》这本小说里，莱维并没有急于去作证，但是作为对那段历史的真实描述，完全绕开集中营经验和大屠杀记忆也是不可能的。在《元素周期表》里，莱维善于从侧面触及这些经验，但是其震撼人心的效果却一点也不比那些正面反映大屠杀记忆的书籍来得弱。"铁"这一章描述了"我"少年时代的朋友桑德多，他"慷慨、敏感、执着、勇敢"，他不喜欢说空话，连话也不爱说，他是攀岩高手。莱维用不少文字描写这位充满魅力的小伙子，只是在末尾用一小段节制地讲述桑德多最后的命运：1944年，他被法西斯俘虏，拒不投降，被儿童行刑队从背后打穿了脖子。尸体暴露在路上很多天，法西斯禁止人民埋葬他。这个结尾和之前对桑德多个性魅力的描写形成强烈对比，给读者留下深刻印象。"铈"这一章讲述"我"在集中营实验室里偷铈棒换取面包的故事，其中提到和"我"一起躲在床上偷偷锉铈棒的狱友阿拨图："当战线逼近，阿拨图和多数囚徒步行离开。德国人让他们在雪地里日夜地走，走不动的就枪杀，剩下的就用货车载到新的奴工营布痕瓦尔德和毛特豪森。熬过来的人不到四分之一。"《元素周期表》里直接描写法西斯暴行的大概就这两处，但法西斯的罪恶已被彰显无遗。

尽管莱维有为历史作证的使命感，但是文学本质上的诗意和文字的愉悦，莱维并没有拒斥。在我看来，恰恰是对文字的高超运用，使他的作品既有感染力又有真实性（同时具备这两者可不是容易的事），并最终使作证的使命得以顺利完成。在《元素周期表》中，莱维放开手脚，和许多作家一样写自己的奶奶，写自己少年时代的经验——一起玩耍的朋友和心里暗恋的女孩等。这时候，莱维对化学元素貌似离题的描述其实是为真实描写提供了一种隐喻手段，他特别擅长的是，在对元素、试管、坩埚的貌似枯燥的描述中突然过渡到诗意的层面。就像杰出的化学家一样，莱维自己就是文字魅力的炼金术士，他如此自信，甚至不惮于将整张试验台搬进小说，或者莱维自己看得明白，这其实是为诗意的飞升打好坚实的基础——从化学元素和公式里射出的文字更有可能被反衬出其诗意的底蕴，因为化学和诗歌相距遥远，其中隐藏的张力也就更大。试举几例：

第二章"氢"讲述的是一段少年时代的故事，主人公"我"和同学恩瑞可同为十六岁，都有成为化学家的梦想，有一天他们偷偷潜入恩瑞可哥哥在自家后院弄的简陋的实验室，他们的目的是要亲眼看到，亲手操弄化学书上轻轻松松提到的现象，例如教科书上语调轻佻地提到的笑气——氧化亚氮。它真会令人发笑吗？两个小伙伴和玻璃奋斗了半天，最后以失败告终。"一声尖锐的爆炸，瓶子碎了。手中只剩个讽刺的象征，一圈玻璃瓶底。"有意思的是随后的感慨："是氢没错，和星星、太阳里燃烧的元素一样。它的凝聚产生了这永恒而孤寂的宇宙。"

在"金"这一章，时间已经来到1943年，意大利法西斯已经垮台，"我"和几个朋友加入了皮埃蒙特最缺武装的游击队，在一次作战中，"我"和几个朋友被人出卖，被法西斯共和军逮捕，但小说重点不在此，而是在于另一个囚犯所讲的故事，他是朵拉河上的淘金者，因为走私，被共和军逮捕，但据说很快就会被释放，他和"我"讲述淘金的细节。然后，两人又被押入各自的监房。随后又是一段如泣如诉的文字："在宵禁的寂静中我倾听。你可以听到朵拉河的呜咽，失去的朋友，以及青春、欢乐，也许生命。朵拉河就在近处默默流过，它装满融冰的子宫带着金子。我嫉妒那来历暧昧的同伴，他马上可回到他那朝不保夕但极其自由的生活，重拾他那涓涓细流、永不止歇的金子，以及绵延不尽的日子。"

"磷"这章描述了"我"在战时米兰郊区的化工厂工作时，和同事兼同学乔丽亚的交往。这是一位性情爽直的姑娘，为了去见男朋友，可以在空袭逃难的拥挤火车上站十小时。两人互有好感，但没有更进一步，后来乔丽亚结婚，受了很多苦，儿女成群。"我们还是朋友，偶尔在米兰见面，聊聊化学和其他可聊的。我们并不后悔，也不抱怨生命所赐予的。但当我们相遇时彼此又有一种奇妙的印象：是一个骰子、一阵风、一片薄纱，让我们分道扬镳走上两条不归路。"

书中其他故事也都和上述三个故事有着相似的忧郁调子，尽管表面的笔调是轻快的。和许多大作家一样，莱维的语言天赋很明显地表现在他善用比喻，比如他写某人生气："他的脸就像一片被锤过的青铜。"他写某位同学学习用功："他逐章啃书，就像矿工挖洞。"他形容靴子被严寒冻住的感觉："敲起来像铃。"如果说《被淹没和被拯救的》显示了莱维思辨语言逻辑上的缜密的话，《元素周期表》的语言则是一位真正的小说家的语言——描述简洁生动，比喻新奇贴切，有能力在很短的篇幅内即刻画出鲜活的人物来，甚至你似乎可以看见这个人微笑时嘴角的皱纹，或者可以感受到他内心埋藏很深的悲哀。读完整部小说，你的眼前晃动着这些被化学元素宿命般追随的人物群像：将金银细软藏在床垫下的奶奶、目光笃定表情悲伤的丽塔、勇敢的桑德多、热情的乔丽亚、智慧的狱友阿拔图、淡定的蓝查、纠结的米勒博士等。他们的脸庞在化学元素的映照下变得越发清晰明亮，而他们的灵魂则在莱维细腻的笔端归于空灵的浩叹。

一般来说，过于沉重的主题会摧垮需要缓慢经营的语言建设，只有很少才力过人的作家才能抵挡来自主题的重压，这就可以说明为什么执着于宏大主题的往往是小作家，这样的主题可以轻易引来公众的注意力，但是要吸引持久的注意力则需要文学形式的配合，需要语言内在愉悦的支撑，哪怕他处理的是严肃的庄重的主题。莱维是大屠杀作家中的佼佼者，相信他直面集中营经验的《这是不是个人》会是经得起时间考验的杰作。但是说到《元素周期表》，在任何意义上这都是一部杰出的小说集，而且它的杰出并没有丝毫借助主题的力量，或者也可以说它成功避开了主题可能的重负，难能可贵地重新将轻盈赋予严肃的主题——马上需要强调的是，这并没有减轻小说的分量，而是给这部小说钉上了杰作的铭牌。和人们的表面印象相反，文学形式的轻盈将会使严肃的主题更具分量，而不是相反。

无论如何，集中营经验虽然极端、令人发指，但毕竟是人类经验中的一部分；无论如何，对于这极端经验的文学处理，还没有也不可能获得文学形式严苛考量的豁免权。它和所有人类经验一样，和日常生活的庸常一样，必须经由作家生花的妙笔才能获得自身的光彩，并通过这光彩予人以持续有效的警告和警醒。在这本《元素周期表》中，莱维首先想到的不是"见证"而是"历史"。整本书出色的结构奠定了其曲径通幽的基础。小说里有不少对于化学实验的描述，和关于化学原理的表述，这马上把小说拉到可视的微观层面，围绕其上的人物面目和性情也随之清晰可辨，以此为突破口，集中营经验自然也是可以在挑剔的文学的眼光里被生动描述的，而以此为基础的感动也才可能是真实可靠的。

事实上，《元素周期表》早就超越了控诉和见证的层面，而进入到更高的对于偶然性的痴迷、对于生命无常的喟叹，以及对于时间和青春的怀想。毫无疑问，生命、时间、爱情和死亡依然是文学最本质的主题，人类所有经验——包括极端的集中营经验——也仍然是它们的外衣和表征。没有触及本质主题的经验描述往往缺乏深度，当然反过来如果不尊重经验的描述，过于急切地进入主旨则会显得空洞无物。《元素周期表》的杰出恰恰表现在这两者间的平衡感上。它并没有过分展示人类的伤口，却让人产生怅惘的沉思。它所刻画的都是小人物，以及日常生活中的寻常片段，但是其主旨却总是倾向于永恒。

"碳"是全书最后也是最独特的一章，在这一章莱维完全撇开人物，而让碳原子单独成为此章主角。他细致描述了一个碳原子的故事，在此前恐怕没有任何人能将这样一个科学命题描述得如此富有诗意——这个碳原子已存在了几亿年，但在1840年的某一天，一把锄头把它从岩层里敲下来，送到石灰窑里改变命运，它被一直烤到和钙分离，变成二氧化碳。它随风飘浮，上天下地。它被一只鹰吸到肺中，又被排出，它溶入海水三次，又逸散到空中。大概在1848年，碳原子经过一排葡萄藤时，有幸撞上一片叶子，穿透进去，然后被一束光钉住，光合作用随即产生，碳原子进入生命体。经过多少年的循环和轮回，它敲开一个神经细胞大门，进门，提供了所需的碳。这细胞所在的大脑，正是作家莱维的大脑、正在写这本书的大脑。此刻这细胞所属的大脑正在发出复杂的指令，"让我的手在纸上规则地移动，勾画出涡形符号，一笔一画，上上下下，引导我这手在纸上圈出这最后的句点。"这一章大概算得上人类有关生命轮回最诗意的描述之一吧，一系列的化学故事、一系列的人物命运，在此进入永恒的轮回，而经由经验描述进入诗的世界，这不正是文学的本质作用吗？《元素周期表》以其炫目的才华将文学推进到事物循环的起点，而作家尤其是作家脑中的碳原子则是那决定性的第一推动力。世界由此开始，循环往复，永不停息。

2014 年

莱维：从疲惫的牲畜到碳的诗意轮回

在《这是不是个人》一书名为"最后一名"的章节中，莱维记述了自己在集中营里亲眼所见的第十四次公开的绞刑，这次被绞死的人"以某种方式参加了起义"。在前一个月比克瑙的一座焚尸炉被炸了，听说是负责毒气室和焚尸炉的劳动队的人干的，他们因为接触了集中营有组织杀人的核心秘密，也会定期被处死，并且与营地其他部门之间实施严格的隔离。那个即将被处死的人与比克瑙的起义者有联系，并把武器带进了莱维所在的集中营。这个人将在列队的全体人员面前被绞死，在临死之前，他叫喊出最后一句话："难友们，我是最后一名了！"这个人和这最后的喊叫声，显然震撼了莱维，"那喊声穿越了那些由惰性和屈从组成的屏障，震撼着我们每个人鲜活的心"。在整本《这是不是个人》里，可能是为了避免过于主观的情绪影响"见证"的可信度，莱维都在用尽可能平静的语调叙述他在集中营里的所见所闻，但是面对这个人，莱维控制的笔触有所放松："阿尔贝托和我回到棚屋，我们无法面对彼此。那个被绞死的人应该是刚毅的人，应该是由一种不同于我们的特殊材料制成的人，连这样的处境都无法令他屈服，可我们却让这样的环境给毁了。"对于自己在集中营里忍辱偷生的种种表现，莱维有一种耻辱感，"可现在我们却感觉到羞愧不已"。

这种耻辱感如此深刻，以至于当莱维在多年后的1975年写作《被淹没和被拯救的》一书时，这种耻辱感依然是莱维探讨的主题之一。莱维用整个第三章的篇幅来探讨这个问题，该章的名字直接就叫"羞耻"。对于许多小说和诗歌里营造出的有关解放集中营的刻板描述——所有的心灵为之欣喜、从苦痛中解脱、大病初愈、恢复健康等——莱维给予了驳斥：事实上，在大多数情况下，解放的时刻既不令人高兴，也不令人轻松。因为集中营的解放释放了那些久被压抑的痛苦，那些被死亡的威胁压弯的道德重新恢复了弹性，这时候，人们仿佛才重新掌握了悲伤的能力——失去亲人或家庭离散的悲伤、身边人们广泛遭受痛苦的悲伤、他们自己耗尽了精力却无可救药的悲伤。而在集中营中，过度的苦难将人们推至牲畜的境地，将他们紧紧困于现在的牢笼。在《这是不是个人》中，莱维曾经描述过，刚到集中营的时候，在押的意大利人曾经决定每星期天晚上在营地的一个角落里集聚，但很快他们就停止这样做，因为每次集聚时，会发现人数更少了，体态更走形了，脸色更苍白了，这太令人悲哀。另外，"再度碰面时，人们往往会回忆往昔，勾起思念之情。"而这无疑会增加痛苦的感受，对于在集中营里的艰难求生显然是一个不必要的负累。"伴随着梦醒时的清醒时刻是最痛苦不过的。不过我们并不经常做梦，而且梦也不长：我们只是些疲惫的牲畜。"

在"羞耻"中，莱维再度回顾了《这是不是个人》中，一个抵抗者在一群惊恐又冷漠的囚犯面前被纳粹绞死。这对于莱维显然是一个重要瞬间，一个想法虽只是轻轻掠过脑海，但在后来却不断重新浮现——你也可以，你当然也应该去抵抗。在莱维的书中，他不断强调：集中营的幸存者并非最优秀的人，并不是行善的、传达神的信息的人，相反，那些最糟糕的人幸存下来：自私者、施暴者、麻木者、"灰色地带"的合作者、密探们。莱维虽然也强调这并非一定之规，但是这具体、沉重而持久的羞耻感仍然如影随形般纠缠着他："我活着，代价也许是另一个人的死亡；我活着，是取代了另一个人的位置；我活着，便篡夺了另一个人的生存权，换言之，杀死了另一个人。"这种严厉的道德感，应该说给莱维所有作品都打上了严肃庄重的底色，同时也使他的作品避免了集中营题材作品通常会陷入的廉价的善恶二元论。进一步说，这使莱维在貌似道德空间极为有限的集中营题材作品中，依然为自己的文字争得了比想象中远为开阔的视野。莱维的全部作品（尤其是叙事类作品），兼顾了见证的迫切要求和文字本身的魅力。这种平衡非常困难，毋宁说是一种钢丝上的舞蹈，而杰作也只有通过这道窄门才有可能诞生。当然，对后者莱维想得不多，终其一生，莱维对自我的首要定位是化学家，作家生涯之于莱维很像是命运偶然的馈赠，或者说是集中营经历和对其见证的内在动机唤醒了一位潜在的、不自知的杰出作家。

《这是不是个人》是莱维的处女作，写于1946年，其时，莱维刚经历十个月艰难的旅程回到意大利不久（1945年10月19日他回到了都灵，这一段历程莱维在1962年写就的《再度觉醒》中有精彩叙述），好不容易在都灵附近的阿威利亚纳小城的杜卡-蒙特卡迪尼油漆厂找到一份工作。他难以摆脱奥斯维辛集中营噩梦般的记忆，在业余时间奋笔疾书，写下《这是不是个人》。对于为何写作此书，莱维后来有过质朴的阐述："在《这是不是个人》中，我竭力写出较为重大的、沉重的、重要的事情。我觉得应该激起公众义愤填膺：那是一种几乎具有法律效应的见证，我本来是有把它写成一份诉讼状的意图——并非带有挑起报复、复仇和惩罚的目的——然而它永远是一个见证。因此我觉得有些议题比较次要，于是，我降了八度的音阶，对作品低调处理，而且在很久以后才完成。"

多亏了这"降了八度的音阶"，使《这是不是个人》整本书的叙述掌控在一种令人惊异的冷静语调下，通常集中营幸存者写的回忆录（著名如让·埃默里、埃利·威塞尔、热尔梅娜·蒂永［Germaine Tillion］、欧根·科贡［Eugen Kogon］等的作品）重点落在哀悼和充满血泪的礼拜仪式上，控诉的激情往往超越对事实的陈述——这里要强调的是，在这些作家笔下，对外界呈现确凿信息的企图的确和艺术性构成矛盾关系，两者成为彼此的障碍，想想埃利·威塞尔那部著名的《夜》，很少有人不被这本书所打动，但是但凡有一定文学素养的读者在擦干眼泪之后，也多半不会把这本书视作"文学杰作"（埃利·威塞尔最终获得诺贝尔和平奖，而不是文学奖，可以视作一种普遍的权威性的意见）。当然，可以想象的是，这些作家很快会为自己辩护——他们对文学及文学杰作根本不感兴趣，他们要做的就是见证、见证、还是见证。问题是，见证所需要的基本因素恰恰是事实本身，那么对于文字无可奈何的依赖将是其无法避免的宿命，从本质上说所有这些"证词"都难以躲避修辞的考验（尽管这可能令它羞愧难当或者怒不可遏），那么从一般的文学批评的角度考量这些证词,不仅是可行的,而且有可能也是唯一有效的途径。

莱维的作品之所以在大屠杀作品中显得出类拔萃,很大程度上体现在他卓越的叙事能力上。上文所引述的莱维自述,那至关重要的"降了八度的音阶",为叙述本身扫清了情绪性的障碍,在《这是不是个人》以及莱维其他著述中,你可以找到某些"溢于言表"的情难自禁的时刻(比如面对那第十四次公开的绞刑),但他从来没有被这些情绪所控制,他知道自己最重要的使命是什么,他知道和这使命相比,他自己的眼泪几乎是不值一提的。西方有论者指责过莱维的"冷漠",但是只要你是一个细致的读者(稍加一点敏感),你就不难体会到那种被极力压抑的激情,"他的镇静是激烈的哀悼、抵抗和确信"(詹姆斯·伍德语)。莱维在书中压抑自己的激情,很可能首先是一种自尊心的天然驱使——任何时候痛哭流涕的倾诉都谈不上是一种自尊的体面的表达,而紧随其后的文字表达将毫无疑问地从这种天性中受益,在这里我们发现文风的确是某种作者天性的自然发展和流露。

《这是不是个人》第一句是:"1943 年 12 月 13 日我被法西斯保安队逮捕了。"最末一句则是在描述几位集中营的幸存者:"我们相互写过很多信,我希望有朝一日能再见到他。"这首尾两句表明,这是一部主要讲述莱维被关押在奥斯维辛集中营(从 1944 年 2 月 22 日莱维和另外 649 名犹太人一起被运到奥斯维辛集中营到 1945 年 1 月 27 日苏联红军解放此地)中的经历的书,但更重要的是,这首尾两个绝对冷静的叙述句所携带的内在信息——这是一部力求屏蔽歇斯底里情绪的书,其最终目的自然是让事实本身说话,让"见证"更具说服力。

在莱维克制而有力的笔触下，纳粹和集中营的罪恶被一层层地揭开。苦难从装满犹太人的列车刚刚抵达奥斯维辛车站就拉开了它的黑幕："从列车一边下车的人进入集中营，从另一边下车的其他人就被送往瓦斯毒气室。……我们的女人们，我们的父母亲，我们的儿女们，就这样冷不丁地突然消失了。几乎没有人能与他们告别。我们看见他们在站台的另一端待了一阵子，黑压压的一片，然后我们就什么也看不见了。"随后，读者很快被告知各种匮乏的法则，每样东西都是至关重要的，因为所有东西都有可能被偷走。饥饿则是永恒的、压倒一切的，甚至在睡梦中，很多囚犯咂巴着嘴巴，磨着牙床，梦想着触手可及却永远也拿不到的食物。当囚犯们拖着步子去劳动，营地大门旁的一支囚犯军乐队会开始演奏那些可憎的、虐待狂式的抒情小曲。而掌控集中营日常生活的则是普遍的悖德，随时随地的暴力和倾轧，尖利的斥责、殴打和侮辱，被强迫的赤裸以及极为轻率的杀戮。在第一次被一个德国士兵殴打时，莱维体验到一种震颤："唯有一种深深的愕然：怎么能不带愤怒地殴打一个人呢？"

　　一句话，赤裸裸的丛林法则贯穿集中营的伦理——如果还有伦理可言的话。当然，人们可以方便地把责任推给纳粹，正是他们设法将恶灌输到每一个集中营囚犯的心中，从而可以更便利地奴役和杀戮。

　　但是莱维没有这样做，一直不曾泯灭的羞耻感使他始终将忏悔的矛头对准自己的胸膛，因此我们也就可以理解莱维为什么在很多场合一再强调集中营里的灰色地带，一再强调那些顽强保存自身人性光芒的人根本不可能挨过集中营地狱般的生存法则。在书的后面"十天的遭遇"一章中，莱维描述自己幸运地因为患有猩红热,避免了纳粹旨在借刀杀人的风雪夜的大行军。纳粹虽然走了,但苏联红军还有十天才会到来,在这段真空期,病人们要想办法养活自己。和莱维同病房的有十一个人,莱维和身体较好一点的阿尔图尔、夏尔担负起为同病房难友寻找食物的重任,一个法国籍波兰人提议其他病号每人献出一片面包,酬劳莱维等三个付出劳动的人,提议被众人接受。对此,莱维深有感触:"那是发生在我们中间的第一次人的行为。我们认为可以定格在那一刻,把它看作我们作为囚犯逐渐重新变成人的开始,我们没有死。"如果说集中营里的生活经历是《这是不是个人》处理的题材的话,那么和其他非集中营题材的文学杰作一样,对于人性的深沉观察则是它不曾有丝毫懈怠的主题。也是在此意义上,莱维的《这是不是个人》从一众集中营回忆录中脱颖而出,从历史文献上升为文学经典。集中营题材太特别了,它当然可以方便地引起读者的好奇心,但是对于向文学经典的进发却是一种阻碍。越过这一障碍的难度,和其他文学经典从日常生活的寻常题材向经典有力一跃的难度是相当的。当然这是事后的评论,对于莱维来说,更难能可贵的是,至少最初他并没有一个普通的文学梦,这一切都是在不自觉的状态下凭借某种敏锐的直觉完成的。

过分的困难往往会压缩作品的道德空间,令苦难旁观者(读者)很容易就失去了笑的能力,失去了欢欣和喜悦的可能。人们正襟危坐,时刻准备苦难的降临,以至于甚至渐渐失去了对痛的感知能力(因为麻木)。可是在《这是不是个人》中,你时不时会被忍不住的一笑"破坏"了苦难可能带来的洗礼。当然,我马上要强调的是,这不是轻浮,而是一个成熟的心灵对于世事的参透。托尼·朱特在《普里莫·莱维的基本事实》一文中,将莱维定义为"一个讽刺作家和幽默作家",这对于理解莱维一贯极为严肃的写作动机而言可能是一个误导,但是莱维的文字的确有一种举重若轻的轻逸,哪怕在处理集中营这样沉痛的题材的时候,在我看来那的确是莱维才华中最耀眼的部分。当然,莱维也许会立刻为自己辩护:笑的能力就是梦想的能力,这是人性中不可或缺的组成部分,没有它我们也就不可能更好地理解苦难。有时候,这微笑仅仅是由囚犯军乐队滑稽而鼓噪的奏乐引起,或者是因为从饭桶底部舀起的还算扎实的一勺粥,或者仅仅是因为一个随时会被起床钟声驱散的美梦。

在"化学考试"一章中,读者甚至可以体会到一种越狱成功般的喜悦。莱维的化学家身份使他进入奥斯维辛集中营化学队的98号劳动队,劳动队有十五个囚犯,为了甄别这些人化学知识到底如何(以防有人以此为借口逃避更繁重的劳动),他们都得参加一场化学考试。经过一番周折,终于轮到莱维了,主考官是瘦高个子、有着一头金发、毫无幽默感的潘维茨博士。"我对博士的提问对答如流。此外,我陶醉在清醒敏捷的思路中,感到这股兴奋狂热之情涌动在血脉里,我辨认出来了,那是对考试的激情,我本能地发挥出自己全部的思维能力和广博的知识。"这章文字毫不奇怪地被一种喜悦和兴奋之情控制着,正好对应着莱维对答如流时自信的心情,读者自然也被这情绪所裹挟,他们立刻意识到这是莱维集中营生涯里最重要的时刻,事实上,莱维也的确凭借这次考试,令人羡慕地被选进实验室工作。这工作意味着莱维他们不会挨冻受饿了,也因此极大降低患重病的可能,免受冻伤之苦,从而躲过筛选(挑选体弱者进毒气室和焚尸炉)之一劫。因为这样一个高潮的存在,赋予这部书一种情绪上的起承转合,困难、喜悦、希望又联袂上演了一幕人间喜剧，尽管是在严酷的集中营的背景上。所有这些因素都可以从不同角度解释这样一部以见证和揭露为初衷的书籍，为什么会让人读得不忍释卷，或者直接说吧——为什么这样好看。因为，它到底内在地遵循着美和修辞的原则。在这里，见证的迫切性和修辞的喜悦性之间艰难地达到了某种平衡。不用说，这种平衡感正是莱维天才的标志。

《这是不是个人》1947年由一家小出版社发行了两千五百册，书受到好评但销量不大，莱维也认为自己作为见证人－作家的任务就此完结，就全身心投入化学家的职业，而且成了合成金属丝珐琅方面的专家，成了该领域的国际权威。十多年后，随着《这是不是个人》英语、法语和德语译本的出版，此书产生更广泛影响。莱维也受此激励，开始在1962年撰写《再度觉醒》，依然是以业余写作状态在夜晚或者节假日写作，不过莱维的写作生涯总算重新启动了，其隐蔽的写作才华则逐渐彰显。在莱维所有作品中，1975年出版的《元素周期表》占据着一个极为特殊的位置，我也认为这是莱维最好的作品。当这本书的英译本在1984年出版时，立即赢得如潮好评，美国具有世界声誉的作家索尔·贝娄和菲利普·罗斯也加入对此书的赞美大合唱。《这是不是个人》出众的文学性是建立在和埃默里等人相似的集中营题材作品的比较之上的，但是和更加元气饱满从容的《元素周期表》比则显得有点相形见绌了。莱维写作《元素周期表》时，离集中营经历已经相去三十多年，在这漫长的时间中，拙劣的作家可能会因经验的淡化而在写作上显得捉襟见肘，可是对于优秀作家而言，时间越长却越可能带来陈年的醇酒。《元素周期表》处理的依然是集中营题材，但是因为时间的推移，因为《这是不是个人》早已完成，见证已经远没有当初的迫切性，莱维因而可以在文字上、在修辞上、在写法上花费更多的精力，《元素周期表》在文字的精炼和艺术的圆融上都达到了一个令人惊讶的高度，其中每一篇都堪称精品。

在《元素周期表》中，莱维将自己一生中最重要的两个经历——集中营囚犯和化学家——近乎完美地结合起来，其中的每一个短篇故事都以一个化学元素作为标题，叙述的是莱维自己亲历或所见的集中营经历，可是这每一个故事似乎都和被作为标题的化学元素存在某种内在的关系，或者可以说这化学元素成为一种隐喻、一种象征，这对莱维叙述的各个小故事无疑有一种点题和引领的作用——是啊，如果没有一种象征的意味、一种形而上的指涉，再生动的故事又有什么意思呢？比如在"锌"这个章节中，莱维讲述了大学时在 P 教授的制作硫酸锌的课上与女同学丽塔羞涩又美好的恋情。在课堂上，"我"鼓足勇气和丽塔搭讪，并要求丽塔允许自己送她回家，在路上，"我发着抖，用手臂搂着她。丽塔没有躲闪也没有靠拢过来。但我和她齐步，觉得兴奋、得意。好像对未来几年的黑暗、虚无和敌意，我已经打了个小小的，但决定性的胜仗"。但是在叙述故事过程中，莱维也不忘对锌的品质做描述：锌虽然很容易和酸反应，但是很纯的锌遇到酸时，倒不大会起作用。莱维就此进一步发表评论："人们可以从这里得到两个相反的哲学结论：赞美纯真，它防止罪恶；赞美杂物，它引导变化以及生命。为了轮子要转，生活要过，杂质是必要的。肥沃的土壤中，要有许多杂质。异议、多样性、盐粒和芥末都是必要的。法西斯不要这些，禁止这些，因此你不是法西斯分子。"这种议论貌似有点离题，却为拓展小说主旨起到了至关重要的作用。类似的例子在《元素周期表》中比比皆是，全书最后的故事是"碳"，大概因为已经有了前面二十个故事的铺垫，在"碳"中，莱维终于摆脱经验的羁绊，讲述了一个想象中的碳原子在天地间循环游历的经过，这种描述固然有准确的化学知识奠定的科学基础，但是从中透露出的文学文字的魅力则是压倒性的。它将世间万物、生死轮回，以一种冷静又极富诗意的语言予以呈现。通过这本书，我们分明看到一位杰出诗人观察事物的方式——它来源于经验，却止不住地投向诗意的、形而上的怀抱。对，那正是缪斯的怀抱。在这样的高度，当我们重新打量莱维那些集中营题材的作品时，对于其中那似乎无法言传的神秘魅力，多少会找到一点头绪了。"我知道生命的无常，语言之无力，所以我以谦卑自抑之情来述说。"

2016 年

叙述的愉悦，但还不够

普里莫·莱维是我近年阅读的一个兴奋点，我先后看过《被淹没和被拯救的》《元素周期表》和《这是不是个人》，并且分别撰写了书评。三本书都是上乘之作，《被淹没和被拯救的》极有深度的思辨，《这是不是个人》对纳粹暴行的描述有着直击人心的力量。但我最喜欢的还是《元素周期表》，其中语言的轻逸、灵动和见证主题之沉重形成一种难得的平衡和张力，而且我马上要强调的是，前者强化了见证之确凿和迫切，而不是相反。通常我们只有在最杰出的作家那里才能发现此种矛盾与和谐——自然，矛盾到极致就是美妙又危险的和谐了。语言某种本质上的轻盈和灵动大概正是一个作家天才的标志吧，甚至在正面描写集中营惨剧的《这是不是个人》中，我们都能发现此种语言特质，尽管没有《元素周期表》中的那么密集和频繁。莱维的文字有一种奇特的举重若轻的能力，他并不是一味苦着脸声泪俱下地控诉纳粹暴行，不，他根本不会这样做，他知道那样只会导致变形和虚假，他敏捷冷静的陈述自有一种准确无比的还原作用，使得罪行无所遁形，而道德力量则在没有任何扭曲的前提下充分彰显。

因为这三本书，莱维在我心目中一流作家的地位已经坚如磐石，对于他的任何作品我都抱有一种好奇和期待，当我翻开《他人的行当》时亦是如此。《他人的行当》在莱维著作中非常特殊，大概是莱维唯一完整甩开集中营梦魇的作品。我们知道，当莱维在纳粹集中营凭借化学家的身份侥幸逃生，然后历经艰险回到都灵家中，当他重新拿起笔，一种为纳粹暴行死难者代言的见证者心态就一直主导和左右着莱维的全部创作生涯。当他写了《这是不是个人》《再度觉醒》《若非此时，何时？》和《元素周期表》等一系列有关纳粹暴行的作品之后，也许有一丝厌倦了，也许他想把纳粹、暴行、野蛮什么的统统抛诸脑后，写点别的，只要不去触及纳粹或者苦难。结果我们发现，纳粹集中营的确不是世界的全部，它的绕满电网的高墙只是圈起了一个人类的噩梦，在它之外、之上仍然有更广袤的世界，更明亮更通透，也许也更美好，尽管某种严酷的法则依然隐藏其中。

在《他人的行当》序言末尾，莱维点明他写作这本书的主要目的："我希望我已经将这个我一直以来抱持的观念传达给读者们：我们生活的这个时代充斥着问题和危险，但绝非是无趣的。"在这本书里，莱维甩开纳粹集中营对他旺盛想象力的禁锢，任凭自己的好奇心在化学、物理学、生物学、神学和文学等诸多学科领域尽情遨游：有时是一只蝴蝶引发的联想（《蝴蝶》），有时是对甲虫的探究（《甲虫》），有时是对一只空瓶子的胡思乱想（《一瓶阳光》），有时是对在深海探测船上所度过的时间的描述（《"卡斯特罗六号"上的三十小时》），有时是对故乡人行道上铺路石的一种"科学"的分析。

在另一些文章里，回忆突然握住了莱维的笔，让他对自己几乎居住了一辈子的房子（除了数次并非自愿的暂离之外）做一番深情的打量，"我居住在我的房子里，就如同我栖息在我的皮肤里。虽然我见过更美丽、更丰腴、更强健、更如同画卷的躯体，但要是与之交换的话，我总觉得是不自然的"（《我的房子》）；或者对外祖父在老罗马街上的一家布料店展开细致的描摹，"那是一间狭长而阴森的、只有一扇窗的屋子，它垂直于街道，甚至比街面还低一些"（《外祖父的店》）。

尽管莱维打定主意，在这本书里要远离集中营，甚至要弱化自己的作家身份——"我的化学家生涯，如此悠长的化学家生涯，让我很难把我自己看作一个真正舞文弄墨的人"。但是在经过几十年漫长的写作生涯之后，莱维已经很难轻易抹去自己身上的作家标签，在书中直接论及小说和写作的文章就有六七篇之多。这些文章多是经验之谈，文论通常的生硬辨析让位给一种灵活的叙述和贴切的比喻，《书写小说》是我较喜欢的一篇，在文中，莱维比较了非虚构写作和小说创作的区别，如果非虚构写作是"随着一条线索挖掘近期或是远期的记忆，把样本一一安排好，为其编目，然后举起一台差不多像是思维相机的东西开始照相"，那么小说创作则完全不同："你不再脚踏实地，而是满载着开拓者的情绪——恐惧和热情，驾着一台以帆布、细绳和胶合板搭成的双翼飞机在空中翱翔。再好些的，则坐在被切断系泊线的热气球中。"

《他人的行当》总的来说是一部天马行空的作品，用莱维的话说，就是"对他人行当的侵犯，是在私人猎区中的偷猎，是对动物学、天文学和语言学无边际的疆土的突袭"，也就是说，哪怕在这些随笔里，莱维也享受了一回坐在被切断系泊线的热气球上自由翱翔的感觉。莱维细致理性的行文，给这些文章披上了一层"科普文章"的外衣，但是莱维并未系统学习过这些学科，他的用意也不在于给某些高深的科学知识做普及工作，而是试图弭合科学和文学世界之间非常荒谬的罅隙，"若是有宽阔眼界的话，它们之间偶尔是存在共同的魅力的"。而达成这一目的的手段则是一种叙述的愉悦，或者我们也可以认为，这叙述的愉悦也就是魅力本身，也就是叙述本身的目的，在更高的层次上，它们合二为一。

莱维在《他人的行当》中有意去书写对一般小说家而言非常冷门或者非常微小的题材，固然是因为他强烈的好奇心的驱使，但也隐藏着某种作为作家的自信——瞧，任何貌似不可能的题材，我都可以把它处理成有魅力的文本。从这个意义上，我们可以判断，这本在各个学科领域四处出击的作品，主要不是科普读物，而是一部有着内在野心的文学随笔集。这本书的主要魅力还是来自莱维细致入微的描述、形象的比喻，以及句子本身溢出的无法抑制的快感。

在《蝴蝶》一文中，莱维这样描写蝴蝶："在它们短暂的生命之中，它们改变着自己的外形，呈现出比鲤鱼和野兔丰富得多的身姿；它们奔跑、飞翔、跳跃、游泳，几乎已经能够适应任何一个星球上的环境。在它们那仅有一毫米的大脑里，储藏着职工、陶艺家、投毒犯、诱捕者和乳母的技艺。"在《看不见的世界》一文中，他这样描写苍蝇："它的翅膀仿佛无数血管在透明的、泛出虹彩的薄膜中形成的精细迷宫。它的眼睛好像奇迹般规整的深红花窗。它的脚宛如脚爪的兵工厂，不仅长着刚毛，足垫还包含了滑行软垫、泡沫状软垫和钉状软垫。"蝴蝶和苍蝇，这两种在日常生活中分别代表着美丽和丑陋的物种，至少在莱维的笔下都变得生动无比,就文字的感觉而言,这是两段精彩的描述,甚至后者要更胜一筹。因此文学或者说文字的美学和描写对象物的美丑不是一回事,对一位美人的描述很可能是臃肿呆板的,而对恶心之物的描写则相反,有可能是精彩无比的。从中我们可以看出观念的高下,更重要的是发现作家真正的才华之所在。莱维正是这样一位才华横溢的作家,哪怕在《他人的行当》中,精彩的文字的舞蹈都比比皆是,撇开题材、主题和观念,这些就足以构成一名一流作家的基本质地。我们甚至很难指出哪几段更出色,我们看到的是一位巧匠拿着简单的针线,编织出任何想要的图画,它们总是那么栩栩如生、引人赞叹。

　　写到这里,我好像陷入形式主义的窠臼,将文笔的重要性提高到无以复加的地步,但细心的读者可能也注意到我刚才在提及《他人的行当》时,使用了一个限制性的词汇——哪怕,而"构成一流作家的基本质地"则隐晦地表明,出色的文笔只是一个必要条件,而非充要条件。《他人的行当》尽管写得精致、妙趣横生,但是和我之前看过的另三部作品——《被淹没和被拯救的》《元素周期表》和《这是不是个人》——比,还是显得相对较弱。在我看来,问题正是出在莱维写作此书时极力避开的集中营主题,这使整本《他人的行当》失去了一个重要支点,并不是说一流文学就必须要写集中营题材,而是至少要有一个类似的重要题材。

　　美国诗人杰克·吉尔伯特在他那篇影响深远的文章《谈1965年美国诗坛》里明确写道:"假使诗要伟大,内容必须是重要的。"这句话堪称至理名言,如今不少作家抱持"小中见大"的理念,心安理得地书写个人化的题材,并试图从中找到通向永恒的捷径，但通向永恒的路一定有一道窄门在把守，通过的人一定是少数。也就是说，题材的重要性永远不可小觑。上面说过，莱维的文笔有一种天才般的轻逸和灵动，但只有当它和纳粹集中营题材结合起来的时候，这种轻逸才是一种完全的优点，它和题材的沉重相互刺激、相得益彰，把彼此的优点发挥到极致。当莱维在《他人的行当》中主动规避了集中营题材，他文笔的轻逸也就失去了牢固的附着物，真的变得有点轻飘起来。当幽默中少了一点生活的苦涩，变成纯粹的笑话时，读者至少笑得没那么会心了。

话说回来，莱维有本钱这么挥霍一下——他已经写了那么多重要作品，偶尔轻松一下不会降低他作为大作家的成色，只是《他人的行当》并不像有些评论说的那样和《被淹没和被拯救的》构成对比——一个是最苦痛的莱维，一个是最快乐的莱维。实事求是地说，在莱维所有著作中，《他人的行当》的确是一本较次要的著作，而且由此更衬托出莱维其他著作的重要和可贵。

《他人的行当》中有关文学的几篇文章，是莱维从自己的创作经验出发来写的，也多写得摇曳生姿，颇为好看。但从中我们亦能看到莱维的某种不足，就是他的阅读量并不大，当然我马上要补充说，一流的小说家和诗人，的确不需要很大的阅读量的支撑。他只要有一些基本的人生经验，加上敏锐的观察力，尤其是天才地运用文字的能力，就可能成为一个一流的小说家或者一流的诗人。但是当你试图涉足评论，甚至像莱维那样更多以自身的经验和精彩的比喻、描述涉足评论，较少的阅读量就会成为一个问题和障碍。

根据《他人的行当》，我们可以清楚地断定莱维阅读量不大，是啊，一位一直在化工厂忙碌的化学家（又用大量业余时间写作），他不可能有很多时间用于阅读。至少，和同时代的另一位意大利大作家卡尔维诺相比（想想那部旁征博引的《为什么读经典》），莱维有关文学的随笔提到的其他文学作品是很少的，而文学评论往往是在大阅读量之下的比较，从而产生令人信服的观点。因为这方面的缺憾，莱维流畅生动的文风所导向的观念往往并不值得仔细推敲。同样是对写作和阅读进行反思的文章，莱维的《人为什么要写作》和卡尔维诺的《为什么读经典》完全不是一个等级的，前者还停留在个人写作经验的简单总结，而后者已经达到了杰出文论的高度。

我以为《隐晦的作品》是《他人的行当》里另一个明显的软肋，此文透露出莱维对于所谓明晰的文风有一种近乎偏执的追求："让希望读懂他的人理解他是一个作家的本职工作。这是他的行当，写作也是一种公共服务，绝对不能让一个愿意阅读的读者失望。"且不说读者本身是有层次之分的，有些人看来再明晰不过的诗文，在另一些读者看来则完全有可能是晦暗不明的，而且严格说来，写作也不完全是一种公共服务，写作者为什么只能向公众说话呢？他完全可以和自己的内心或者自己秘密的对话者展开对话，同时又自然而然地获得某种公共性，在现代派作品里有大量此类作品。

随后，莱维为了证明自己的观点所列举的例证则更成问题，他攻击诗人庞德"为了保证自己不被读懂，有几度他甚至用中文写作"，在我看来，这甚至有几分尖刻之嫌了，庞德"二战"时期错误的政治观点（为墨索里尼做宣传）确实让人不解和厌恶，但是也不能以此全面否定他在文学上明显的贡献。莱维对"两位最令人无法理解的、以德语写作的诗人特拉克尔和策兰"的批评同样显得刺耳："他们诗歌的隐晦是一种预先的自杀，是一种不愿存在的意愿，以及一种对世界的逃离，而蓄谋已久的死亡则是他们的桂冠。"看到这里，我马上想到莱维也是在 1987 年自杀而逝的，难道这也是蓄谋已久的吗？或者能从他的自杀中推导出莱维的写作是一种对世界的逃离吗？当然不是。在我看来，每一个人包括每一个作家的自杀都有其具体原因，如果试图怠惰地对自杀做一个文化上的总结，则肯定会失之偏颇。老实说，由于莱维对我喜欢的这三位诗人大而无当的批评，我对他诗集的期待已经有所减退，很难想象一个对所谓隐晦过于苛责的诗人，能够写出真正有魅力的诗篇。作为莱维的忠实拥趸，我更愿意回到他最好的那些作品中去，也就是回到《元素周期表》《这是不是个人》和《被淹没和被拯救的》中去，莱维大作家的地位最终是由这几部最好的作品奠定的。

2018 年

大屠杀幸存者，在一片荒凉的天空下

昨天（4月28日）是"犹太大屠杀纪念日"，我是在开车时从偶尔才会听的收音机里得知这一消息的，现在是所谓信息爆炸的时代，可是在报刊和网络的海量信息里，这个纪念日被压缩至可悲的境地。人们忙着上班挣钱、养家糊口、旅游娱乐，谁还会主动地去想这令人沉重的话题呢？尤其这个大屠杀发生在遥远的欧洲以及遥远的20世纪40年代。苦难如果是遥远的，就似乎只是一个抽象概念，适合于挂在嘴边、适合于谈论和探讨，但和我们的身体、我们的生活似乎不再有任何关系。而我之所以对收音机里这则短讯非常敏感，可能只是因为我目前的写作正好停留在大屠杀这一主题上？前不久我刚刚完成意大利犹太作家普里莫·莱维探讨大屠杀问题的名著《被淹没和被拯救的》书评，并且正打算就这一主题展开一系列的阅读和写作，我从书架上找到六七本相关主题的书籍，摞在我的床头柜上，最上面的一本是美籍犹太作家威塞尔的《一个犹太人在今天》。

威塞尔1928年生于特兰西瓦尼亚地区的锡盖图镇，1944年，全镇所有犹太人,包括威塞尔全家,均被纳粹驱逐出境,送到比克瑙、奥斯维辛、布纳和布痕瓦尔德集中营,威塞尔的母亲和妹妹都在集中营中被杀害。战后,威塞尔逐渐成为讲述犹太人和人类在大屠杀中所受苦难的著名作家和演讲家。1986年,威塞尔"由于通过写作把个人的关注化为对一切暴力、仇恨和压迫的普遍谴责"获得诺贝尔和平奖。

《一个犹太人在今天》是威塞尔多本有关大屠杀著作的精选集。我随手翻阅,竟然首先看到这样一段话:"达豪和毛特豪森?不过是一个极好的方便的主题,用以支持思想家的理论和政治家的野心,一旦抹去了它神圣的方面,大屠杀就成为一个时髦的主题,很适合给予印象或震惊。可推荐给任何寻求一个载体用以攀登、成功或创造一场轰动的人。你们以为你们能够面对一个民族的苦难;你们什么也不曾感到。"——立刻我感觉自己有点面红耳赤,好像威塞尔正满脸不屑地站在我面前。是啊,六百万犹太人的魂灵真是太沉重了,难怪莱维、乔治·斯坦纳,包括威塞尔都一再讲到语言的堕落和无力,什么样的语言可以表述这段历史,表述这苦难?而我以大屠杀为写作题材,除了它是一个严肃的主题,一个值得全人类去深入探讨并从中吸取教训的主题之外,是不是也因为这是一个容易引起关注度的主题,并使我的文章更方便得以发表以至于更便利地获得名声?我得承认犹太作家持续的尖锐反省贯穿了我,使我必须打起十二分的精神去面对这个主题,去极为谨慎地使用我的语言,以避免任何轻浮轻率的可能。

无论如何,简单回避这一人类之罪都是另一种罪恶,完全出于见证的目的,一大批集中营里的"贱民"拿起笔,每天处理毒气室里被戕害同胞尸体的特遣队员拿起笔,华沙犹太人隔离区里的学者拿起笔,集中营里的孩子拿起笔。他们的愿望只有一个——记录暴行,让那些杀戮者毁尸灭迹的想法落空。他们在受辱的日子里不忘记下笔记,他们唯一担心的是他们的记录能否逃过纳粹意在毁灭证据的审查。他们将这些笔记藏在最隐蔽的角落,特遣队员则把自己的日记埋在地下,以期未来有一天能被人发现。他们的努力没有白费,战后这些集中营里的第一手材料被陆续发现并出版。对于这些作品——如果这些带血的字迹也能被称为作品的话——我们很难用平常的文学技巧去衡量,它们就是直接突兀猛烈地瞪视着拷问着犯罪者的证词,文字褪去文学那修饰的外衣,直愣愣地戳在废墟之上,成为人性羞耻的证明。威塞尔在《大屠杀之后的艺术与文化》一文中引用了几首集中营孩子"在他们进入火焰前"所写下的诗歌,一个叫玛莎的孩子在死前不久写道:

> 这些天里我一定要节省。
> 我没有钱可节省;
> 我一定要节省健康和力量,
> 足够支持我很长时间。
> 我一定要节省我的神经和我的思想和我的心灵
> 和我的精神的火。
> 我一定要节省流下的泪水。
> 我需要它们很长,很长时间。
> 我一定要节省忍耐,在这些风暴肆虐的日子。
> 在我的生命里我有那么多需要的:
> 情感的温暖和一颗善良的心。
> 这些东西我都缺少。

这些我一定要节省。

这一切,上帝的礼物,我希望保存。

我将多么悲伤倘若我很快失去了它们。

面对这样的诗作人们很难不被打动,套用米沃什的话——仅仅其中高贵的意图就足以打动我们。更重要的是,通过这些文字,六百万被纳粹杀害的犹太人不再是一个简单抽象的数字;通过这些文字,死难者冰冷的肌肤开始变得温暖;通过这些文字,死难者的面容开始恢复往昔的生动,那些微笑慈爱善良的脸庞反衬出纳粹罪孽之深重。见证是必要的、必需的,因为历史有一个吞噬鲜活生灵的黑洞,在其中生命很轻易就被概念化,而苦难也不过转换为一声轻叹。同样基于见证的迫切需要,集中营的幸存者们拿起笔,莱维、博罗夫斯基、策兰、凯尔泰斯、克里玛、威塞尔——这一长串著名的集中营幸存者在他们的余生几乎都是以大屠杀作为自己写作的中心题材。这人类梦魇的阴影一直在追逐着他们,只要有过那样的经历,谁还可能逃避,谁还想要逃避?相反,一种使命感使他们起身拥抱这噩梦,去描述去揭露这噩梦,以使它不再有能力重演。在他们最优秀的作品里,见证的迫切性和文学修辞的繁复令人讶异地融合在一起,高超的修辞使见证准确又平实,而见证的强烈意愿则拯救了修辞骨子里那致命的轻浮。

在我读过的集中营幸存者作家里,威塞尔是最为热情的见证者,这热情主要表现在对纳粹之恶的高声痛斥,对死难者毫无保留的同情和哀悼,以及对犹太人声誉寸步不让的维护。他也许不具备莱维将手术刀对准幸存者自身的勇气和冷峻,但是在一个显著的恶都有可能被模糊被篡改的世界上,威塞尔的热情将被持续地证明是有意义有价值的。威塞尔的文章言辞恳切，气势如虹，善于以一种雷霆之力鞭笞人性之恶。和少数几位杰出的幸存者作家一样，威塞尔从一开始就意识到见证之难："言说可能是歪曲，不言说则可能是背叛和掩盖。问已经是对软弱的承认而答则是对失败的承认。"为此，威塞尔从集中营里被解救之后，曾经誓言十年不述及集中营里的事情，不去"触及那首要之物"，以期通过等待去看清楚，去学习倾听"在我自己的声音里呼喊的声音"，去把人的语言和死者的沉默结合在一起。

在《一场与众不同的访谈》一文中，威塞尔讲述了他如何在法国著名作家莫里亚克的帮助下，从自己的誓言里挣脱出来，开始大声讲述他的故事。事情颇富戏剧性，威塞尔生动地将其描述在笔端。1954年，威塞尔还是以色列一家报纸驻巴黎的记者，以采访的名义，他去拜访莫里亚克，当时莫里亚克获得诺贝尔文学奖不过两年，正在其声誉的顶峰。为了让面前这位拘谨的年轻记者放轻松，莫里亚克和威塞尔谈起对以色列的感觉，可是莫里亚克对于基督的热情却激怒了年轻的记者，威塞尔在他的一生中第一次表现出无礼："我要您知道十年前，离此地不远，我知道犹太儿童们每一个都受过比十字架上的基督更多一千倍的苦，更多六百万倍的苦。而我们不谈论他们，您理解这个吗？先生。"威塞尔的话显然触碰到莫里亚克内心深处的伤痛，他以"无限谦恭的姿势"将威塞尔挽留下来，他们重新落座，而莫里亚克突然哭起来，"泪水流淌下他的脸，而他没有做任何动作来止住它们"。再次的交谈显然触及威塞尔被深埋在心底的过去，他的父母，他的家庭，以及不可避免的他们一家在集中营里的遭遇。当他们再次告别，莫里亚克以一种庄重的、几乎肃穆的语气告诉威塞尔："你不说话是错的，听我这样的老人一句吧：一个人必须说出来——一个人也必须说出来。"一年后，威塞尔写出他的处女作《夜》，并将手稿寄给了莫里亚克。

和莫里亚克首次深谈帮助威塞尔打破沉默，开始讲述集中营的故事，开始讲述犹太人的苦难。而莫里亚克哭泣的形象也使我深受震动，在另一篇文章中，威塞尔也谈到另一位大作家贝克特："数年前阅读一部讲述大屠杀的书时，他彻夜无眠——只是哭泣。"哭泣，两位大作家的哭泣，这大概是后世面对大屠杀惨象时最无力和最真实的表情吧，他们主要是因为悲伤还是因为羞耻而落泪？他们是在代替那些冷漠的世人赎罪吗？对于这发自肺腑的同情和痛苦，威塞尔显然心存感激——一种对犹太人的痛苦被真实感知的感激。"在他的著作中有黑暗的悲哀但没有污秽。"这句威塞尔评价贝克特的话其实也可以用来形容所有有关大屠杀的文字。

相反对另一些有反犹倾向的作家，威塞尔则报以毫不掩饰的厌恶，在《为什么索尔仁尼琴令我烦恼》一文中，对于索尔仁尼琴因强调斯大林统治的恐怖而弱化希特勒对犹太人所犯下的罪行，威塞尔以他特有的直率表达了强烈的反感和批评，威塞尔说得很好："大屠杀已经成为文学里的无主之地，人们写它时不假思索，甚至心不在焉。"但是威塞尔并不是一个极端的自我主义者——一种受害深重者有时会有的创伤，威塞尔以冷静的思辨得以避免。对于"二战"后那一代伟大的小说家——马尔罗、莫里亚克、福克纳、托马斯·曼和加缪——小心翼翼不去触碰大屠杀主题，威塞尔的态度是理解："这一主题在文学中引起了某种神圣的敬畏。这是他们对死者致敬的方式——也是向幸存者致敬。"在衡量诸多作家对大屠杀所做的反应时，因为有了这一层维度，使威塞尔的热情里面又多了一层深沉质地和广阔视野。实事求是地说,如果没有这一层维度,威塞尔作为见证者的力度难免是要打一点折扣的。

  为了搞清大屠杀背后的深层原因,人们势必要向深层思辨,可是深处不可避免的暧昧地带、不可避免的善恶交织的接壤地带则会让人更加痛苦。只有当他们面对受害者具体的苦难时,一种纯净的痛苦才有可能成为毫不含糊的救赎力量。在《今日的传奇》《多迪·菲格》《古书也有一死》《墓地的忏悔者》等篇章中,威塞尔将自己的笔触完全让位给描写本身,他展示着犹太人所受之苦难,不加评论也不加掩饰,他知道这些事实本身足以带给人们以精神的洗礼。死难者将从文字里重生,以自己悲惨的遭遇去告诫那些鲜活的生命,去时刻警惕那些正在膨胀的恶,并将它们扼杀于摇篮之中,而不是熟视无睹姑息它们,任由它们从一粒邪恶的种子发育成巨大的灾难。

  《今日的传奇》由数个片段构成,威塞尔没有过多铺陈,而是直接进入到事件的核心细节。他讲到一个六岁的犹太小女孩,一天早晨她要她母亲抱抱她,然后在她父亲的额上印上一吻。接着她说:"我想我今天要死了。"在一声叹息之后:"我想我很开心。"是的,犹太小女孩在那样的时代已经有了一颗饱经沧桑的心。在另一个片段,威塞尔讲到他的一个学生的痛苦:"我父亲悲伤而又沉默,他的妻子和他们的孩子是在那里去世的。我母亲悲伤而又沉默,她的丈夫和他们的孩子是在那里去世的。在解放以后我的母亲和父亲相遇了,结了婚,生下我。但当他们望着我,我知道他们看到的不是我。"下一个片段,威塞尔讲到他在犹太隔离区的老师本雅明,在战争末期,他拒绝再教书,因为他总在失去他的学生——成人在几星期后,儿童则在几个月后。另外,他也无法正常授课,那些打着死亡印记的孩子,完全无法理解本雅明所使用的词语和意象。自然是什么？苹果树是什么？田野是什么？幸福又意味着什么？孩子们完全无法理解这些词语，而当"词语对孩子们失去一切意义，那是灾难的一个肯定的信号"。接下来是在集合点的一段对话，纳粹军官在威胁一个犹太人放弃自己的信仰，犹太人平静地拒绝，军官恼羞成怒抽出枪，子弹射进犹太人的肩膀，他摇晃着呼告："上帝就是上帝，只有上帝才是上帝。"最后他的嘴巴被射中，倒在地上。又是一个五岁的孩子乔伊，他和他的家人躲在一个隐蔽的黑暗的洞穴中，可是他的父母叔叔在出外找食物时相继遇难，乔伊一个人留在黑暗里，他的手遮在自己的嘴上，"他开始没有一声的啜泣，没有一声的尖叫，没有一声的幸存"。这些细节只是犹太人所受苦难之海的点滴而已，可是已经足以打动所有的人，至少我在读这篇文章时，鸡皮疙瘩数次从脊背上泛起。这是怎样的民族？这是怎样的苦难啊？让我们的思辨暂时收拢翅膀，让我们就在这些事实所激起的强烈的震撼中重新认识什么是善什么是恶，而不仅仅停留在这两个字眼外在笔画的意义上。

　　实事求是地说，冷静的思辨不是威塞尔所擅长的。毋庸讳言，当威塞尔试图理性地分析问题时，他在深度上是不及他的犹太同胞阿伦特和莱维的，他更像是所有犹太人的守护者，他不忍心去分析那些饱受伤害的同胞，他无条件地站在幸存者这一边，他为他们做的只是恳求（书集中有一篇长文就叫《为幸存者恳求一次》）："他们不欠你们任何债务，他们比你们更知道尘世财富的短暂性质与承诺的空虚。他们需要保护。"在有些篇章中，威塞尔从热情更进一步变得激愤，这激愤不仅指向纳粹党徒，也指向对犹太人的苦难置之不理的世人，"在同盟国总部精心炮制的千万项策略性与外交性的计划中，你找不到多少是为了把犹太人从死亡中拯救出来而设计的,他们被视为不值得努力并且肯定不值得冒险"。他为犹太复国主义辩护,他为犹太人出于自卫而使用的有限度的暴力辩护,是的,威塞尔几乎成了一个民族主义者。威塞尔是恳切的、易于激动的,他对所有敌视犹太人的举动都极为敏感,他据理力争,他殚精竭虑,但骨子里他仍然被大屠杀的阴影所笼罩所吞噬,因而《今日的传奇》的结尾也适合做这篇文章的结尾:"于是上帝让他起身继续走,越来越远,带着他的孤独在一片荒凉的天空下。"

2014 年

有毒气室和焚尸炉的风景

"焚尸炉上方冉冉升起粗大的烟柱,在高空漫延成巨大的黑色河流,极为缓慢地飘过比克瑙的上空,在特谢比尼方向的森林后面消散。索斯诺维茨来的旅客们正在被烧成灰烬。""在浓重的黑暗中,集中营有一排一排的亮光闪烁,亮光上面有不安的深红色火苗攒动。黑暗向这样的火苗集结,令人觉得是在高山顶上燃烧。'焚尸炉',人群中传来轻声的解释。""从仓库屋顶可以看到燃烧的火堆和开足马力运转的焚尸炉,一览无余。"这是从《石头世界》里选取的三段文字,都和焚尸炉有关,的确,在这本以纳粹集中营为主题的小说集里,焚尸炉没法不是一个核心意象。飘浮着黑烟的焚尸炉是集中营生活的一大背景景观,人们在条件极端恶劣的集中营环境中苟活,些微的快乐和对残酷现实的短暂忘却都会被那个深红色火苗攒动的焚尸炉所打断。那是一个固执的提醒、一句无声的冒犯,将人们时时刻刻拉回到恐怖的现实中,哪怕"天空一次又一次地刷上了蓝色的汁液"。

和许多杰出的小说家一样，博罗夫斯基擅长风景描写，在对话和叙述的间隙，他总是不由自主地被外部的风景所吸引："窗口进来的烟钻进楼道，一根一根细长带子似的贴在顶棚上，像蜘蛛网。""炊烟像浓稠而肮脏的酸牛奶，从下面往上升，先是成团冒出，又向上飘浮，懒洋洋地在地面上徘徊，透过窟窿多的墙壁飘移到近处的草地，模糊了地平线上远处漠漠平林的轮廓，奶水般包围了公路两侧法国梧桐的茂盛树冠。"诸如此类的风景描述看似离题，却给小说奠定了某种阴暗凄惨的氛围，而当焚尸炉的形象不经意地穿插其间时，小说人物的悲惨命运就像在皮肤上用烙铁烙上印记一样牢不可破了。

在小说《这条路，那条路》开头，博罗夫斯基描述了一个让人恐怖的场景：集中营里主要由精明的囚犯构成的中间阶层，在医院营房后面的空地上建造了一个足球场，球场后面是带刺铁丝网，铁丝网后面是有很多路轨的铁路车站，车站右边地里是焚尸炉。囚犯们甚至有雅兴在营房窗前种下菠菜、莴苣、向日葵和大蒜以作修饰。有一次，博罗夫斯基充当守门员，背对着车站，只是当他跑向场外捡球时，抬头看了一眼车站，正好有一列火车抵达，人们穿着斑斑点点的夏装走下火车。博罗夫斯基继续踢球，当他再次跑向身后捡球时，"我站起来一看，顿时万分惊骇：车站已经空无一人。那身穿彩色夏装的人群，连一个人也没有留下来。……在两次角球之间的时间里，在我的身后，有三千人被送进了毒气室"。这是一个怎样的世界呢？天空依然是湛蓝的，晚霞依然醉人而美丽，莴苣和向日葵依然在装点着人们的生活，但是毒气室和焚尸炉的存在玷污了这个世界，使人们不可能有片刻的安宁，自欺欺人根本是不可能的，它们以自身蛮横的形象粗暴地提醒你：你就在地狱中。

集中营之恶是读者在拿到《石头世界》这本书之前就可以想到的主题，但是在一个逼仄的空间（无论是活动空间还是道德空间）里，首先让人惊叹的是，博罗夫斯基仍然为自己争得了杰作所需要的道德复杂性。人们在阅读之前想象的极端的善恶对垒并没有如期展现，反倒是集中营不同层次的囚徒身上所蕴含的道德张力，在一幅末日图景下得到纤毫毕露的呈现。莱维在《被淹没和被拯救的》一书中所抨击的集中营里的灰色地带，正是博罗夫斯基所处的空间。他是雅利安人，在他被送进奥斯维辛集中营前三个月，除了个别情况，雅利安人不再被送进毒气室。从那时起，只有犹太人被大批屠杀。起初，博罗夫斯基的工作是扛电线杆子，后来他因为患肺炎而到了集中营医院，病愈后被留在医院，赶上了守夜人的轻活，后来还上课并当上了医务员，这些经历在其自传色彩浓烈的小说《在哈门茨的一天》《女士们，先生们，请进毒气室》《这条路，那条路》中都有体现。集中营里等级森严，博罗夫斯基由于自己的雅利安人出身，由于机敏，而进入中间阶层，也就是成为纳粹暴行的胁从者，就像博罗夫斯基在小说里说的那样"没有人呼叫，没有人对看守啐唾沫，没有人扑过去跟他们拼命"，他看到纳粹令人发指的暴行，但仅仅是看到而已，数年后这些事件才会进入他的笔端。因为在小说里对自身所处的中间阶层毫不隐瞒的描述，在战后甚至有人认为应该将博罗夫斯基押上被告席。只是随着时间的推移，越来越多的人逐渐意识到，博罗夫斯基在这些小说里埋藏着很深的愤怒，那是与时代之恶展开斗争的特殊方法。

莱维曾断言，集中营里最好的、道德上最纯洁的那些人必死无疑，而所有的幸存者都携带着一份罪恶。对此，博罗夫斯基其实是认同的，如果说在小说里他的这一观点还是隐藏着的话,在一篇集中营圣徒传式作品的文章里,博罗夫斯基则写得非常明白:"你必须说明,你如何在医院里买到了职位、轻松的岗位,你怎样把'穆斯林们'[1]使劲推进焚尸炉,你怎样买通了女人和男人,在营房你都干了些什么,如何指挥卸载输送囚徒的列车,在吉卜赛营又干了什么;要告诉读者集中营每日的生活,各种层次的恐惧,每个人的孤独感。但是一定要写出,你,你们就是干这些事的人。还有,奥斯维辛集中营的恶名之一部分,也是属于你的。"最后一句尤其重要,可是在小说里,博罗夫斯基是用人物对白和描述去间接表达这层意思的,也许是过于隐晦,也许是作者极度的愤怒反而禁锢了热情,许多读者乃至于著名的作家批评家都不无疑虑地将博罗夫斯基"冰冷超然的态度"视为其小说最突出的风格。波兰著名诗人米沃什在《被禁锢的头脑》一书中以专章论述了博罗夫斯基的小说及其命运:"我读过很多关于集中营的书,但是没有一本像他(指博罗夫斯基)笔下的故事这样令人惊骇,因为他没有道德说教,他是在叙事。"博罗夫斯基忠实于对集中营事实的呈现,忠实于对真相的细致描摹,为此他不惜将道德态度压缩到几乎不为人察觉的地步。但是敏锐的读者不会会错意,正如米沃什在震惊之后立刻醒悟过来:"在自己写的短篇小说里,博罗夫斯基显得是一个虚无主义者,但是,这并不是说他是不道德的。相反,他的虚无主义来源于某种伦理的激情,来源于对于世界和人类的失望的爱。"

博罗夫斯基在小说中展现的伦理激情,恰恰在于对身处集中营的人们道德困境的敏感。集中营依然留存着道德的印记,

---

[1] 集中营内的用语,指挨饿的人。——编者注

但那是被扭曲、被玷污、被颠覆的印记，它们的存在恰恰强化着集中营里道德崩溃、道德堕落的现实。《女士们，先生们，请进毒气室》是博罗夫斯基小说里最直观展现纳粹暴行的一篇，作为精明的囚犯之一员，博罗夫斯基参与了输送场地的工作。在某个晴朗炎热的日子，火车运来来自索斯诺维茨的犹太人，在车站他们经过粗略的选择：年轻健壮的被挑选出来，老人和带孩子的妇女则被立刻送进毒气室和焚尸炉。整个过程血腥邪恶令人发指："眼前浮动着从火车车厢里抬出来的尸体、踩死的小孩，扔在尸堆上的残废人——成批的人，成批的人，成批的人……火车一辆一辆开过来，衣服、箱子、活动床越堆越高，人们步出车厢，望望太阳，喘息着，乞求喝口水，上卡车，一车一车地出发。"整篇小说几乎都是不带任何态度和情感的白描，只是偶尔在某个细节带出主人公因一再抑制而愈发彰显的态度："我瞥见一行绿树正在随着整条公路和五颜六色的人群一起荡漾。可是，那是，林荫路！我的头脑里嗡嗡作响，觉得马上要呕吐。"

在这有如地狱般邪恶的场景中，有一个细节格外引人关注：一个年轻、健壮、漂亮的犹太女人显然意识到在车站的这种区分意味着什么，她快步走着试图甩开一个三四岁正跑着追她的小女孩。"这不是我的孩子，不是我的。"她想蒙混过关，试图赶上那些不乘大卡车，而是步行的还能活下去的女人。这时候，和博罗夫斯基一样执行接货任务的俄国水兵安德烈，向她扑去。"这个汉子目光浑浊，赶上这个女人，抡起胳膊，旋风一样朝着她的双腿猛砸下去。女人刚要倒下，他又揪住她的头发，把她拉起来。他凶狂至极，脸都变了形：'嘿，你，你他妈的下三烂，犹太臭娘们儿！你连亲生孩子都不要！瞧我治你，骚货！'"

随后，他将犹太女人扔到即将驶往毒气室和焚尸炉的卡车上，"像扔重重的一口袋粮食"。在此，安德烈的"正义"讽刺地对应着犹太女人的"邪恶"。可那是怎样的正义和邪恶呢？一种更大的、更彻底的恶笼罩其上，如此一切道德判断似乎都失去了依据，也就是说，这是一个道德彻底崩溃和解体的世界，善和爱这些平素光鲜的词语在这里只能因蒙尘而黯淡。

《在我们奥斯维辛》中博罗夫斯基写到集中营里几位臭名远扬的恶棍，阿尔诺·贝姆是其中一个，这位多年的营房长，杀人如麻，"可就是这个禽兽，常常给住在法兰克福的年迈双亲写信，谈离别之情和返乡愿望，信文简短却十分感人"。在博罗夫斯基最后一部小说集《石头世界》里有一则小故事也同样反映出道德的复杂性，故事名叫《施林戈尔的死》。施林戈尔是党卫队下士，是集中营里作恶多端的魔鬼，"这些人时常吹嘘，他们每个人亲手用拳头、棍棒或者手枪少说也打死了一万多人"。可是在又一次持枪押送被脱得一丝不挂的犹太人进入毒气室时，这个施林戈尔被一具完美匀称的古典美人的身躯所吸引，他走近那个女人，拉住她的手。那个女人突然弯下腰抓起一把沙子，狠狠抹在他的两只眼睛里。施林戈尔疼得哇哇乱叫，手枪掉在地上，女人对着施林戈尔的肚子连连开枪射击。场面一片混乱，尽管最终党卫队和特遣队控制住局面，将这些犹太人赶进毒气室。施林戈尔则被抬上汽车送往医院，一路上他牙关紧咬呻吟着："啊我的上帝，我的上帝，我做了什么事，得受这样的痛苦啊？"当党卫队员践踏犹太人的上帝时，他们大概没有想过有一天他们也要去面对这样一个上帝，在这样的背景下，赎罪的概念是可笑的，而道德则在角落里意味深长地缄默不语。

面对集中营里的惨象，博罗夫斯基以冷静客观的描写为己任,只是在面对极端惨烈的事实时,博罗夫斯基才会以某个生理条件般的反应间接克制地表明自己的态度,比如在车厢里收拾犹太人凌乱的尸体时,他突然觉得头脑里嗡嗡作响,"觉得马上要呕吐";而当安德烈在向犹太女人施暴时,"我的双腿打起弯来,浑身上下都要抽筋了"。在博罗夫斯基所有小说中,《在我们奥斯维辛》是一个例外。在某些版本里,这篇小说有个副标题——"九封信",应该是以博罗夫斯基写给被关押在比克瑙女营女友的九封信为蓝本的。因为是书信,博罗夫斯基给自己通常在小说创作时限定的严格观察和呈现的律令有所松动,我们当然可以从中看到集中营里的种种惨象,但更多主观的东西也在这种一对一的倾谈中流露出来。这是在描述中偶尔渗透出的感慨:"你看,咱们生活在一个多么特殊的世界里啊:在欧洲,没有杀过人的人是多么少!不会成为他人设法谋杀、动手虐杀的对象的人,是多么少!但是,我们依然在向往这样一个世界:人人爱他人,人人享有和平,人人摆脱本能、享有安宁的世界。"而在另一个地方,出色的思辨则从叙事里探出头:"你还记得,我原来是多么喜欢柏拉图。今天,我才知道,他是在说谎。因为世间的事物并不是理念的反映,而是人的沉重的血泪的劳役的产物。……美如果夹杂了对人的不义,就没有美。真理如果对这样的不义视而不见,就没有真理。善如果纵容不义,就没有善。"

在此,我再次对人们指责博罗夫斯基小说流露出的"冰冷超然的态度"备感困惑,在我看来,博罗夫斯基笔下每一个字都在急不可待地希望去见证这段可怕历史,去见证悲剧,去指证残暴的刽子手。就像博罗夫斯基自己在《在我们奥斯维辛》里说的一样:"你要细心观察这一切,感觉不好的时候也不要气馁。因为说不定我们要向活着的人们叙述这个集中营、这个欺骗时期的一切，要站起来维护死者的尊严。"博罗夫斯基的叙述中之所以不时闪现出道德的模糊性和复杂性，并因此而带来歧义，在我看来正是见证本身的严肃性和严格性所造成的。被简化的正邪对立不符合集中营里的事实，不符合苦难多侧面的征兆，同时它也必然背离高水准艺术的要求。博罗夫斯基的小说在一众集中营见证者小说家中显得格外突出，正因为他在迫切见证的同时没有淡忘艺术的准则。他深知冷静客观的呈现要比呼天抢地的控诉更靠谱，也更打动人心，他也知道哪怕在描写残暴行径时也要利用隐蔽隐喻的作用。只要进入文字就会存在文字的法则，这法则不会因为事实的重要性和震撼性而退缩，相反，越是重要的事实越需要文字的法则、艺术的法则加以统驭，而不能有哪怕丝毫的偏差而导致失真，甚或成为高贵目的的牺牲品。

　　控诉是容易的，想到自省则更进了一步，真正能做到自省的人则是真诚品质和过人才华的双重拥有者——很多时候这两者其实是一回事，博罗夫斯基以自己血泪浸染的作品再次道出了这一朴素真理。但犀利敏锐的观察力并不总是会带来杰作，有时它带来的却是死亡。"二战"后，博罗夫斯基重返波兰，他所信奉的社会主义意识形态，和他作为杰出作家天然携带的观察力之间存在着鸿沟，最终这鸿沟将博罗夫斯基带入死亡——讽刺的是，他曾经在集中营里绞尽脑汁试图逃脱这死亡。1951年，在女儿出生三天后，博罗夫斯基独自在家拧开了煤气阀门，时年只有二十九岁。他是文学史上少数几位早慧的彗星——光彩夺目，但天不假年。如果说米沃什在20世纪50年代写到博罗夫斯基时，赞叹的笔调里还掺杂着怀疑，那么随着时间推移，博罗夫斯基被普遍认为"在这一种文学创作中，他的作品乃是巅峰的成就"。2002年，集中营幸存者作家匈牙利的凯尔泰斯获得诺贝尔文学奖，在获奖感言中他高度评价博罗夫斯基："我全部的作品之所以能够写出，皆因我对博罗夫斯基的散文作品着魔迷醉。"我在看《石头世界》时，经常想起的作家是俄罗斯的巴别尔。他们作品不多，但都有极高的水准和地位。他们都擅长短篇小说创作，他们的小说都处理重大主题，而细节却都是活生生的。他们都喜欢在叙述中突然插入一段精彩的景物描写——硕大的金黄色的月亮、蓝得发黑的天空几乎是他们小说共同的布景，唯一不同的是，在博罗夫斯基有如版画般粗粝生动的背景中，多出了一座始终飘浮着深红色火苗的坚固建筑，没错，那正是焚烧了数百万犹太人的焚尸炉。

2014 年

奥斯维辛灵魂的代言人

从纳粹集中营走出来的作家中,凯尔泰斯算是一位后来者。意大利作家普里莫·莱维在"二战"结束两年后即率先出版了有关纳粹集中营的纪实作品《这是不是个人》,应算是第一声赢得世界声誉的幸存者的呐喊,稍后,另一位幸存者波兰作家博罗夫斯基以波兰文出版两部短篇小说集《告别玛利亚》和《石头世界》。两位作家的作品都以冷静客观的角度,活生生地呈现出纳粹集中营中那一幕幕地狱般的场景,并最终以自身卓越的文学技巧将苦难转化成更进一步的道德反思。莱维、博罗夫斯基,再加上原籍罗马尼亚的犹太裔诗人保罗·策兰应该是最早获得世界声誉的三位集中营幸存者作家,无论就在当今世界文坛上的影响力还是创作实力,他们三人都不逊于不少诺贝尔文学奖得主,可遗憾的是三人在创作力都还旺盛时过早自杀。1951年博罗夫斯基二十九岁,已经因为自己的两部小说迅速赢得广泛关注,在自己女儿出生三天后开煤气自杀。1970年策兰正好五十岁,在饱受抑郁症的煎熬之后在某天深夜从巴黎著名的米拉波桥上一跃而下自沉于塞纳河。莱维甚至在晚年出版的有关大屠杀的文集《被淹没和被拯救的》中理性地分析过大屠杀幸存者倾向于自杀的原因，但是他自己终究难逃厄运，1987年在六十八岁的年纪，当世界文坛正盛传他将获得该年度诺贝尔文学奖时也自杀了。

随着时间的推移，大屠杀幸存者越来越少，而能以自己第一手的观察和笔触真实再现这一人类惨象的作家更是踪迹难寻。莱维在自己的书里早就对人类善忘的痼疾大加挞伐，但是从文化的角度看，人类也有一种近乎直觉的自救能力——她也善于为自己的伟绩或者羞耻寻找代言人，换言之，当人们为浅薄的娱乐而像白痴一样傻笑时，也会将自己的聚光灯突然调转到在角落里苦苦思索的人身上，这时候快乐的观众将会调整自己的表情，在愣神中因为思索者固执的提醒而进入茫然的自省。1960年，在博罗夫斯基自杀近十年之后，另一位大屠杀幸存者凯尔泰斯开始以自己在纳粹集中营里的经历为素材，写作其第一本小说《无命运的人生》。在此之前十几年，凯尔泰斯为了谋生当过记者，为剧院写过音乐剧，然而有一天他忽然意识到："其实任何东西都引不起我真正的兴趣，唯有'奥斯维辛的神话'：只要我想构思一部新的小说，总会想到奥斯维辛。无论我在思考什么，总要思考奥斯维辛。即便我所讲的（从表面上看）完全是另一回事，但实际上讲的还是奥斯维辛。我是奥斯维辛灵魂的代言人。"这段话出自凯尔泰斯写作《无命运的人生》时期的日记，1992年被收入他的日记选《船夫日记》。从这段话不难看出凯尔泰斯写作《无命运的人生》的初衷，那就是为大屠杀这一人类自"基督受难之后的最大重创"立言、见证。

这部小说大约在1973年完成初稿，出版之路却格外坎坷，要到1975年4月才得以在匈牙利出版,但反响平平,在日记里,凯尔泰斯的沮丧之情溢于言表:"我没有任何期望,也没有任何感觉。顶多感到在出版过程中的某种羞耻。"但最终,这部被认为晚写了十年的小说,以缓慢的节奏踩上了自己的步点。在匈牙利文里度过默默无闻的二十年后,《无命运的人生》在1996年迎来命运的转机,德文版的出版立即为凯尔泰斯赢得国际声誉,并使他在六年以后获得诺贝尔文学奖。还记得当时我去《书城》杂志做兼职编辑不久,为了做那一年的诺贝尔文学奖获奖者专辑真是绞尽脑汁——有关凯尔泰斯的材料太少了,别说没几个中国人听说过他,在英文里资料也是少得出奇。他的获奖在当时立即引发争议,香港的郑树森教授就直言"凯尔泰斯不是顶级的",只是因为诺贝尔文学奖错过了大屠杀文学重镇莱维和策兰,才以凯尔泰斯作为后备补替。当然,由于诺贝尔文学奖的聚光作用,凯尔泰斯的作品十几年来已经被充分介绍到各大语种,凯尔泰斯作为大屠杀代表作家的地位如今已经坚如磐石般地得以确立。反过来说,文学声誉的影响因素复杂多样,虽然凯尔泰斯借助诺贝尔文学奖的推力,影响力有后来居上之势,但是其文学创作实力究竟如何,只能由作品本身奠定。

在凯尔泰斯所有作品中,《无命运的人生》始终处于核心地位,这不仅是因为正是这部小说让凯尔泰斯获得了诺贝尔文学奖,同时它也是凯尔泰斯唯一正面描写在纳粹集中营中遭遇的小说。题材的重要性在这里继续被彰显。凯尔泰斯在散文作品《船夫日记》和《另一个人》中展示了卓越的思辨能力,在小说《惨败》和《英国旗》中运用了过人的叙述才能,但所有这些作品加一块可能也没有《无命运的人生》重要。题材和技巧,或者说内容和形式,这一组永恒的对手似乎一直在文学里厮杀,但这是无法决定胜负的拉锯战，有时候讲究形式的大师略胜一筹，有时候题材则以其沉甸甸的重量将美妙修辞逼入轻飘飘的绝境。仅就大屠杀文学而言，内容的确要优先于表现方式的巧妙和考究。

也许正因为这种考量，凯尔泰斯决定用最朴素笨拙的方式来写这部对他而言最重要的小说。他主动放弃现代小说家们娴熟掌握的结构技巧，整本小说几乎都是以平铺直叙的方式讲述布达佩斯犹太少年克韦什·哲尔吉在纳粹集中营里的经验。但对于这种写法，凯尔泰斯并没有十足把握，在日记里凯尔泰斯记下过"与年迈而感人的山多尔（匈牙利另一位大作家）的谈话"："他指出了在我的文体和结构之间所存在的细微区别。的确，既是尚未经过结构设计的小说，同时也是小说前的小说。"这种疑虑如此之深，以至于在多年后，当凯尔泰斯站在诺贝尔文学奖的授奖台上念自己精心撰写的受奖词时，他还不忘为自己当初放弃形式技巧而辩护："在书籍和思想的自由市场中，我也想创作出更加吸引人的小说。例如，我可以在时间上打破小说事件的发展，只描述最具冲击力的场景。但是我小说主人公在集中营里并没有自己的人生，他的时间、他的语言，甚至他这个人，都不是属于他自己的。他不是回忆，他就是那么真实存在着。"

在《无命运的人生》中，凯尔泰斯恰恰采用了现代小说家多半弃之不顾的线性叙述方式，小说以第一人称展开叙述，第一句话就是："今天我没有去上学。"因为哲尔吉的父亲要去服劳役了，在当时的社会氛围中，人们心里都清楚，这意味着凶多吉少。以此为开端，小说始终在少年哲尔吉个人的单一视角里推进，整部小说最大限度地利用了主人公的视觉和听觉，换句话说，小说只呈现主人公哲尔吉看到和听到的：他父亲在服劳役前和家人亲戚的告别；他自己在上班途中被捕；他从布达佩斯被辗转送往奥斯维辛集中营，几天后又被送往布痕瓦尔德集中营；他生病随后在集中营的医院里被医治和照料；他重获自由回到故乡；他和亲戚富有哲理性质的对质。凯尔泰斯着眼于真实再现，不回避什么但也绝不夸大其词，尤其后者想必是凯尔泰斯写这本小说有意识的发力点之一。

在诺贝尔文学奖受奖词里，凯尔泰斯提到波兰作家博罗夫斯基的小说集《女士们，先生们，请进毒气室》，对博罗夫斯基的才华凯尔泰斯自然是赞赏有加，在另一次讲话中他甚至说过，正是博罗夫斯基的小说给他激励去写集中营的经历。但是对于博罗夫斯基在小说里"赤裸裸的、毫不留情的、自我折磨式的叙述"，凯尔泰斯有自己的想法：从他自己的亲身经验（《无命运的人生》有细致入微的描述）看，暴行并不一定会以暴力血腥的方式呈现出来，同样是在诺贝尔文学奖受奖词中，他还提到一系列人体货箱到达比克瑙车站的照片，照片由一位党卫军士兵拍摄，被美国士兵在达豪集中营曾经的党卫军营地里发现。令凯尔泰斯印象深刻的是："照片中微笑的女人们和年轻的男人们，看起来非常友善和配合。"这使他对恐怖主义使人机械化这一点有了深刻理解，而这也给比莱维和博罗夫斯基晚了十几年处理大屠杀题材的凯尔泰斯，提供了一种更新的或者说与众不同的思路，这样的思考路径又悖论地展现出文学形式（创新的重要性伴随主题呈现的始终）的重要性，哪怕是在处理像大屠杀这样沉重的主题时。

实事求是地说，在对文字的敏感度上，凯尔泰斯要逊色于博罗夫斯基，后者像卓越的画家，往往寥寥数笔即能刻画出令人过目不忘的形象和气氛,在对大屠杀的文学思辨方面,莱维的《被淹没和被拯救的》同样是难以被超越的。尽管如此,凯尔泰斯仍然有勇气给大屠杀文学和记忆提供一个鲜活的个案,他知道他所提供的个案将有别于之前大屠杀在文学里的所有印迹,他知道他的小说将丰富文学中的大屠杀经验,在他看来被拓宽的经验显然将更逼近真相。凯尔泰斯对在他之前的大屠杀文学的控诉基调持谨慎和反思的态度,这使他不会将自己的注意力仅仅集中在集中营生活里那些戏剧化的焦点时刻,这些时刻往往围绕在毒气室和焚尸炉的周围。

可是,追求真实的平铺直叙依然不可能躲开它们(尽管没有刻意渲染),在第五章,哲尔吉到底撞见了它们,那时他和一帮犹太少年正被辗转送到奥斯维辛集中营,空气里弥漫着"有点儿发甜,而且好像黏黏糊糊的,里面还夹杂着某种已经熟悉的化学药品的味道"。罪魁祸首是一个烟囱,他们被告知那是皮革厂的烟囱,但很快人们都明白了那个烟囱并不是皮革厂的,而是焚尸炉的烟囱——一个矮墩墩的、棱柱状的广口烟囱,那顶端仿佛被人猛砍了一刀似的。里面焚烧着的正是"我们火车上的那些旅伴,所有那些请求上汽车的人,那些由于年老或其他原因在医生面前被证明不合格的人,还有那些小孩以及和他们在一起的妈妈"。这是全书情感最外露、对纳粹暴行揭露最直观的章节,在我看来,正是由于它的存在,《无命运的人生》那颇为令人气闷的平铺直叙才意外获得了一种直接的力量。这力量不扭捏作态,也不骄矜隐晦,它存在在那里,它是人的存在的原因,它也是人所能堕落的程度的见证。

小说里有许多集中营生活的细节,比如奥斯维辛、布痕瓦尔德、蔡茨集中营所在的地理位置特点、食物配给方式(难吃的菜汤、小得可怜的面包，偶尔的土豆和牛奶面片)、囚服的样式、为了求生如何在劳役时尽可能节省体力等。但是读者仍然会被书中描述的这样一件事吸走注意力：三个拉脱维亚人试图从集中营逃走，但是行动失败，在全体人员面前被处绞刑，主人公哲尔吉并没有往被行刑的人那里看，而是在"队列里看见了一条向前伸出去的细细的脖颈和那上面微微发抖的脑袋——实际上主要是看到了一个鼻子和一双此刻几乎沐浴在某种不可思议的光芒中的巨大的湿润的眼睛：拉比"。这位拉比嘴里发出轻微的歌吟声，那是犹太人为死者所做的祷告，叫作"卡迪什"，许多人随即效仿起来，蔓延着、吞噬着，越来越多翕动的嘴唇和摇晃的肩膀。但是哲尔吉立刻在书中对这一光辉的事件进行解构："或许，这也不过是一种固执，是固执最后的唯一的，也许是——我不可能不洞见到——有些被迫的，可以说是规定的，在某种意义上说是裁定了的，但同时又是无用的方式。"逃跑也好，祈祷也好，在哲尔吉看来都不能使人摆脱掉一种东西：饥饿——也就是求生的本能。

因为过度劳累和缺少食物，哲尔吉病倒了，身体的衰弱加深了绝望的感觉，"我感觉到自己体内有某种东西无法挽救地毁掉了，从此以后，每天早晨我都以为，这是我能够起来的最后一个早晨，每迈出一步，我都以为自己迈不出另一步了"。但出乎主人公和所有读者的预料，哲尔吉竟然得到了还算细致的医治和照料，在石头砌就的棚舍（充当医疗室），"我躺了很久，安然、宁静、温顺地躺着，丝毫不感到好奇，充满了耐心"。之后的数千字描写我认为是整本书里最精彩的片段：哲尔吉在迷糊中被人抛到一辆推车上，然后开始被推着走，没有人告诉他去哪里，但是某种不祥的预感笼罩了他，他以为死亡在前方等着他，只是不知道他们会用煤气、药物还是子弹，"总之，我希望不疼"，一种奇特的虚荣心驱使他静默地等待着他以为的必然的结局。但是那条路事实上通向高处的一个拐弯，那里视野辽阔：稠密的居住区占满一大片斜坡，有漂亮的石头房子、整洁的绿色棚舍，再往远处则是一片云雾弥漫枝丫光秃的林海。——没错，那是一条通向生命和希望的路。越靠近营区，越是可以发现街道上充盈着活动、疲软的忙碌、劳作、磨度时间的迹象——老居民们、羸弱者、显贵人物、仓库保管员和幸运的内部工作队成员来来往往做着每日的活计。"几处比较可疑的烟雾与比较友好的蒸汽混合在一起，从某处传来的一阵熟悉的叮叮当当声款款飘入我的耳郭，宛如我们梦里的钟声。"

这里的文字有一种令人感动的脉脉温情，迥异于全书克制甚至略带刻板的冷静描述，的确，当哲尔吉从死亡的想象中挣脱出来，普通的人类生活——哪怕是集中营里失去自由和死亡环绕的生活——立刻焕发出某种内在的光辉。这景象和空气中弥漫的萝卜汤的香味终于在哲尔吉久已麻木的胸中触发了某种情感，"它那越来越汹涌的力量硬是从我已干枯的眼里挤出了几滴热泪，使之与覆盖在我脸上的冰冷的水雾汇集在一起"。因为这样的文字，凯尔泰斯将自己的集中营小说和所有优秀的其他同主题小说区分开来，凯尔泰斯以自己的切身经验道出集中营里并不仅仅只有死亡、胁迫和罪恶（尽管凯尔泰斯承认它们是集中营里的基调），只要有生命的地方就一定残存着希望、温情和美丽，于是，当我们在这一章末尾读到哲尔吉的心声——"我想在这美丽的集中营里多活一阵子"时，没有人会误解其中"美丽"的含义，并为生命的坚强和勇敢而唏嘘不已。从文学效果看，凯尔泰斯并没有刻意描写纳粹的罪恶（那正是莱维和博罗夫斯基大显身手的地方),但在对生之希望的顽强这一面的描述中,纳粹之恶最终被反衬出来。

哲尔吉苦熬到战争结束,但对于这位赢弱的少年,这似乎只是意味着集中营广播里声音的变化,先是"焚尸炉,立即熄火!"而后则传来将要给营员送上刚蒸煮的土豆牛肉汤的消息。"这时,哲尔吉放松地一头倒在枕头上,'我才开始——也许是第一次严肃地——也去想那自由'。"集中营被美军解放,哲尔吉重获自由,但小说并未就此结束,小说第九章描写哲尔吉重回故里的情景,这一章貌似轻描淡写却显得格外意味深长。回家的过程,小说里写得简略——"一路上我们坐过卡车、马车,步行过,也搭乘过公交车"。这一章主要篇幅留给了哲尔吉和自己亲戚们的对质和争辩。当亲戚们老生常谈地让哲尔吉忘掉那些恐怖的事情,"自由地活下去",哲尔吉反唇相讥,事情已经发生,而记忆无法更改当然也就不会被忘记,"况且,我没有发觉有恐怖的事情发生"。亲戚们自然大为惊讶,争辩由此而起。在哲尔吉看来,亲戚们的观点有一种带有普遍性的轻率,这人类耻辱的标记如何可能被轻松地一笔勾销?哲尔吉略带固执的对抗的确大有深意:"不能够既不让我成为胜利者,也不让我成为失败者,我既没有对,也没有错,我既不是任何事情的起因,也不是任何事情的结果,我就是无法咽下那口龌龊的苦水,即我仅仅是个无辜者。"从这段话可以看得清楚,真正激怒哲尔吉的是世俗的简化的善恶观念,事实上集中营里倏忽闪过的希望之光真正拯救了他,当他回到自由的街道,一种观念上的集中营立刻围堵过来,让他窒息,一种尖利的、痛楚的、徒劳的情感攥住了他的心,而集中营里琐碎的回忆则让他颤抖不已,因为"即使在那里,在那些烟囱旁边,于痛苦的间隙中也有过某种与幸福相似的东西"。

最末一章的思辨非常有深度，但是因为小说采用的是第一人称叙述，在读者对这些高质量的思辨颇为叹服的同时，也不禁要问，这是一个十四五岁的少年可能具备的思想吗？在这一章，如同对于小说结构上的轻视一样，凯尔泰斯将人物角色可能的口吻弃之不顾，而是急于通过人物之口道出自己与众不同的思想结晶。这再次证明，这是一本内容大于形式的书，小说只是这本书的外壳而已。作为自命的奥斯维辛灵魂代言人，凯尔泰斯有话要说，如果你觉得这些观念有独到之处、有可取之处，这本小说也就自然成立了，表现方式的真实与否在这里似乎并不重要。不过话说回来，又有谁可以给小说下一个完美的定义呢？甚至连生活本身都是残缺卑微的，在奥斯维辛尤其如此。

2014 年

现代"园艺"国家观的罪孽

在看完莱维、博罗夫斯基、凯尔泰斯这几位有集中营经验的作家的小说之后，再看英籍波兰裔社会学家齐格蒙·鲍曼1989年出版的《现代性与大屠杀》一书会有一种奇特的感觉。在欣赏（没有比这个词更能形容我阅读时的感受了）鲍曼那些精彩的思辨的间隙——某种因缜密缠绕的思辨而愣神的片刻——小说里的形象会冷不丁从鲍曼的书里探出头来：火车月台上哭喊的女人；跑到球场外捡足球的波兰囚徒，当他直起身，刚才熙攘的车站已空无一人（被送进了毒气室）；躲在被窝里偷削铈棒的少年；从医院重返营房的哲尔吉，对生命充满了渴望；凶残的集中营打手；从列队的囚徒中升起的卡迪什的祈祷之声；等等。有这样的联想很自然，因为刚刚看过这些小说，而且小说本身也很精彩，留下深刻印象不足为奇。另一方面，这些形象也似乎在印证着鲍曼很多的抽象思辨，更深一层可能还包含着一种从小说家角度生发而来的隐隐不满——是的，这些思辨非常全面，也颇具启迪，可是和小说家所刻画的那些人物形象比，学者的思辨总显得有几分寒意。学者习惯于高屋建瓴地阐述（必须承认，鲍曼的思辨是一流的），但是对具体的人物、对人物情感的感受和把握，他们就显得有点捉襟见肘，或者也可以说这些并不是学者首先考虑的事情，可是问题接踵而至，如果集中营里个体的感受和复杂性不在重点考查之列，那么鲍曼一再强调的道德担当（和理性的自我保全针锋相对）将落在何处？

尽管有这样的疑虑，但是我们得承认《现代性与大屠杀》的确是堪称有关大屠杀问题的扛鼎之作。作为一部主要从社会学角度并且是从远距离完成的（鲍曼并没有集中营的切身经验，本书出版于1989年，此时距大屠杀的发生已经相隔了近五十年）学术著作，时间的推移反而赋予它沉着检视的可能，而鲍曼也不讳言，这本书"就是要使从大屠杀这个历史片段中得到的社会学、心理学和政治学教训进入当代社会的自我认知、制度实践和社会成员之中"。从这个角度看，《现代性与大屠杀》又和几位小说家的感性描述殊途同归。至少他们都认为，大屠杀并不是人类进程中一个业已过去的插曲，它的经验和教训都弥足珍贵，现在的人们要更认真细致地对待它，以确保人类不再走上同样的歧途。

具体到《现代性与大屠杀》，这本书有如大屠杀问题的碎纸机，大屠杀方方面面流行的认识都被鲍曼拿来做细致的讨论，并最终被颠覆。在第一章"导论：大屠杀之后的社会学"中，鲍曼列举了两种可以贬低、误解或者轻视大屠杀意义的方式——最普通的方式就是将大屠杀说成是欧洲基督教反犹主义的顶点。另一种方式则是将大屠杀看作广泛而常见的一类社会现象中的一个极端，这自然令人厌恶让人反感，但人们还能忍受，因为它具有反复性和普遍性，但更重要的是现代社会自始至终是一个被设计来压制它，甚至可能彻底扑灭它的组织。鲍曼以对这两种流行观点的批驳展开他极为雄辩的论述。

通常认为，反犹主义和大屠杀之间的因果关系非常明显，欧洲的犹太人之所以被杀害，是因为实施屠杀的德国人及其帮凶都是对犹太人怀恨在心的人。大屠杀是几个世纪以来宗教、经济、文化和民族仇恨发展史上一个蔚为奇观的顶峰。对这种认识，鲍曼不以为然，在序言里他就明确反对将大屠杀的意义简化为私有的不幸或一个民族的灾难，因为这种简化掩盖了真相。他指出过去几十年内彻底的历史研究表明："在纳粹执掌政权之前以及他们的统治得以巩固很久之后，德国民众的反犹主义比起相当多的欧洲其他国家对犹太人的敌视来说，要逊色得多。"在很长的时期内，全世界的犹太人就已广泛认为德国是宗教和民族平等宽容的天堂，进入20世纪，德国比当时的美国和英国拥有更多的犹太人学者和专业人员。在鲍曼看来，德国对犹太人的大众仇恨既不根深蒂固也不广为传播，在20世纪以前也几乎没有爆发过表现这种仇视的公众暴乱，甚至当纳粹上台后，企图通过举办反犹暴力的公共展出（以1938年11月9日在德国发生的"碎玻璃之夜"最为著名）使公众形成普遍的反犹主义，结果却适得其反，遭到挫败。另一方面，用反犹主义解释大屠杀还有一个无法解决的难题，反犹主义数千年来一直是一个普遍现象，但是大屠杀却找不到先例，反犹主义的普遍性和大屠杀的独特性两者无法相容。退一步说，就算反犹主义是反犹太暴力的必要条件，但是它毕竟无法成为充分条件，而鲍曼关心的则是导致大屠杀发生的社会与政治机制，并检视这些机制同群际敌对传统混合在一起可能会产生的爆炸性反应。也就

69

是说，以反犹主义来解释大屠杀在鲍曼看来太过轻便，而且事实上掩盖了导致大屠杀发生的真正原因——那以光鲜的科学和效率装扮的现代性的致命弊端。

在人们通常的认识中，大屠杀是反文明反理性的极端社会现象，之所以大屠杀会发生是因为现代文明发展得还不够，是文明进程中的一颗毒瘤，只需把它摘除，文明进程又可以按照它既定的节奏去发展，并使得人类走向进步，使人类社会更趋向于完美。对这种观点的批驳贯穿《现代性与大屠杀》的始终，鲍曼一再强调，大屠杀远不仅是一次失常，远不仅是人类进步坦途上的一次偏离，远不仅是文明社会健康机体的一次癌变。也就是说，大屠杀并不是现代文明的一个对立面，而是揭开了现代社会的另一面。大屠杀不是对现代文明的背离，而是它的产物——正是追求科学、理性、效率的现代文明本身孕育了大屠杀。在这里，对大屠杀的反思和对现代性的反省走到了一起。这也是《现代性与大屠杀》最有见地的地方，它将对大屠杀原因的反思推进到西方思想史的深处。文艺复兴以来由于在自然科学上的长足进步使人类变得越发自信，以致产生了鲍曼所谓的现代"园艺"国家观，社会发展规律似乎尽在人们掌握之中，而为了迎接几乎就在眼前的完美的社会，人们需要加紧劳作，以使自己可以充当称职的园丁：对草坪、花坛、沟渠要有详细的设计构思；要有眼力判断和谐的色彩；要有将对其计划和秩序的构思产生干扰的自生植物视为杂草的决心；要有适当的机器和农药完成清除杂草的任务。而犹太人和其他次等民族自然就是这精美花坛里刺眼的杂草，而追求精神纯度的人们则自然要迫不及待地清除掉这些有碍观瞻的杂物。

在这里，鲍曼实际带出他的主旨，就是对整个现代性颠覆性的反省。在他看来，现代性或者文明化进程最主要的一个问题是，在追求进步和效率的过程中使社会行动中的道德动机逐步丧失了权威性。换言之，"文明化进程是一个把使用和部署暴力从道德计算中剥离出去的过程，也是一个把理性的迫切要求从道德规范或者道德自抑的干扰中解放出来的过程"。应该说，这样的观念并不是鲍曼所独创的，而是20世纪中后期整个西方思潮发展的一个潮流，比如哈耶克的《科学的反革命》一书就更早探讨了人类对科学（尤其在社会科学层面）的膜拜必然导致暴力和极权。而鲍曼的意义则在于将这种对现代性、现代理性的反思，用来诠释具体的大屠杀的发生机制。现代性的根本悖谬在于，"美好"的初衷（比如清扫花园）往往都会结出恶果。大屠杀即是一例，它展示了如果现代性的理性化和机械化趋势不受到控制和减缓，如果社会力量的多元化在实际中被销蚀，人类可能面对的是一个地狱般的景观，讽刺的是，最初人们期望的却是一个有意设计、彻底控制、没有冲突、秩序井然的理想社会。

大屠杀的一个独特性在于它的规模，纳粹在四五年的时间里屠杀了两千多万人，其中包括六百万犹太人。有人做过换算，如果纳粹每天杀一百人，屠杀两千万人需要五百多年的时间。也就是说，大屠杀是野蛮经过有效管理所产生的惊人"效力"的产物。彻底的、全面的屠杀需要用官僚机构来代替一般的街头暴徒，用服从权威来代替蔓延的狂暴。在展示现代性如何在大屠杀具体过程中发挥它们可耻的效率上，鲍曼花费了不少笔墨。仅仅就提升"效率"而言，现代的官僚制（也有译成科层制）超过过往所有管理制度。鲍曼围绕着被韦伯归纳出来的几个官僚制的基本特征展开自己具体而微的批驳。

官僚制最大的特点就是劳动分工和权威等级，之所以这个特点能够有效提高效率，是因为人们在自己的分工内反复劳作无疑可以熟能生巧，达到事半功倍的效果。在大屠杀这个过程中这个特点依然有效，比如对犹太人进行登记归类的纳粹显然会越做越娴熟，以此类推，那些负责押送任务的、负责向毒气室灌注"化学药剂"的、负责焚烧尸体的、负责收缴犹太人财物的纳粹也都会逐渐变成熟练工。更重要的是，劳动分工使对屠杀两千万人这一集体行动的最终成果有所贡献的大多数人和这个结果拉开了距离。人们只要固守于业已碎片化的工作单位中，只要将自己分内的工作尽可能做好就万事大吉，他甚至有可能不知道自己的工作为最终之恶提供了一份看起来微不足道的力量，或者他也有可能知道自己的工作和最终恶果的联系，但由于距离遥远，这最终的恶果已经不可能在他的内心掀起哪怕小小的微澜。这种距离成功抹杀了行为的道德意义，因而预先避免了个人所持的道德正当标准与行为的社会后果不道德性之间的一切冲突。这也就可以解释大屠杀的技术水平为什么能够不断被提高。最初被围捕的受害者是被带到机枪前，然后被近距离扫射而死。大屠杀管理者认为这种方式原始、低效而且影响刽子手的士气，因此他们开始找寻其他屠杀技术——那些能将刽子手和受害者分隔开来的技术。寻求最终获得了成功，发明了起初是流动的，后来变成固定的毒气室。这时候，只需要向管道里倾倒"化学药剂"的"工人"，刽子手面对的只是自己的工作，而不再是死亡。由此，道德漠视和道德盲视将侵蚀整个社会的肌体，而屠杀可能引起的心灵震撼则持续被降低。

非人化倾向则是官僚制的又一特点。同样是为了追求效率，官僚制抵制成员之间、成员和行为对象之间的人情味，因为后者将干扰官僚机器流畅的运转。对犹太人的非人化是纳粹宣传所为，他们指控犹太人罪大恶极，图谋不轨，在骨子里积习难改。尤其是，伴随着现代文明中对卫生的敏感性，寄生虫和细菌造成的恐慌被唤醒。犹太人则被描述成一种传染病，它的携带者是伤寒玛丽的现代版本，因此和犹太人交往都意味着危险。犹太人和其他人之间的鸿沟被逐渐拉大，以致无论在犹太人身上发生的事情多么凶残，仿佛都是另外一个世界的事情，都肯定不会对其他人的命运带来什么负面影响。正是基于这样的原因，德国社会中的精英在整个大屠杀期间保持着寂静，原本他们不是应该基于人道主义的原因而振臂高呼吗？以使真相尽早暴露于世人面前，从而增加纳粹进行屠杀的精神压力——但他们没有这样做。鲍曼认为，德国的大学跟其他现代国家与之相似的机构一样，将科学的理想精心培育成突出的价值无涉行为，将与科学追求的利益相冲突的其他志趣撇到一边。"那么他们的沉默甚至与纳粹的积极合作也就没有什么大惊小怪的了。"鲍曼以此解释了德国精英何以会和纳粹紧密合作，但是以德国学者在研究中谨守的价值无涉来作为道德缺失的直接原因，也有不妥之处。韦伯等学者之所以提出研究中的价值无涉原则，主要目的还是为了更好、更准确地进行观察，不希望浅薄的道德激情使观察失真（这也是常有的事），韦伯其实知道在研究中不可能真正摒弃道德，而只是以客观观察为基础，更准确、更妥善地将道德安放。当然完全有可能，悟性稍低的学者在价值无涉的研究中渐渐忘却了自身的道德责任，那么德国学者们将自己的技术应用于大屠杀也就再无什么障碍可言了。

官僚制通常会有的组织目标和手段之间的混淆也发生于大屠杀中。一旦启动，屠杀机器就会形成自己的推动力：它清洗犹太人区的工作越出色，就越积极地追寻新的领地以试验它新获得的技能。随着德军失败的迫近，最终的解决目标显然不可能实现，那么，"保持屠杀机器继续运转的就完全是它自身的惯性和动力了。集体屠杀的技术不得不用只是因为它们是现成的，专家们是为他们自己的专业技能创造目标"。还有一点让人震惊，纳粹屠杀那么多人，只需要数量微不足道的持枪军人。数以千万计的受害者为什么不抗争？据历史研究，抗争存在过，但都被血腥镇压了，而且抗争数量的确少得可怜，与此同时，以犹太委员会（他们帮助登记和筛选，保证犹太人区的秩序，为最后的旅程积敛资金，总之，他们负责屠杀所需要的一切准备工作）为代表，大屠杀的高效是在受害者某种程度的配合下达成的，这一点让人非常震惊却是事实。鲍曼将此种现象的原因依旧归咎到现代性的问题，"暴力从日常生活视线中消失是现代权力集中和垄断趋势的又一体现"。人们早已交出了自我防卫权，当他们有一天突然面临邪恶并且始终令人害怕的强制监管者的时候，自己也就缴械投降了。

所有这些，都慢慢地使看起来不太可能的大屠杀成为可能，而它本身也可以作为一个现代官僚理性的范式。差不多每件事都以最小的代价和付出赢得最大的收获。鲍曼因此发出慨叹："大屠杀的组织化过程可以编进科学管理的教科书。"鲍曼清晰地指出，大屠杀发生的真正原因乃是现代性自身携带的弊端，那么他提出的药方也就可以想象了——一种道德的社会学理论，换言之，无论如何道德责任都应该被谨记、被承担。和大多数哲学论争会导入伦理学范畴一样，对大屠杀原因的深层次探讨也难以避免地会进入复杂的道德辨析。最后一章里,有关道德的社会学理论的探讨尽管和纳粹集中营里的事实似乎离得更远,但是对于鲍曼的这本书却是至关重要的,它是这本书理论深度的一个保证。首先,大多数社会学论述没有涉及道德问题,其中原委是,社会学在19世纪上半叶被创立,正是它对科学性一再强调的结果,因而它的整个话语系统是服从于科学的模式的。那么,鲍曼在这一章中深入探讨道德问题本身就有一定的创意(相比较他在之前章节论述的现代性和大屠杀的关系,尽管细致入微,却是在大量前人学者的观点中整合修正而来)。

总体而言,鲍曼社会学角度的道德观是以法国19世纪社会学家涂尔干的道德观为基础的,也就是强调道德的前社会基础,以此区别于认为道德是社会的产物这一广为流行的观点。因为如果不持和涂尔干相似的观点,大屠杀所提出的挑战就无法解决,在著名的纽伦堡审判中就遇到此类难题,某些纳粹分子宣称他只不过是执行了他的义务和工作,至少在德国社会他的行为似乎是合乎本国的道德的。鲍曼则认为,强劲的道德驱力有一个前社会的起源,而现代社会组织的某些方面在一定程度上削弱了道德驱力的约束力,也就是说,社会可以使不道德行为更合理,而不是相反。随之而来的是在现代秩序下,道德法则与社会法律之间的那种古老的索福克勒斯式的冲突就再没有缓和的迹象。在这些情况下,道德行为的激励就意味着反抗社会权威,而道德责任不得不依赖其最原始的起源:在本质上对他人的责任。这看起来有点渺茫,让人不知所措,但是道德的确是由列维纳斯所说的那个作为一张脸的他者的存在而驱动的,他者的无力将个人的行动能力展现为责任。回到纳粹集中营,许多人将自我保全凌驾于道德义务之上,从而助长了悲剧的发生，但是的确还有少数人将道德义务置于自我保全之上，正如鲍曼所说，重要的不是有多少人这样做——重要的是确实有人这样做了。邪恶不是万能的，它可以被拒于千里之外——鲍曼的话语里到底有些苍凉。

2014 年

质问希特勒的律师

德国战后著名作家、1972年诺贝尔文学奖获得者海因里希·伯尔在一篇书评中,将德国的20世纪30年代和70年代相提并论:"它从破坏法律开始,紧随其后的就是破坏文学;而它走出的第一步,就是威胁律师。"在伯尔的语境中,被迫害的律师形象首先是由汉斯·利滕奠定的,伯尔所评论的书籍正是利滕密友马克斯·菲尔斯特在晚年撰写的回忆录《护身符谢赫拉莎德:艰难的二三十岁》,这本书连同马克斯第一本回忆录《杂鱼丸:哥尼斯尼的年轻人》,都是以利滕为核心人物。在马克斯雄辩有力的笔触下,利滕逐渐被还原为一个希望成为"彻底的犹太人"的人,在政治上,马克斯和利滕曾经在"斯特凡·乔治、卡尔·马克思和列宁"那里找到了自己的位置,同时,罗莎·卢森堡则是"我们的英雄之一"。

当然,汉斯·利滕之所以被历史铭记,首先是因为他在纳粹势力迅速上升的20世纪30年代初,在法庭上,通过交叉盘问将希特勒逼入墙角,令希特勒丑态百出。这种过人的勇气被之后利滕悲惨的遭遇所印证——在希特勒上台后，国会大厦纵火案当夜，利滕和数千名德国左翼政治家、作家和艺术家被投入集中营，大多数人很快获释，但利滕不在此列，相反，在历经五年残酷迫害之后惨死于集中营。简言之，利滕是一个烈士，一个不畏强权坚守良知的法律人。但他身上复杂的印记使他在"二战"之后的半个世纪里湮没无闻，联邦德国忌讳他与共产党走得太近，民主德国则对他的宗教信仰和人道主义精神讳莫如深。直到东西方政治壁垒在20世纪末坍塌之后，利滕在从业经历中所体现出的职业精神，他在法庭上反抗纳粹暴行的意义才得以彰显。从20世纪80年代起，"德国民主律师协会"和"欧洲追求民主与世界人权律师协会"设立的颁发给人权倡导者的奖项就是以利滕的名字命名的。自2001年以来，德国律师协会位于柏林的总部，一直设在汉斯·利滕大楼中，这幢大楼则位于汉斯·利滕大街。研究利滕的文章频繁出现在德国的法律专业杂志上。而我手头这本由美国学者本杰明·卡特·黑特撰写的利滕传记《质问希特勒》显然也是这股利滕热潮的产物。

这是第一本被译成中文的利滕传记，幸运的是这也是一本内容极为扎实丰富的传记，正如黑特自己所言，他之所以写这本书，是因为"这个故事所具有的道德品格的力量，以及其中所蕴含的历史重要性和莎士比亚式问题的永恒性"。在黑特看来，利滕和他朋友们所面对的道德困境，甚至还有他们所经历的政治险境，都充满着悲剧的那种不朽力量。这是黑特写作这本书的动力之源，而且也是这本书建构的基础。因此，当黑特将自己的笔触主要聚焦于利滕1933年之前在法庭上与希特勒和纳粹党的对抗，以及1933年之后他沦为希特勒阶下囚的不幸遭遇也就顺理成章了。

为了凸显利滕1931年5月8日在法庭上盘问希特勒的重要意义，黑特立足于从更加广阔的时代背景看待利滕的生活和工作，他花费不少笔墨，以便厘清魏玛时代江河日下的德国政治，利滕供职的刑事法院的性质，希特勒日益加剧的恐怖政策。在一般读者眼中，德国20世纪上半叶的政治生活一片黑暗，可是任何黑暗的政治都有一个渐进过程，只有厘清这一过程，反思才会更有力，才有可能避免在未来重蹈覆辙。尽管魏玛的议会民主制孱弱，德国当时的政治生活毕竟被约束在法制的规条之下，汉斯·利滕在短暂的律师生涯（从1928年至1933年）中经办的案件表明，无论法官们如何右倾，特定案件裁判结果并没有，也无法由法官一手操控。在魏玛德国，新闻媒体、专家证人、警察、各级政府、政治党派、律师均可以对法庭产生影响。正是在此背景下，狂妄如希特勒也不得不接受法庭的传唤，并被利滕盘问得狼狈不堪。

希特勒接受法庭传唤的1931年是纳粹党发展史上关键的年份，就在数年前，由于德国经济迅速复苏，带来民主体制的稳定，立场温和奉行民主的党派日益得到选民的拥护。1928年国会选举时，希特勒的纳粹党萎靡不振，仅获得全国范围内2.6%的选票。但到了1928年秋天，席卷全球的经济危机给德国经济以重创，失业率再次上升，这无疑给纳粹党走向兴盛提供了良机，而希特勒这位粗鲁的煽动家则越来越赢得民众的欢心。1930年9月14日，德国进行选举，希特勒的纳粹党赢得将近650万张选票和107个议席，占据德意志国会18.3%的席位，几乎一夜之间德国政治家面孔大面积换血，而希特勒则成为掌握未来的人。这次选举以及1923年11月"啤酒馆政变"的失败，使希特勒意识到纳粹党只有通过他们原本蔑视的国会选举，才能"合法"攫取国家权力,而1930年大选的戏剧性结果则增强了希特勒的信心。可是纳粹党与生俱来的暴力因子和这条作为权宜之计的"合法选举"则显得格格不入,并引发了纳粹党内部的分裂。纳粹党附属武装冲锋队暴虐成性,快速壮大,到1931年年底,人数已达二十六万之众。柏林冲锋队指挥官施滕内斯与纳粹党慕尼黑总部的战略家已经势同水火。

正是在此背景下,年轻的律师利滕携"埃登舞蹈宫案"登上历史舞台。简单地讲,"埃登舞蹈宫案"是指1930年11月22日夜,几名纳粹冲锋队成员涉嫌向正在举行舞会的左翼游隼会成员开枪射击,并造成三名会员受伤。表面看起来,"埃登舞蹈宫案"是要查明,四名冲锋队成员有没有开枪打伤三名被害人,而实际上,这起案件的真实意义则要复杂得多。作为代理律师,利滕决心利用这起案件,表达一种宽泛的政治观点:冲锋队所犯下的暴力罪行,是纳粹计划中的暴力因素,他们执行的命令出自希特勒的直接授意,以此揭露纳粹党暴力的本质。纳粹领导层立刻意识到这起案件的重要性,他们真正担心的是,泄露柏林冲锋队从事系统性暴力的真相,将会在何种程度上破坏他们小心谨慎建立起来的合法性路线主张。纳粹的宣传部长戈培尔在那几天的日记中显得焦虑不堪:"一整天里,我的心都怦怦直跳,等着希特勒作证的结果。"希特勒对此次出庭也相当重视,他带上了自己的速记员,记下当天的诉讼过程——这也是他多么认真地对待这起案件的具体表现,在随后的几年,这或许也是提醒他对利滕保持恨意的一份备忘录。

在法庭上,希特勒像是在政治集会上发表演讲一样,坚称纳粹党彻底排斥暴力方法。利滕以此为突破口,以4月4日希特勒发表在《人民观察家》报上的文章为证据,在那篇文章中希特勒为了团结纳粹党对抗冲锋队指挥官施滕内斯，恬不知耻地写道："在施滕内斯一生中，他并没有做成什么事，只不过组建了几支卑鄙的冲锋队。"问题是这样的措辞显然表明，就算希特勒没有批准施滕内斯"卑鄙"的活动，至少，他也是知情的。这同样对希特勒非常不利。利滕扬了扬希特勒在《人民观察家》上的文章："任何人都会认为，这是在说，施滕内斯队长是在国家社会主义运动中组建了突击队。"利滕另一个主攻方向则是戈培尔充满暴力倾向的言论（"凶手必须被打成肉酱和肉泥"等）。利滕提出的最让希特勒难受的证据是，1927年戈培尔印制的《国家社会主义》的小册子，在小册子中，戈培尔写道："我们就是要闹革命！我们就是要让国会去见鬼，用德国人的拳头和德国人的大脑来建立国家！"而它所引出的问题则是，当希特勒任命戈培尔为纳粹党的宣传部长时，他是否知道这个段落？面对利滕的连串追问，希特勒已经是大汗淋漓，只能勉强用小册子上没有纳粹党徽来否认那是一本正式的出版物。此时此刻，希特勒彻底失去了冷静，后来在与好友马克斯夫妇聊天时，利滕说希特勒"就像一个歇斯底里的厨子一样尖叫起来"，他面朝利滕，面色赭红地咆哮道："律师先生，您怎么能说这是在号召走非法路线？这是一种无法得到证明的说法。"黑特在书中巨细靡遗地描述了利滕在法庭上交叉盘问希特勒的全过程。希特勒的狼狈印证着利滕的勇气，以及预示着在希特勒大权独揽后利滕可能的悲惨处境。

案件审理结果并未对纳粹党最终掌权设置障碍，尽管希特勒逃脱了伪证罪的定罪，尽管纳粹党领袖早已习惯牢狱生涯，并且巧妙地将他们受到的审判粉饰为对不公正体制的殉道行为。但一次判刑，即便是短期徒刑，在1932年残酷的竞选战役中，也能使纳粹党失去他们最强有力的演说家。更有吸引力的假设则是，利滕的发问导致冲锋队与纳粹党产生更深的裂痕。假如，更多的德国人对希特勒的"合法路线"游戏的明显虚伪，有了更多的察觉和警醒。所有这些假设都没有发生，但是在魏玛德国法制化的尾声阶段，这些假设并非没有可能，这也是希特勒、戈培尔如此重视此次出庭的原因。利滕无力凭自己一人之力阻止整个历史向深渊滑落，但是他的存在并非全无意义，至少，他在险恶的局势下，为良知和勇气立下了一块纪念碑；至少，在黑暗中，他的存在让人们看到一点良知的闪光，并从道义上最终拯救了黑暗。如果利滕的悲惨遭遇反衬出纳粹的残暴和邪恶，那么他可能也会让人们对孕育出这样一位律师的民族依然葆有一份敬意，而不至于彻底绝望。

从 1931 年的"埃登舞蹈宫案"到 1933 年 2 月 27 日夜的"国会大厦纵火案"（利滕就是在当晚连同另外五千名左翼知识分子被捕），近两年时间里，利滕一如既往勤奋工作着，在当时影响巨大的"伦琴街案"和"费尔泽内克案"等政治性案件中担任左翼的"战斗同盟"和"红色救助会"的辩护律师，目标直指纳粹党及其冲锋队。两起案件的审理过程，黑特的传记中都有详细交代，但这些对利滕的命运都已不再重要，他作为纳粹党死敌的形象早已确立，后来的案件只不过是继续强化了这一形象而已。当然在具体描述过程中，黑特也尽力呈现出德国当时的政局乱象，以及魏玛德国法制的最后崩溃。而法制崩溃的标志就是国会大厦纵火案。

到底是谁纵火焚烧了国会大厦的会议大厅，历史学家们至今众说纷纭，唯一可以确定的事情则是，希特勒利用这把火，从一个摇摇欲坠的联合政府总理一跃成为真正的独裁者。2 月

27日夜里，正当国会大厦熊熊燃烧的时候，盖世太保（纳粹的政治警察）头目迪尔斯受到希特勒的召见。希特勒以他特有的狂躁下达了逮捕左翼分子的命令。柏林的左倾政治律师当然首当其冲，除了及时逃离德国的几位著名律师，其他人则都在那天晚上或者时隔不久被逮捕。一开始，看起来似乎没那么危险，警察甚至允许利滕从容地洗了个澡。第二天晚些时候，希特勒内阁开了个会，批准了臭名昭著的《国会大厦纵火案法令》。法令第一段就废除了《魏玛共和国宪法》中的公民自由权，而且政府可以未经审判收押任何其认为存在政治威胁的人：

> 对个人自由、包括新闻自由在内的言论自由、集会与结社自由做出限制，对通信和电报电话交流中的隐私进行的限制，对入室搜查的批准，没收财产的命令，以及对财产权的限制，除非另有规定，都可以超出法律的限制。

至此，法律已经完全沦为纳粹党的玩物和工具，只要它愿意就可以超越法律，或者按照自己的意愿重塑法律，至此，法律已完全被玷污为暴政的代名词。而利滕等秉持良知的法律人的命运也就可想而知了。黑特用大约全书一半的篇幅详尽描述了利滕在狱中的遭遇——所受到的非人折磨、在狱中的读书生活、和狱友的关系，以及和狱外的亲人朋友们的联系等。黑特显然清楚，受难者身上所携带的独特光辉通常是和他受到的折磨程度成正比的，因而在这方面黑特从不吝啬自己的笔墨。在遍布后半部书籍的纳粹对利滕施暴的描写中，没有比这段描写更令人震惊的了：

一名囚犯看到过看守们"拳打脚踢"驱赶着利滕穿过整个院子,"他身上很脏,衣衫褴褛,几乎都认不出来了"。当利滕看上去就快要倒下时,看守们命令他走到院子的一角,那里有一个粪坑:利滕的头被摁在粪坑上,他不得不用双手和膝盖撑住自己。为了阻止他的身体掉进去,有人(一名看守)拔出刺刀把刀尖放在利滕腹部下方。然后,两名哨兵轮流用刺刀的刀面打他的背和臀。这样一直持续到利滕倒下,脸朝下掉进粪坑。大声的辱骂和踢打再也不能压倒他的冷漠。他被拖出了院子。

如果说前半部书呈现出的是一个有勇气有良知的法律人的形象的话,我们透过后半部书阴郁的氛围看见的却是一个半人半神的形象,利滕通过他的受难以及他面对苦难的决然态度最终完成了他不朽的形象。就像利滕年轻时代的友人吉塞拉·佩派在"二战"后回到纽伦堡,回到她和利滕一同游览过的洛伦茨教堂(她还记得利滕对教堂外的基督像的赞叹:"看着它,感受它,这就是受难,但胸骨还是呈现出弓形。"),发现这座教堂已被炸弹炸毁——唯一残留的是侧墙和这座基督像。"在傍晚,我看见它,受难的身躯沐浴在红色的夕阳中,熠熠生辉。对我而言,那就是利滕。"

从1933年2月27日入狱到1938年2月5日在狱中自尽,近五年时间里,利滕被辗转关押在松嫩堡、勃兰登堡、埃斯特韦根、利希滕堡、达豪等数座集中营中。在相对宽松的时间里,利滕重拾他少年时代对于文学艺术的热爱,他让自己的母亲寄来很多书籍,在承受集中营生活中所有的痛楚、恐怖和屈辱的同时，利滕全心投入到对莎士比亚、里尔克和中世纪诗歌的研究中。文学对于集中营中的利滕并不是躲避现实的象牙塔，毋宁说这是一种更彻底的反抗，因为文学在根本上是和自由紧紧联系在一起的，它天然地本能地反抗专制和极权。有一次，当利希滕堡的囚犯们受到命令，要为纳粹党的某件大事进行庆祝时，利滕组织了一次读书会。一名囚犯描绘了这个场景："想象一下：身边围满了身穿黑色制服的非人，他们是一伙暴徒；在最前面，站在一个小小讲台上的，是一个可怜的、瘸腿的、经历了百般折磨的人。他突然读起了一首诗。"这个人正是利滕，而他读的诗则是著名的自由歌谣《思想是自由的》，它的最后一节是这样的：

> 尽管他们封住我的嘴
> 在地牢的无尽黑暗中
> 这一切不过是徒劳
> 他们一无所获
> 因为在那个时候，我的思想已
> 打破了门闩
> 冲破了围墙：
> 思想是自由的。

思想是自由的——这是一种感人的信念，尤其在集中营那样恶劣的环境中。简单的话语，利滕却是用生命在践行着。1934年，利滕有过一次自杀行为，为的是保全自己作为律师和人的信誉。那一年8月，利滕在狱中再度受到严刑拷打，被迫承认在"费尔泽内克案"中他代理的当事人曾向他认过罪，是他杀死了冲锋队队员。这不仅让利滕违背律师享有的为客户保密的特权和义务，纳粹党还想要利用拷打获得的违心的证供坐实那些虚假的指控。利滕正直的心灵为此备受煎熬。数天后，他写信给高等法院的检察官办公室，撤回他自己的供述。他不能允许自己留下指控客户和违反职业秘密的记录，也无法继续忍受盖世太保的暴行，他决定结束自己的生命。在没能通过服毒成功自杀之后，他又割腕，但最终被集中营的医生拯救回来，医生的理由是："当我们得到他的证词之后，他可以做任何他想对自己做的事。"

在利滕短暂的生命中，还有两位出色的女性必须要提及，她们对利滕太重要了，她们的存在、她们的努力更加凸显了利滕的伟大，并和利滕一起塑造了德国民族中令人敬佩的形象。这两位女性是利滕的母亲伊姆加德·利滕以及利滕的密友玛戈特·菲尔斯特。书中附有她俩的照片，都是端庄而美丽，眼神中都透露出某种坚定不屈的气质。伊姆加德利用显赫的家族势力，为利滕的出狱绞尽脑汁使尽浑身解数。她通过各种渠道找过当时的德国总统兴登堡、威廉太子，甚至盖世太保的头目迪尔斯和希姆莱，希望他们出面向希特勒说项以帮助利滕出狱，但所有的努力都在希特勒歇斯底里的暴怒中失败，可以想象1931年的那次法庭质问，带给希特勒怎样梦魇般的记忆。玛戈特是利滕做律师时的助手，也是他的密友马克斯的太太，他们三人一同租屋居住过数年，利滕入狱后，玛戈特也尽其所能试图挽救利滕。她甚至想过帮助利滕越狱，但最后却落入当局精心布下的陷阱中，让自己也身陷囹圄，只是利用希特勒某次大赦的机会才得以出狱。母亲和亲密友人无私的帮助，想必给备受折磨的利滕以生的希望，使他能够在磨难中度过五年的时光。

他原本设想这个疯狂的暴政不会挨过一年的时间,等过了一年,他又给自己的希望标上了五年的期限,但是谁能想到纳粹的暴政竟然维持了十二年之久。利滕在最深重的绝望中结束了自己的生命,但是有一点利滕绝对是正确的,那就是——思想是自由的,而暴政注定是短暂的。在人类历史的长河中,十二年不过是一瞬。但是自由不会自动到来,正是有利滕这样的人,正是有伊姆加德这样的母亲、玛戈特这样的朋友,暴政的基础一定不会是铁板一块,良知和勇气的哪怕一点点缝隙都会最终让看起来不可一世的暴政坍塌毁灭,从历史的角度看,从来都是如此。

全书末尾的一段话非常感人,黑特写出了他写作此书真正的目的:

> 希特勒和国社党人的所作所为,并不是独此一家或者只属于德国人。其他政权也违反过民主准则和国家法准则,而且依然如故;其他政权也剥夺过少数人的权利,而且依然如故;其他政权也挥舞着爱国旗帜,作为他们犯下的每一桩罪行的借口,而且依然如故;其他政权也建立过劳改营或者集中营,把犯人们无限期地关押起来,而且依然如故;其他政权也为发动战争而撒谎,而且依然如故;其他政权也实施过种族屠杀,而且依然如故。

2014 年

辑二　被戕害的词语

开往地狱的火车

在阴沉沉的冬天看威塞尔有关集中营的回忆录《夜》再合适不过，虽然窗外并没有书中那瘆人的纷飞大雪，但已经让我们可以发挥想象力稍微感受到一点，那些在大雪中、在纳粹的皮鞭下几乎裸身前行的犹太人所遭受的折磨和苦难。虽然我这大半年来一直浸淫在各种有关大屠杀的书籍中，《夜》里的不少情节已经在别的书籍里从别的视角有过一些了解，但是这本书仍然以亲历者近距离的忠实描述令我震惊，两天之内我看完这本薄薄的书，我的脑海里又一次飘浮着一幅幅犹太人受难的群像：在火焰中身体逐渐蜷缩的婴孩；绞刑架上诅咒德国的波兰犹太人，他的高声诅咒被死亡切断；小提琴手于列克，他以灵魂作琴弓，最后的演奏献给了死去以及将要死去的犹太人；还有在奔跑的人流中被践踏而死的人，还有更多被送进毒气室和焚尸炉的人。太多死亡、太多苦难压迫着这本薄薄的书，使它变得沉重异常，但作为一个纳粹暴行亲历者和受害者的证词，沉重的沉痛只能是它唯一的底色。

威塞尔的《夜》是一份证词，他自己在后记里写得清楚："如果没有这本小书，我作为作家的生涯，或者说我短暂的一生都不会如现在这般：这是一个证人的一生，他相信从道德和人性的角度，自己有义务阻止敌人抹去人类记忆中的罪恶，在死后赢得最后的胜利。"所以和一般的小说家不同，艺术性并不是威塞尔首先要考虑的问题，对于威塞尔而言，萦绕于怀的始终是这份证词的真实性和说服力："我意识到自己能力有限，眼见得语言变成了障碍。每写一句就会停下来对自己说：'不是这样。'我重新开始。用别的词，别的画面，别的无声的泪水。但总是不对。"

也许正是因为这样的顾虑，威塞尔平铺直叙，摒弃一切可能的修饰和结构上的花样。1944 年春天，"树上花朵绽放"，威塞尔和家人还算平静地生活在特兰西瓦尼亚小镇锡盖图。从苏联前线不断传来好消息，德国眼见就要溃败，人们对近在眼前的威胁毫无预见，甚至于怀疑希特勒是否真的想要消灭犹太人，"几百万人啊！他如何能做到？而且这是在 20 世纪！"

书中写到威塞尔研习卡巴拉传统的导师莫谢执事，有关他的描写明显含有深意。在厄运降临锡盖图全体犹太人之前，莫谢和锡盖图其他的外籍犹太人被率先驱逐，"匈牙利警察将他们赶进运送牲口的车厢，他们挤作一团，默默哭泣"。随后，威塞尔罕见地用一种讽刺的笔调写道："又过了几天。几个星期。几个月。生活恢复正常。柔和的风吹进锡盖图的家家户户。商人勤恳地做生意，大学生待在书堆里，孩子则在大街上玩耍。"人们很快就忘了那些遭受苦难的犹太人，忘记了他人的苦难。一天，莫谢执事又回到锡盖图，他变了，不再谈论上帝或是卡巴拉，他只讲述他所见到的一切：和他同行的那些犹太人在森林里被盖世太保屠杀，孩子们被抛向空中，成为机枪扫射的活靶子。那是1942年的事，可是尚在平静中生活的锡盖图犹太人不相信莫谢讲的故事，甚至拒绝再听。原本他们完全有时间逃脱厄运，可是莫谢执事一再的提醒根本没有引起重视，人们生活在自身的惯性里，直至撞上南墙。

威塞尔在写莫谢执事时一定想到了自己，在某种程度上，莫谢之于锡盖图的犹太人正像威塞尔自己之于他在世界范围内更广泛的读者群。威塞尔从《夜》这本书开始，主动担当起揭露纳粹暴行的责任，他到美国各大学演讲，参加有关大屠杀的会议，撰写有关大屠杀的文章——一篇又一篇，最终因此获得了1986年诺贝尔和平奖，但是对于自己作为见证者的命运，威塞尔是持悲观态度的，他不止一次说过：证人早就清楚，正如他现在有时还明白，他的证词不会被接受；只有经历过奥斯维辛的人才知道奥斯维辛是什么，其他人永远不会知道。在说这些话时，威塞尔一定在想家乡那位絮絮叨叨的莫谢执事。可是话说回来，莫谢的执着也影响了威塞尔，他甚至用几十年的余生在撰写证词提出警告，他不愿自己的过去成为现在年轻人的未来，因为正如威塞尔在《夜》的后记里所言："遗忘意味着危险和侮辱。忘记死去的人相当于再一次杀了他们。"如果说当年锡盖图的犹太人因为这遗忘立刻受到了惩罚，那么今天的读者也许会聪明那么一点？他们会真正地记取过去的教训吗？以避免人类重蹈覆辙，让悲剧重新上演；而不是等悲剧真的降临时在那里错愕："现在是21世纪啊，现在是22世纪，怎么会发生这样的事？"

忽视莫谢执事的警告，锡盖图的犹太人在侥幸心理的诱惑下最终栽进漩涡。纳粹在高度组织下按部就班地，将欧洲各地的犹太人运送进诸如奥斯维辛这样的杀人工厂。威塞尔和他的家人则在凄惶慌乱的背景中被送入其中的某一列火车的某一个车厢里，所有这些车厢都拥挤不堪，缺水缺食物，酷热难耐，许多人因此而精神崩溃，几位有过集中营经历的作家——莱维、博罗夫斯基、凯尔泰斯——都曾在自己的作品中描述过这些。车厢里的惨状正是他们未来集中营生活的写照，如果他们能够逃脱到站后第一次筛选的话，而被选中的妇幼病残会直接被送进毒气室和焚尸炉。

威塞尔献出的是自己的亲身经历。他着重写了一位他之前认识的查希特夫人，"五十岁左右，带着十来岁的儿子，蜷缩在车厢一角"。这位平素性情温和的女人彻底失去了理智，在火车上她呻吟不断，第三天夜里，一声尖厉的叫喊划破了寂静："火！我看见了火！"原来是查希特夫人指着窗外在尖叫，人们对她的态度逐渐从同情转为厌烦，几个年轻人捆住她，给她嘴里塞上东西，甚至为了让她闭嘴，狠揍她的头，"简直要了她的命"。从这个小小的例子，我们可以看出威塞尔证词的复杂性，他没有把集中营的世界简化为邪恶的纳粹和无辜受害的犹太人这两个极端，事实上在这份严酷的证词里，他数度将批评审视的矛头指向犹太人自身，甚至指向他自己。这种自省恰好也说明他追求真实所达到的程度。任何事物，只要我们把探寻的眼睛靠近，都会发现其中泾渭分明的那道界限在模糊在扩大，有关大屠杀的研究也不能幸免。

威塞尔对自己的语言能力（准确的、不变形的描述）并不自信，因为这种不自信，在从集中营获救后的数年内，他都不曾触碰这生命中最深的痛。直到他作为特拉维夫一份报纸的记者去采访刚刚获得诺贝尔文学奖的法国大作家莫里亚克，当莫里亚克谈起他夫人看到的奥斯维辛火车站装满犹太孩子的车厢时，威塞尔对莫里亚克说："我就是其中一个。"威塞尔开始谈起自己的集中营经历，莫里亚克深受感动，"泪水流淌下他的脸，而他没有做任何动作来止住它们，把它们擦干。"当莫里亚克问起威塞尔的父母和家庭，威塞尔拒绝了。最后，在送年轻的威塞尔上电梯时，莫里亚克用一种庄重的、肃穆的语调忠告威塞尔："我想你错了。你不说话是错的，听我这样的老人一句吧：一个人必须说出来——一个人也必须说出来。"一年以后威塞尔寄给莫里亚克《夜》的手稿，并在他的帮助和推荐下终于出版了此书。

实事求是地说，在对语言的操控能力方面，在对艺术的敏感度方面，威塞尔确实不如莱维、博罗夫斯基和凯尔泰斯；就文学价值而言，威塞尔的书也不如那几位作家，但是威塞尔的文字里自有一种难能可贵的热情，有一种热烈的拥抱真实的热情。这种热情是外露的，并没有因为要顾及艺术效果而有所收敛。也许正是因为这一点使威塞尔的文字获得了另一种感人的力量，这种力量主要来自道德（这也可以说明，威塞尔最终获得的为什么是诺贝尔和平奖），至少在这本书里，道德似乎可以短暂地脱离美学而独立存在。或者也可以说，威塞尔文字里包含的道德热情弥补了他的文字在美学上的不足。另一方面，威塞尔对真实的渴望，驱使他跨入对事实本身的复杂性的描述，尽管他的描写稍显笨拙，但是道义毕竟在此和美学的轨道艰难咬合在一起。

奥斯维辛的日子似乎千篇一律：早上是黑咖啡，中午是汤，下午六点钟点名，然后是面包和别的食物，九点钟上床。夹杂其间的则是苦役、虐待、疾病、恐惧和死亡。威塞尔写到犹太人之间的倾轧，写到他亲眼所见的绞刑，写到犹太新年前夜上万人参加的祈祷，在这次祈祷中，威塞尔质疑了上帝："而现在，我不再祈求。不再会发出哀鸣。恰恰相反，我觉得自己非常强大。我是原告。被告是：上帝。我睁开了眼睛，我很孤独，在这尘世中孤独得可怕。没有上帝，没有同类，没有爱情也没有怜悯。我只是一撮灰烬，却比无所不能的上帝更强大，这么长时间以来，我的生命一直为他所捆缚。"天国会从焚尸炉和万人坑中升起吗？这样的安慰多少显得有点轻浮了。威塞尔还写到他经历的一次筛选——筛选体弱的犹太人直接送进焚尸炉。据说，到 1944 年威塞尔他们进集中营时，条件已有所改善，大概是因为纳粹在战场上的失败，使他们更需要干活的苦力。早几年，奥斯维辛每天必须送一定数量的囚犯去死，每个星期都有所谓的筛选。死亡的威胁、求生的渴望摧毁了许多东西。有儿子为了摆脱年迈父亲的累赘而故意和他走失，而面对自己的父亲，威塞尔"也没有经受住考验。——我感觉自己并不是很情愿把汤让给病重的父亲"。

1945 年 1 月中旬，威塞尔的脚冻肿了，不能着地。集中营医生给他做了手术。"在医务室待着一点也不坏：有新鲜面包吃，还有浓汤喝。没有钟声、点名和体力活。"集中营里的医生、手术、还算仔细的照料，这些都和人们对集中营的惯常想象相背离，让人惊异，凯尔泰斯在《无命运的人生》中也有类似的描述——主人公哲尔吉在蔡茨集中营因为劳累和缺少食物病倒了，竟然也受到细致的医疗和照顾，直至康复。这些事例说明集中营是一个典型的官僚制控制下的杀人机构，秩序井然而刻板，如果生病的囚犯也能得到这样的医治的话，那么另一方面当它们发挥其杀人机器的威力时，其效率也是惊人的——事实上，在短短四五年时间内，六百万犹太人在纳粹的各个集中营被有条不紊地杀害。因此可以这样说，所有纳粹集中营的幸存者都是小概率下得以生还的幸运儿。

威塞尔的腿做过手术两星期后就可以完全康复，但随着战线的逼近，已经没有时间给威塞尔从容康复了。几天后，集中营开始大撤离，犹太人被押往德国境内的布痕瓦尔德集中营。威塞尔对奥斯维辛集中营里的经历还算是一种粗线条勾勒，对这最后的撤离则给予了更多的笔墨、更细致的描述。这最后的旅程充满死亡和艰辛，1月寒天里纷飞的大雪则更增添了一种凄凉悲壮的气氛。在刺骨的寒风中，衣衫褴褛的犹太人在荷枪实弹的数百名党卫军看管下被迫急行军，落下的人立刻被党卫军枪毙，摔倒的人则被奔跑的人流践踏致死。他们一天跑了七十公里，许多人倒毙途中，到达格莱维茨后待了三天，三天没吃没喝，幸存者也都徘徊在死亡边缘。第三天深夜，火车终于到了，那是"一列长得看不到尽头的火车"，一列开往地狱的火车，挂着运送牲畜的车厢，没有顶棚，每节车厢塞进一百来人。没有任何食物，人们靠雪活了下来，人们蜷缩在一起，一言不发，"我们只是冻僵的躯体，闭着眼睛，等着再一次停下来清理的死人"。偶尔当火车停下来，路经车站的德国工人会向车厢里扔进一片面包，然后兴致盎然地欣赏几十个饿鬼为了这片面包扭打在一起。

火车上的最后一夜，刮起了可怕的狂风，雪一直在下，所有车厢里的人都感觉末日不远了。突然，车厢里响起一声号叫，很快每个人都开始号叫，那浸透着怨恨的哀鸣，悲苦的号叫声穿透了风雪。当火车终于在当夜抵达布痕瓦尔德集中营时，只有十二人活了下来，其中就包括威塞尔父子。但是经过这地狱

97

般的旅程，威塞尔的父亲已是奄奄一息。在书的末尾，威塞尔就父亲之死做了残酷的自省，当父亲遭到党卫军官的虐打，"我没有动。我害怕，害怕自己也挨上一下"。当父亲弥留之际叫唤威塞尔的名字，"而我，没有回应"。这种自省极为残忍，但那是真实的一枚印章，从另一个方向再次证实威塞尔所记述的纳粹暴行的真实性。威塞尔在整本书里持续地逼视着自己的内心，他对把苦难变为一种抽象的观念非常警惕，"就像把它变成一件宣传工具一样可恶"。这苦难不是理论，不是漫画，也不是优雅的艺术品，它就是它本来的样子，令人惊悚，唤起人们心底善的情感，以使那列开往地狱的火车永远不再回程。

2014 年

来自德国的反省：人性—民族性—兽性

纳粹统治对于德国来说无异于一次规模空前的浩劫，人们为这劫难的规模和程度所震惊：是的，希特勒的第三帝国存在了十二年之久，纳粹的兽行存在了十二年之久，就在这块孕育过歌德、席勒、康德、黑格尔、贝多芬等伟大作家、哲学家和音乐家的土地上。为什么会这样？是什么原因使德国的历史走进了死胡同？是不是德国文化中所携带的某种病毒最终导致了这场浩劫，还是某种具有普遍历史意义的东西造就了纳粹党邪恶的灵魂？和现在的联系则是，是否随着希特勒及其党羽的破产，导致浩劫的因素就永远消失了，或者它还会在合适的时机卷土重来？对于这些问题，当然可以笼统地方便地说，一定是多种因素的合力使希特勒及其纳粹党登上德国乃至世界的舞台，给世界人民尤其是德国人自身带来深重的灾难。而对于德国历史学家来说，搞清楚这合力的具体构成以及运作方式，则是他们责无旁贷的任务。

《德国的浩劫》的作者迈内克是最早认真思考这一问题的德

国学者，这本书写于1946年，距第三帝国的灭亡不过一年，希特勒留给德国的是一片荒芜的废墟，统治这里的则是英、美、苏、法四国军队，实行军事管制。一方面，纳粹统治的阴影还没有散尽，作为亲历者，许多画面、许多话语（尤其是贝克等将军试图扭转邪恶的纳粹之路的话语）仍然不时在迈内克心中闪现；另一方面，根除国家社会主义这一毒瘤的任务转移到战胜国手中，这对像迈内克这样一直希望以自身的力量来解决这一问题的德国人来说，则造成另一重心灵的重负。迈内克在写作此书时已是八十三岁高龄，他漫长的一生历经普法战争、俾斯麦的统一、第二帝国的强盛及其工人运动的蓬勃发展、第一次世界大战、魏玛共和国、第三帝国的兴亡、第二次世界大战以及战后德国的残破和分裂。所有这些使迈内克在写作此书时有一种溢于言表的沉痛之感，同时高龄以及眼疾的困扰让他无法考订细节、缕述史实，而是径直探讨一些重要历史线索背后的思想潮流。因此，本书正如译者何兆武先生在译序里所言："以个人的、非正式的、但不失为深刻的沉思的笔触，概括评论了自歌德时代的古典自由主义直到法西斯覆亡为止的德国思想文化的全景。"

作为八十三岁的老人，他可能也没有精力在史实方面搜求殆尽，以完成一部卷帙浩繁的巨著，但是用较为俭省的篇幅聚焦于推动历史发展变化的复杂观念本身，则使这本薄薄的小书更加紧扣论题，得以抓住繁复史实表象下深沉变动的观念之流。也许如此提纲挈领的方式，更能让人们从深层去把握历史、理解历史——以至于更好地理解现在和未来。无论如何，作为当代德国历史主义学派的首席代言人，迈内克深厚的学养和功力使他更多从19世纪勃兴的思潮中观察纳粹思想产生的原因，这使他对纳粹统治的反思别具一种历史感的深度。

在第一章"当代的两大浪潮"开头部分，迈内克即断言："直接把我们带进深渊的希特勒的国家社会主义，并不是一种单独出自德国的发展势力的现象。"通过另一位19世纪大历史学家布克哈特之口，迈内克将浩劫的源头追溯到启蒙运动时代和法国大革命的历史洪流之中，即错误地追求那不可能达到的群众性的人类幸福，因为这种追求很容易就转化为一种占有欲、权势欲以及普遍地为追求生活享受而奋斗。布克哈特的看法自然有其深邃的洞察力，但是仅仅把问题归咎于人类的贪婪本质也是不够的，在迈内克看来，至少19世纪兴起的两大浪潮——社会主义运动和民族主义运动——每一方都能够为它自己提出深刻的历史权利，它们是一种本能的探索性的努力，试图解决世界历史上闻所未闻的人口增长在各个国家里所呈现的全人类问题。进一步说，在意大利和德国已经做过的试验（法西斯主义）初衷则是要将民族主义和社会主义两大始终背离的浪潮融合联系起来，其手法是通过一种极权主义的、集中的、不受任何一种国会性质约束的对国家、民族和个人的控制而赋予这种融合以顽强性和坚固性。在这一过程中，个人的心灵在整体之中丧失了它的内在价值，而"此前在西方一直受到虔诚尊敬的整个理想世界就这样陷入了黑暗"。

在迈内克看来，协调民族主义和社会主义的关系有着现实的迫切性和重要性，因此，他对19世纪90年代瑙曼和他所领导的民族社会主义运动评价颇高，因为瑙曼较早提出要使19世纪民族-资产阶级运动和无产阶级-社会主义运动这两大潮流汇成一种强有力的融合。对于这种融合，迈内克一方面认为是高度值得期待的，一方面也敏感地意识到同时存在着一种危险的片面化倾向。很不幸，在德国，这种努力慢慢滑入极端化的泥淖，民族的自我主义和权力国家的观念愈来愈压抑了世界公民——人道主义的成分。在书中，迈内克两次提到19世纪奥地利诗人格雷尔帕泽尔的诗句："人性—民族性—兽性。"显然从这句诗中，迈内克找到了德国从歌德时代的高峰陡然堕入希特勒时代的缘由，这一貌似突然的过程中的过渡阶段，民族主义运动使人们在面对他族人的时候变得轻率和冒失，甚至于残忍，那么民族性也就容易成为人性和兽性之间的桥梁。在这之间，所谓的爱国热情特别容易走向人性的反面，杀戮被褒奖，残酷则被默认——想想死于纳粹集中营的六百万犹太人吧，这句诗中的逻辑就会变得更加清楚明了。

和特赖奇克、德尔布鲁克等德国历史学家一样，迈内克显然也希望德国民族国家的兴起不要让德国人陷入仇恨性和排他性之中，但事实是民族主义犹如猛兽，根本不知道"适度"为何物，从歌德时代所生长起来的那种自由的人道主义文化，遭到民族思想狭隘化和僵硬化的威胁。尽管德尔布鲁克早在1895年就敏锐意识到"这一切邪恶势力汇合起来禁锢了德意志民族的自由精神"，并呼吁要及时加以制止，但是无奈大势已去。一种过分激情的民族主义已经在欧洲泛滥，在它的顶峰，它会消灭道德的甚至逻辑的意识，而善和恶、真和假也都在其裹挟中失去了它们原本的意义。如此，希特勒的国家社会主义的伦理学也就应运而生。

从第六章"军国主义和希特勒主义"开始，迈内克将对浩劫原因的探讨逐步从深远的历史潮流的影响过渡到更具体的原因上。在第六章，迈内克探讨了德国军国主义传统对于希特勒在德国最终掌权的助力。正如迈内克正确地指出的那样，早在两个世纪以前，近代技术－功利主义精神，就在腓特烈·威廉一世所创建的普鲁士军国主义之中找到了它古老的原型。这种思想意味着无条件地、绝不瞻前顾后地献身于职务以及献身于赋予他这一职务的那个最高的战争主宰，从而使最高度地完成任务体现出一种绝对的价值。一个人由此沦为一座大机器中无数齿轮中的一个。怀着一种荣誉心以及高度的责任感和真挚的爱国热情，德国的军官们紧张而又鞠躬尽瘁地工作着，这是从来没有人能够否认的，但是人们观察他们的时候却不会是很愉快的，因为这些战争专家们身上缺少的是对历史生命的总体的全盘理解。因此，对那些超出他们视野的事物，他们就可能尽显其狭窄的眼光并犯下致命错误。

当希特勒的国家社会主义在德国愈演愈烈的时候，这些目光短浅的德国军官们被这一运动所折射出来的那种高度的民族精神的表象所蒙蔽，而原本20世纪30年代初期的勃鲁宁和格罗纳政府是有可能通过国家能量去刹住希特勒运动满帆前进的风向的。迈内克记述了某次和勃鲁宁内阁的国防部长格罗纳的散步谈话，格罗纳用手杖敲地，大声说："我们早就该用武力把他们镇压下去。"而另一位在巴本内阁之后组阁的施莱彻尔将军虽然对纳粹党的危害一清二楚，但是却把政治生活看成一场可以进行计算的各种力量之间的竞赛，他过于自信地认为可以通过机智的让步而把暴风雨纳入可以管控的渠道。最终他为此付出了生命的代价，1934年6月30日，施莱彻尔夫妇被纳粹党人谋杀。在迈内克看来，这一切都显示出国防军圈子对纳粹运动的民族价值缺乏判断力，归根结底，这是由普鲁士－德意志军国主义的片面性造成的。

希特勒时代德国民族性格之成为可能，有着复杂的原因。

它首先是从歌德时期以来灵魂力量之不断换位的结果，一方面是过分突出了算计的智能，另一方面则是感情上对权力、财富、安全等的渴望，于是行为的意志力则被驱入危险的境地。此外再加上国家社会主义以自私主义为表征的新伦理学，人们得以最终完成这种灵魂力量换位的正式加冕礼。人们满以为自己可以掌控恶魔，将之纳入建设性的轨道中，到头来却为恶魔所控制，这大约就是和魔鬼调情的唯一可能的恶果吧。

作为一个热爱德国传统思想文化的历史学家，迈内克不能承认法西斯专政是出自德国历史文化中的某种必然，这种近于偏执的观念从感情上是易于理解的，但是不是真的接近历史事实则是见仁见智的事情了。所以整本书尽管有着沉痛的反省的笔触，但是迈内克也在有意无意不断地为德国古典思想文化辩护。书的开首几章，迈内克已经借布克哈特之口，将这场浩劫的原因追溯至启蒙运动和法国大革命中隐藏的毁灭性因子，其潜台词则是，浩劫的原因不是继承了德国古典文化，而是背叛了德国古典文化。在第八章"偶然性和普遍性"中，他则强调了历史偶然性所发挥的巨大作用，尤其在希特勒登上德国权力巅峰这一具体的历史事件中。迈内克承认，偶然性和普遍性两者之间的作用是极其复杂的，存在着无穷无尽的变异性，偶然性事物之中都交织着普遍性，而在每一桩普遍性事件之中也都有着多种偶然性因素的存在。

他举例说，在第一次世界大战、在1918年的崩溃和魏玛共和国的临时创立中，是普遍性的力量占统治地位。可是在这普遍性的历史进程中，却出现了希特勒的个性这一偶然性因素，"它对已经存在着的普遍性以那样一种方式在起着可怕的作用，以至于这种普遍性被他强有力地鼓动起来，而且几乎可以看作他个人的创造"。迈内克引用自己的朋友、历史学家奥托·希恩兹的话，反复强调希特勒身上有着某些完全是外国的东西，某些像是已经绝了种的原始种族的东西，其本性是彻底不道德的。而曾任德国陆军总参谋长的贝克将军有一次对迈内克谈起："这个家伙（指希特勒）是根本没有祖国的。"在迈内克看来，希特勒身上所携带的疯狂激情的火炉，只是很好地利用了现存的历史力量和那个时代德国人的愿望，但本质上并没有完全内在地和他们在一起并植根于他们之中。

对于希特勒最终登上权力巅峰，迈内克也认为主要是恶魔式的偶然性帮助了这个胆大妄为的赌徒兼骗子。在1923—1933年，德国国会选举仍然是相当自由的那段时期，希特勒的追随者们从没有赢得过真正的多数，在1932年第二次国会选举中还显然有所下降（由1370万票降至1170万票）。可是在1930年的有关是否支持勃鲁宁政府的关键会议上，国家人民党的几位主要成员因为偶然因素没有与会，而使人民党最终投了反对票，勃鲁宁政府下台，这给希特勒的上台提供了千载难逢的机会。这是偶然性推动的第一步，第二步则是在1933年1月30日，德国总统兴登堡任命希特勒为德国总理。迈内克认为，这次任命并不存在紧迫的政治压力，"这里改变了局势的并不是一般性的东西，而只是某种偶然性的东西，亦即兴登堡的软弱"。迈内克坚持认为，原本勃鲁宁和格罗纳并不缺乏在风暴中把舵掌稳的那种坚定意志，但是主要由于兴登堡被希特勒运动中民族价值的幻觉所蒙蔽（说到底还是他本人政治判断力不高），还由于他个性中的优柔，那些阻碍希特勒登上权力巅峰的力量一下子消失于无形之中。"于是兴登堡这一偶然性也就处于驱使德国走上那条邪恶之路的普遍性原因之中，它好像是世界历史上最不

105

可解的一个阴暗的警告信号。"

问题是，纳粹十二年残暴的统治真的和德国古典文化的思想传统毫无瓜葛吗？在这一点上，和迈内克同时代的历史学家特罗什就表现出明显的分歧。随着时间的推移，纳粹和德国文化传统尤其是和德国浪漫主义运动的关系基本已成共识。历史学家克伦佩雷尔曾写道："我在自己心目中，曾有和一直有对纳粹和德国浪漫主义之间最紧密之联系的完全确定的知识，因为浪漫主义含有造成纳粹的一切东西的胚胎：对理性的废黜，对人的兽性化，对权力思想、食肉动物和金发猛兽的美化。"之后，两位重量级学者以赛亚·伯林和沃格林继续强化了这一观点。伯林认为，德国浪漫主义文学开启了一种天才的无度放纵：首先在精神领域，然后在政治中，实现对主体想象力的夺权，而这势必导致对传统和人道秩序的摧毁。沃格林则认为，因为自信的浪漫主义文学抵制神性的秩序和启蒙运动的客观人道主义，代之以妄想的专横，而这种专横然后被投射到民族性上。总体来说，两位学者都认为，浪漫主义运动本身蕴含着德国未来灾难性的命运，而国家社会主义只是这条清晰的逻辑链条上的一环而已。这些观点都是有说服力的，相形之下，迈内克的辩护则让人生出一份同情之念，一个一辈子浸淫在德国古典思想中的老者，指望他在垂暮之年向自己热爱的文化举起解剖刀是有点残忍了。

在书的末尾，迈内克以专章讨论1944年7月20日一群德国军官试图炸死希特勒的事件。他是多么希望德国人能够自己摘除身上的这颗毒瘤啊，那么德国的失败虽然是迟早的事情，但毕竟有一个清醒的具有反省能力的政府来收拾残局，这到底要好过整个德国陪同希特勒一起堕入地狱，就像希特勒某次宣称的那样。迈内克和国防军高层素有来往，在书中他也一再提到军队中的反对之声。通过和这些"有很高教养的目光远大的爱国者的交往"，迈内克获悉了这一大胆的刺杀希特勒的计划，虽然对具体的准备工作一无所知。最后又是因为偶然性的阴差阳错，在狼堡刺杀希特勒的行动以失败告终，随后大规模的镇压扑灭了德国人中具有远见以及较为清明的力量，第三帝国只能无可挽回地走向一片废墟。迈内克之所以对这次失败的刺杀行动给予充分的关注，目的仍然是为了挑明"在德国军队里，在德国人民中，仍然有一种力量不愿意像哈巴狗那样地屈服，而是具有殉道的勇气"。

在最末一章"德国的新生之路"中，迈内克以一位老者的身份，对德国的新生提出期许："我们当前的任务只能是在人道的旗帜下为我们的灵魂生活的净化和深化而努力。"同时，他也以瑞典、荷兰和瑞士三国作为榜样给当时士气低沉的德国人鼓劲，勉励他们从废墟中勇敢地站起来。从现在的眼光看，迈内克当时是有点多虑了，事实证明，德国人有能力从战争的废墟中走出来。在20世纪末，随着柏林墙的倒塌，德国重新获得统一，现在无论在经济还是文化上，德国都是当之无愧的大国。在我看来，其原因正是哪怕在病入膏肓的时候，德国仍然不乏清醒的学者，在堕入地狱的时候，德国人仍然有反省的能力（迈内克这部反省之作即是明证），这些都是他们屡次能够东山再起的原因。而纳粹十二年惨痛的统治历史，也有可能作为一个持久的警告，让他们明白并尽可能避免其文化中某种阴郁的组成部分。在最后，迈内克甚至提出建议，在德国各地组建歌德社团，"通过嘹亮的声音把伟大的德国精神之最富有生气的见证带到听众的心里"。那些抒情的和沉思的诗篇能够如迈内克所愿救赎德国吗？至少，在欣赏它们之前，要掐断那些浪漫主义诗篇和纳粹主义暗中相连的管道，以使那种独特的、极富魅力的战栗中不再掺有邪恶的杂质。

2015 年

被戕害的词语

在《第三帝国的语言》第一章，克莱普勒道出写作此书的内在动机："在我的日记本里，LTI（第三帝国的语言）这个符号最初是个语言游戏，带有模仿戏谑的意味，然后很快就作为一种仓促的记忆的紧急救助了，作为在手帕上系的一种结扣，没过多久，它又成为那全部苦难岁月里的一种正当防卫，成为一种向我自己发出的 SOS 呼叫。"作为20世纪上半叶在德国境内的犹太人，克莱普勒凶险的境地一望而知，事实上他只是因为妻子是雅利安人，才最终幸免于难。在整个纳粹统治的十几年间，克莱普勒亲历了犹太人所受的侮辱和虐待，而且因为这本在德国六十多年间出版了三十多版、售出四十万册的《第三帝国的语言》一书，克莱普勒成为纳粹暴政最有名望的见证者之一。

克莱普勒青年时代在慕尼黑、日内瓦、巴黎和柏林修读哲学、罗曼语文学和日耳曼学专业。1920—1935年任德累斯顿工业大学罗曼语文学教授，1935年因其犹太出身被解聘。克莱普勒的求学和教学经历对于日后写作《第三帝国的语言》有重要意义,使他对语言有一种职业性的敏感,克莱普勒后来说那些年记下的日记对他来说起到了平衡杆的作用,"没有它我早已经摔下去上百次了"。问题是,如果不是一位语言学者,谁会想到在对纳粹语言极端冷静的审视中将自己暂时带离悲惨的境遇呢?那是逃避吗?不!那是对生命的渴望。在感到恶心和渺无希望的时候,在机械工厂无尽的荒凉中,在病人和死者的床边,在一个个墓碑旁,在极端耻辱的时刻,对语言的审视像是一层铠甲保护着已经非常微弱的生之希望。许多时候,当我们冷静地凝视自己的伤口时,疼痛的感觉会减轻,而对于克莱普勒而言,审视语言就有这样的作用。同时,这也是一种最深沉的反抗,因为在克莱普勒的意识深处是对纳粹语言的厌恶:也许明天它就会有所不同,也许明天你对它的感觉就会有所不同。这种隐隐的期待将克莱普勒凌驾在他自己的境遇之上,最终维护了内心的自由。

如果说语言就是世界,那么我们也可以说,对于语言的极端敏感正对应着作者对于世界的犀利观察,克莱普勒的信念是:一个人说出来的东西有可能是谎言——但在其语言风格中,他的本质会暴露无遗。那么,与其说克莱普勒在纤毫毕露地展示纳粹语言的荒谬,不如说他经由语言的分析极其准确地捕捉到纳粹事实上的残暴。

刚开始的时候,当克莱普勒还只是遭到轻微的迫害时,他想到的是避开它——避开那些橱窗里广告牌上旗帜上的粗鄙语言,他埋头沉浸在自己的职业中,全神贯注地写作18世纪的法国文学。是啊,状况已经够糟的了,为什么还要用纳粹的文字破坏自己的生活呢?如果偶然读到一本宣扬纳粹的文字,读了第一段,克莱普勒就会将它扔到一边。街上若有什么地方响起希特勒或者戈培尔声嘶力竭的怪叫,他就会绕一个大圈子避开高音喇叭。可是逐渐地,克莱普勒被禁止使用德累斯顿大学的图书馆,被扫地出门,被送进工厂。此时,作为一名语言学教授,他唯一可以研究的材料只剩下时代的语言,也就是他每天在报(当然只可能是纳粹报纸)上看到的文字,每天在街上、在工厂里听到的说辞。逃避再无可能,情势使克莱普勒只能直视这一堆令他作呕的腐烂的语言材料。

起初,克莱普勒是抱着学术研究的心态去记取生活中遇到的那些纳粹语言材料的,因此他在笔记和摘要里总会留有类似这样的注脚:"以后确认!""以后补充!""以后回答!"但是在战后开始着手整理这些笔记时,克莱普勒意识到寻求纳粹语言的语言学渊源的研究是一个太过浩大的工程,远非他一人所能完成,同时他也对自己在第一时间所做的记录抱有信心,相信它们总有其价值。今天,我们看克莱普勒对于自己作品的认知,感觉他多少有点谦虚了。这些"半成品"(一半是具体的经历讲述,一半是已经进入到形而上阶段的科学观察分析)首先具有极重要的见证价值,而且由于克莱普勒是从他所擅长的语言分析进入历史描述的,这使他的著作独具一种穿透历史的深度。

作为语言学者,克莱普勒深知语言的厉害:"纳粹主义是通过那一句句的话语,那些常用语,那些句型潜入众人的肉体与血液的,它通过成千上万次的重复,将这些用语和句型强加给了大众,令人机械地和不知不觉地接受下来。"也就是说,纳粹宣传的本质是语言之毒素的渗透,这毒素慢慢渗进大众的日常用语中,令他们偏执和短视,而语言毒素最终会演变成行为上的残暴。席勒诗句说得好:"教养之语言,为你吟诗和思考。"反之,粗鄙的语言则会让你疯狂和暴戾。语言是行为的先导,有什么样的语言习惯必然会引发相应的行为,从无例外。在克莱普勒看来:纳粹语言改变了词语的价值和使用率,将从前一般的大众语汇收缴为党话,并让所有这些词语、词组和句型浸染毒素,让这个语言服务于他们可怕的体制,令其成为他们最强大的、最公开的,也是最秘密的宣传鼓动手段。如此看来,克莱普勒的工作其实是釜底抽薪的工作,他试图分离出混在德语中的毒素(哪怕是剂量微小的砷),并将这些完全被污染弄脏的词语置入群葬墓坑,长时间掩埋,有一些更要永远掩埋。

在克莱普勒之后,另一个对德语的堕落做过精深分析的学者是乔治·斯坦纳,在其1959年撰写的著名论文《空洞的奇迹》中,斯坦纳列举出德语被病菌腐蚀肌体之后的种种症状:"修辞代替了文采,行话代替了精确的通用表达,外来语或借用词汇不再被吸收进入本土语言的血脉,它们被生吞活剥,依然保持其外来入侵者的身份。语言不再使思想清晰,反而使之更模糊;语言不再直接有效地表达思想感情,反而分散了感情的强度;语言不再冒险(一种活的语言就是人脑能够经历的最大的冒险);语言不再被经历,语言只被言说。"斯坦纳的精彩总结很像是对克莱普勒所提供的第一手纳粹语言材料的归纳。而斯坦纳给出的语言治疗方案——当语言受到谎言的污染,只有赤裸裸的真实能把谎言清洗——克莱普勒早已在《第三帝国的语言》中采纳。

和斯坦纳相似,克莱普勒将第三帝国语言的基本特征归结为"贫瘠",在十多年的广泛传播中,第三帝国的语言始终保持着惊人的贫瘠和单调,所有得以出版的报刊和书籍都在诉说着陈词滥调,尽管是以狂热的方式。克莱普勒注意到,甚至在那些被虐待得最厉害的受害者那里,在那些国家社会主义的死敌那里，在犹太人那里，到处都笼罩着第三帝国的语言，包括他们的谈话、他们的信件，也包括他们的著作，只要他们还被允许发表东西，全都一样。这个语言一方面独霸天下，一方面贫瘠可怜，而且正是这贫瘠的语言令整个第三帝国方方面面都变得单调，从而使统治和奴役变得得心应手。比如，希特勒一上台便迫不及待指认纳粹党是唯一合法政党，而所有持有和纳粹主义主张相悖观点的人则要被清除，一切变得简单明了——种族需要净化，观点需要统一，那是一个多世纪以来影响越来越大的政治园艺学思想的极致：一切旁逸斜出的东西都要被修剪整齐，一切异类则要被荡涤，其理由则是极具欺骗性的所谓的美好未来。贫瘠的语言产生暴力行为，暴力行为清除异己，剩下简单的整齐划一的世界则更容易统治。这是一切极权清晰简明的逻辑，而在这一过程中，良知和美的泯灭在他们看来则是可以忽略不计的小小代价——不！他们不会认为这是代价，而只会认为这是必需的过程。最终，第三帝国的语言唯有服务于起誓，从而几乎丧失其他的诸如告白、自语、请求和祈祷的功能。单调的语言造就面目模糊的人民，整齐的观念则助长了具有毁灭性的狂热，理性则被彻底隔离在国家生活的荒郊野外。

　　随着写作的推进，克莱普勒开始进入对具体词语的回忆和分析——通常这两种状态搅拌在一起，对某个纳粹用语的分析必然带出与这个词相关联的个人记忆。在第五章"摘自第一年的日记"中，克莱普勒记录了 1933 年纳粹初步掌握国家权力时的新状况和新语言，以原材料的形式集中在一起。在写作这一章内容时，克莱普勒个人状况还比较正常——在职，住在自己的房子里，魏玛德国培养起来的法治思维仍然在左右着他的观察，他愤懑的语调里描述的几乎难以容忍的现象日后看来还只是初步症状，而在那时他视作地狱最底层的东西，在后来顶多只能算地狱的前院而已。这些早期记述反映出他作为一个正直的学者敏锐的洞察力，在7月28日的记述里，他描写了在每周新闻里一个有声的电影录像：希特勒在一个大集会上标志性的歇斯底里的怒吼，一边握紧拳头扭曲着面孔。对此，克莱普勒忍不住评价道："真正确信自己有恒久、毁灭性力量的人，会像他那样不断地絮叨着千年大业和被歼之敌吗？——我几乎是带着一丝希望从电影院走出来的。"然而事实上恐怖的氛围已经在这一年随着纳粹的上台全面铺开："政治上不可靠的人"被突然解聘；选修克莱普勒法文课的人越来越少，因为克莱普勒是犹太人，学生来他的课堂上甚至需要一点勇气了；也有一些善良的雅利安人在向克莱普勒表达着对希特勒政权的嫌恶。

这一切都让他对于未来抱有某种希望，当然他绝对想不到纳粹政权会持续十二年之久。在纳粹十二年统治中被频繁使用（最终被用滥）的词汇在1933年还算是初次登场，但凭借着语言学者的敏锐，克莱普勒已经捕捉到这些词所蕴含的可怕意味——"第三帝国的行话很煽情，而煽情总是可疑的"。克莱普勒发现，"人民"这个词在纳粹的行文中被频繁使用："就像吃饭时用盐一样，给所有的东西都捏上一撮人民：人民的节日、人民的同志、人民的团体、接近人民、背离人民、来自人民。""集中营"这个词当时还很新鲜，有一种异国的殖民地色彩，克莱普勒小时候听到过，可是它又突然重新出现，表示一种德国的机构，一种和平的设施，在欧洲土地上针对德国人而设立。所有这些都已经显露出纳粹日后那些暴行的端倪，克莱普勒像一根敏感的天线都将其纳入自己的日记，成为同时代德国人的一份杰出见证。

克莱普勒在写作中没有平均分配描述和语言学分析这两大手段，一般来说，在书的前半部分，由于他还抱有撰写一部科学的语言学著作的念头，分析的成分更多一点。后来随着事实的重压，可能也因为克莱普勒已经决定以见证作为这本书的立足点，事实描述的成分越来越多，但总体来说，描述和分析这两种手法在书中是相得益彰的。这本书最吸引人的地方应该还是那些亲历者才能捕捉到的纳粹统治下德国人生活的种种细节，它们经由克莱普勒的记述活生生地展示在世人面前，具有原生态生活所具有的扑面而来的生气和震撼力。同时，分析的不断出现又仿佛在这些事实外面包裹了一层薄膜——一方面用来防腐，一方面也是禁绝任何煽情的可能。克莱普勒对煽情很敏感，他早就因为煽情对纳粹宣传持有本能的怀疑。有时候这种分析还局限在语言风格的范畴内，比如在第十二章"标点应用"中，克莱普勒就精彩地分析了纳粹主义行文在运用标点符号方面的特点。一般人会猜想，第三帝国的语言因为其本质上是玩弄辞藻不断诉诸情感的，肯定会类似于狂飙突进派，沉湎于惊叹号，然而克莱普勒发现这一点并不明显，他给出的解释是，纳粹用那种持续夸张的态度将一切都组编成了呼唤和惊叹，所以它根本不再有必要借助特殊的标点符号——哪里还能找到平实的叙述，以让惊叹语句凸显自己呢？事实上，在第三帝国语言中被大肆滥用的标点符号是引号，一种意在讽刺的引号。它的出现在于对所引内容表示怀疑，并暗示所转述的话语是谎言，比如俄罗斯"战略"，南斯拉夫的铁托"元帅"，而丘吉尔和罗斯福也顺理成章成为讽刺引号里的"国家政要"。

随着写作的铺开，克莱普勒的分析逐渐越出语言风格层面，有时甚至涉及思想史的领地。在整本书中最具深度的分析，出

115

现在第二十一章"德意志之根"中。在这一章克莱普勒从各个角度展开的语言学分析终于涉及一个根本性的问题——纳粹主义的源头到底在哪里？是那个杰出作家和学者辈出的古典主义的德国吗？更具体的则是歌德时代的德国人和希特勒时代的民众之间存在着任何一种精神上的关联吗？怀着这样的疑问，克莱普勒在威廉·佘若（Wilhelm Scherer）所著的《德国文学史》中找到自己想要的答案："在德国，精神生活方面的忽上忽下带有坚定的彻底性，并且往上和往下都能走得很远，无度似乎是我们精神发展的诅咒。我们飞得越高，这样也就跌得越深。"克莱普勒就此确信，在希特勒的兽性与德国经典文学以及德国唯心主义哲学的浮士德式的放纵无度之间存在着一种关联，而德国浪漫主义的"去界限"倾向则进一步助长了德国文化中根深蒂固的极端倾向。在该章末尾，克莱普勒以毋庸置疑的口吻宣称，纳粹主义和德国浪漫派之间存在最紧密的联系，确切地说，纳粹是从浪漫派里生长出来的。纳粹主义包含的一切在浪漫派那里都已经开始萌芽：摘除理性的桂冠、将人动物化、追捧权力思想、追捧哺乳动物、追捧金发野兽。后来著名学者以赛亚·伯林和沃格林都以更缜密的学术语言阐述过几乎同样的观点，但是考虑到克莱普勒是在"二战"之后的一年半里写就此书（首版于1947年），他应该是最早将纳粹和德国浪漫派联系在一起的学者之一，这无疑是极具眼光的。

立足于词的写作，往往和诗不远。诗人的工作一般主要围绕词展开——洗涤、擦拭、打磨，直至词语生发出炫目的、让人心智迷乱的光芒。克莱普勒的写作已经显露出他对于词语超人的敏感，但和诗人稍稍不同的是，他选择聚焦的词语往往充满了污迹和黑暗，这是一些被戕害的词语，极端的意识形态和残暴的行为已经将这些勉强用来指代它们的那些词语腐蚀得锈迹斑斑、支离破碎。克莱普勒盯视着这些词语，用冷静的反讽衬托出它们的臃肿和狂妄。哦，"人民""领袖""英勇""狂热"——所有这些美好的词语在纳粹的语境中都堕入深渊，正如戈培尔那句臭名昭著的"名言"所说："谎言重复一千次就是真理。"纳粹所强调和依仗的精神作用到底斩断了词语通常和现实联系在一起的纽带，被戕害的词语飘浮着，孤独无依，仿佛更方便为那些虚妄的激情服务，仿佛更方便将其玩弄于股掌之间，甚至于指鹿为马颠倒黑白。但是事物如果失去了词语的命名、厘清和区分，终将会堕入空虚的黑暗中或者陷入疯狂而不加限制的毁灭中。词语轻飘飘给人们的日常交流带来便利，但是它们有自己的尊严，一旦受到无底线的戕害，它们的反击将会是致命的，想想希特勒和戈培尔等纳粹分子的下场吧。它们有一种隐忍的气质，但是为了寻求与现实事物真实的联系，它们也会果断地扫除一切障碍——纳粹主义不过是词语清除的无数个障碍中的一个晚近的例子而已。它们执拗地抵达真实，因为在任何时代总有像克莱普勒这样的人会尊重它们、帮助它们，而戈培尔早已抱着他充满毒素的格言葬身地狱。

2015 年

《生而有罪》：我的父母是纳粹

纳粹的暴行罄竹难书，正如汉斯·弗兰克（即"波兰屠夫"，纳粹的波兰总督，曾参与屠杀数百万人）在一次接受审讯时所说："千年易过，德国的罪孽难消。"纳粹在德国十二年的统治不仅造成六百万犹太人被残害致死，而且也使整个德国乃至于整个欧洲变成一个巨大的废墟，更重要的是纳粹及其暴行重创了整个西方文明的自信——想想就在几十年前，社会学的创始人孔德还信誓旦旦地认为当时的西方文明正处在文明的最高级阶段，在这个阶段人们和睦相处，不会再有战争发生。可是残酷的现实很快打破了孔德不无天真的幻想，接踵而至的"一战"和"二战"不仅使生灵涂炭，而且也使整个西方文明陷入窘境。"二战"以后，西方尤其是战败国德国对历史的反思立刻展开，迈内克的《德国的浩劫》试图从德国思想史的演进以及某种历史性的偶然因素来解释产生这场浩劫的原因；沃格林的《希特勒与德国人》则将重点放在分析像希特勒这样的人，何以在德国赢得统治权，其批判的锋芒应该说来得更为犀利；而像莱维、凯尔泰斯、博罗夫斯基、威塞尔这样的集中营幸存者,则以自己亲身经历的第一手资料细致描述了纳粹的罪恶,以及受害者在这一过程中的复杂表现。

对于纳粹统治及其暴行的反思一直是当代德国文化中的一个中心议题,相关书籍层出不穷,《生而有罪——纳粹子女访谈录》则是其中角度较为新颖的一部。1987年2月,这本书的部分章节在德国《明镜周刊》上分三期连载,和许多其他此类书籍一样,连载内容立刻引起广泛关注,读者的反应大大超出作者和杂志编辑的预料。也就是说,尽管过去半个世纪了,但纳粹统治及其暴行仍然牵动着德国当代生活的神经,人们关注这一段历史的方方面面,关注这一段历史的每一个细节,并提出或者表现出自己的态度——或惊讶或忏悔或辩解或茫然或抗拒。就像一位受访者莫尼卡说的那样:"看了历史记录,以及有关的书籍和电影,我现在开始相信他们肯定算作罪犯。"

在战后德国尽管有纳粹的同情者和支持者,但是社会上主体的主流氛围仍然是反思性的,即纳粹暴行为什么会在德国这块诞生过康德、黑格尔、叔本华、歌德和席勒等文化巨子的土地上发生,更重要的则是如何防范此类暴行在未来可能的重演。因为这样的文化背景,这本书才会有产生的可能,试想如果德国整体上对自己过去的罪孽讳莫如深,所有历史真相被掩盖得密不透风,孩子们对几乎近在眼前的历史也懵然无知,那么他们也就不会和自己的父辈因为纳粹历史而发生冲突,至少在本书中,大部分纳粹分子对于自己的家人和孩子是关爱的,是尽到做父母的义务的。但是整个德国的反思气氛波及德国的每一个家庭,就算父辈对此缄口不言(的确,大多数纳粹分子家庭都小心翼翼避开此类话题),孩子们也很容易从学校播放的有关集中营的纪录片中获知部分实情，或者便利地从学校图书馆中借到莱维、博罗夫斯基、迈内克和沃格林的著作。当他们获知真相，他们眼中的父辈即刻发生某种变形，而这正是这本书张力和意义之所在，而采访者奥地利著名记者西施罗夫斯基则希望从这一视角，探讨新一代德国人对自己历史暴行的反思状况。他创作这本书的动机和很多此类书籍一样，就是思考纳粹的暴行是否会在未来重演。或者更进一步，如何从根本上遏制此类暴行。

意大利大学者克罗齐尝言："一切历史都是当代史。"这本《生而有罪》则以某种极端的方式阐释了这句话。西施罗夫斯基所有采访对象几乎都是在战后出生的，但是在他们出生之前的那段可怕历史总会在某个时刻突然从书本里走出来，成为笼罩在他们头顶之上的真实的乌云，他们和父母的关系突然变得怪异或者说一落千丈，而自己的命运也难以避免地被牵涉其中。受访者安娜对于历史对个人生活的突然闯入有精彩描述："我知道曾有过集中营，有六百万犹太人被杀害。这些都是老师讲的，但老师也讲童话，像《小红帽》的故事。但看在上帝分上，有谁告诉我们，我们自己的父母也卷入其中？"为了解除心中的迷惑，她偷看了父亲的文件，"我在那里发现了一切——身份证、底稿、文件、证人证词"。在那一刻，安娜对父母突然产生了一种陌生感，我们知道正是那段冰冷的历史插在两代人之间，使他们几乎形同陌路。尽管安娜在后来的生活中还在尽自己做女儿的义务，但有些东西一去不返了。安娜和丈夫结婚时甚至没有邀请两方家长参加，"我们想重新开始，没有旧日的人物在场"。安娜受访时的最后一句话也使我深受触动："我爱我的女儿，她们一个八岁，一个十岁，她们是茫茫人海中我第一次真正爱上的人。"

另一个相似的故事发生在苏珊娜身上,她的父亲看起来和那些冥顽不化的纳粹分子有所不同,他愿意和女儿谈论过去,甚至还不忘告诫她:"要告诉你的孩子,这些再不应当发生。"苏珊娜十六岁那年,苏珊娜父亲带她去参观奥斯维辛,他了解奥斯维辛,战争年代他曾在那里驻扎过。父女俩跟的是一个讲德语的旅游团,团里和苏珊娜年龄相仿的少年很多,但他们大多数是受害者的子女。这位父亲大概是这本书里唯一以批判的角度谈论过去的父亲,但家庭的悲剧依然无法避免。苏珊娜有一个儿子迪特尔,随着迪特尔的逐渐成年,他对于历史也产生浓厚的兴趣(要再次强调,这和战后德国浓郁的反思氛围是分不开的),迪特尔参加了一个学习小组,探讨他们所在城市的犹太人历史以及最终的命运。苏珊娜的丈夫本身就是教授德语和历史的教师,他们夫妇俩当然支持儿子,并为此感到骄傲,因为儿子参与了如此重要的事情。但历史是残酷的,迪特尔逐渐发现外祖父在战争年代的真实形象,而且他们居住多年的住所,也是从一家被赶往奥斯维辛并死在那里的犹太人手中获得的。这不仅使迪特尔对外祖父产生愤怒的敌意,而且也影响到苏珊娜对父亲的态度。当苏珊娜和儿子到养老院询问父亲当年的真实情况时,苏珊娜父亲否认一切。但在苏珊娜心里,父亲在那一天已经死去,"我不再认识那个我继续探望的人,他也不再让我感兴趣……现在,即使是另外一个人坐在轮椅中,我也可以推他绕着花园散步,我甚至不会注意到这一点"。安娜和苏珊娜的故事之所以让我颇为感动,一方面是因为她们本身清晰的是非观、她们对纳粹暴行的批判意识,另一方面也是因为父辈所犯罪行给她带来的痛苦——一种亲情的撕裂。

总体而言,《生而有罪》的受访人大多有一种反思历史的意识(当然有例外,比如那个傲慢的斯特凡妮就在极力为自己的父亲辩护),作为战后的一代,他们发现自己夹缠在外部的民主结构和家庭内部的法西斯结构之中,两种反方向的力量在撕扯着他们。他们不会仅仅因为自己父母对自己好,就轻易原谅自己的父辈在战争年代所犯下的罪行,他们对自己父辈罪行所感受到的痛苦,使他们获得了一种弥足珍贵的人性,这人性既指向纳粹暴行的受害者,也指向他们作为罪犯的父辈。德国大作家席勒曾经精彩地描述过什么是悲剧:"悲剧就是将善恶打个结,再抽紧,这时候只有上帝才能解得开。"世间万物皆是如此,想追寻纯粹的善,往往会不自觉陷入恶的泥潭。书中记载的分道扬镳的姐弟俩布丽吉特和雷纳的对话,也涉及这个复杂的问题。姐姐是父亲的同情者,"我为父亲感到自豪,他有勇气投身于一场运动,只因为这场运动预示了更好的前景"。弟弟雷纳则对父亲持激烈的批评态度,"我期待着那一天,第三帝国的最后一名幸存者也咽了气,我盼望他们早日灭绝。或许到那时候,我们才有机会建立新德国"。和姐姐相比,弟弟雷纳似乎更政治正确一些,但奇怪的是我对姐姐反倒有一种亲近之感。姐姐布丽吉特显然也敏锐意识到这一点,她的反击相当有力:"你在做梦。什么也不会改变。要是今天你在台上,你会把其他人通通绞死。你的集中营将人满为患,不亚于往日的集中营。"

在我看来,增加人性的厚度也许才是当务之急,对过去怀着一种痛苦的告别和和解也许才是迎接崭新未来的合理方式吧,而不是纠缠于你死我活的对错,话说回来,谁会是完美的呢?在这一点上,作者西施罗夫斯基的态度也存在瑕疵,虽然他的写作动机没有问题——防止德国人忘记他们的历史,防止德国从集体的野蛮走向集体的遗忘。但他自己的犹太人身份，实事求是地说，到底对他的研究造成某种干扰。好在，书的主体都是受访者的陈述，这使他不必走上前台过于直白地表达自己的想法，但是书中有一章是西施罗夫斯基和一位纳粹子女赫伯特的电话记录，则显露出他咄咄逼人的一面，他甚至有些迫切地希望对方承认自己的父亲是罪犯是恶棍（当然这些都是事实），但他忽视了亲情的某种缓冲力量，而且我们马上要强调，这种缓冲力量是双向的，它对于社会公义和社会邪恶都有一种减震作用，它避免了善恶之间过于直接的相互残杀。

在西施罗夫斯基的潜意识里有一种父债子还的诉求，但父辈的罪就是父辈的罪，这种罪不具备天然的继承性。不错，许多纳粹的孩子因为父辈的罪恶感到羞耻、感到痛苦，这恰恰说明人性在其中发挥了重要作用，而从严格的法律意义上，这些纳粹的孩子没有为父辈赎罪的义务，当然他们应该反思过去、反思父辈的过错，以防止纳粹暴行再度发生，但这和"生而有罪"完全是两码事。这个书名有严重的误导作用，甚至有哗众取宠之嫌，西施罗夫斯基在后记里解释说，书名不是他的主意，是出于采访对象之口，但是当它被挑选出来成为书名，它无论如何都成为了作者想要强调的东西。

所有这些都足以说明反思历史之艰难，完全有意地掩盖历史事实当然是等而下之的，但就算是在社会氛围的鼓励之下去认真地反思历史，也会发现有许多障碍、许多歧路需要厘清。这其中对他人的道德要求往往是最容易犯的过错，因为人性中似乎就有一种自我中心主义的倾向，对他人往往习惯性地有更严苛的道德诉求，而对自身往往缺乏足够的警醒。因此在汗牛充栋的反思纳粹暴行的作品中，只有少数作家和学者掌握了一把灵活又准确的道德标尺，既衡量他人也衡量自己，诸如莱维、博罗夫斯基、凯尔泰斯和沃格林正是其中最杰出的代表。《生而有罪》这本书和上述作家作品还有相当大的差距，但它的优点是，当西施罗夫斯基隐身在受采访者之后时，受采访者所陈述的自身所处道德困境依然有打动人心的力量。也就是说，受采访者的口述某种程度上纠正了作者的某种极端观念，使这本书具备了更开阔的视野，进而成为人们反思历史、反思纳粹暴行的一个有效视角。

2017 年

刷新第三帝国的历史与记忆

英国学者理查德·埃文斯所著的《历史与记忆中的第三帝国》，是一本关于21世纪以来第三帝国最新历史著作的书评集，"以对第三帝国某方面的新研究为起点，进行更大范围的思考"。

全书二十八章，几乎每章都是以一本有关第三帝国某个侧面展开的研究专著为评述对象，比如第一章"种族灭绝蓝图？"评论的是赫尔穆特·布莱的著作《1894—1914年德国统治下的西南非洲》，第二章"想象帝国"评论的是谢莉·巴拉诺夫斯基2010年出版的《纳粹帝国》，第三章"1918年战败"是对戴维·史蒂文森著作《背水一战》的评论，第四章"瓦尔特·拉特瑙"评论的是舒拉米特·沃尔科夫的著作《瓦尔特·拉特瑙：魏玛共和国陨落的政治家》，第五章"20世纪20年代的柏林"评论的是托马斯·弗里德里希的著作《希特勒的柏林》，第八章"人民共同体"评论的是格茨·阿利的著作《希特勒的受益人》，第九章"希特勒有病吗？"是对奥地利精神病学家雷德利希1998年出版的《希特勒：对一个破坏性先知的诊断》一书的评论——诸如此类。

我想不用再列举下去了，《历史与记忆中的第三帝国》所评论的二十多本有关第三帝国最新研究的书籍，无一例外对于中国读者而言都很陌生，在我的印象中好像也没有任何一本曾经翻译成中文。仅这一点而言，《历史与记忆中的第三帝国》这本书对于中国读者的意义是不言而喻的。它打开了许多扇窗户，以供我们来观察一个我们似乎比较熟悉的历史阶段，而这时我们立刻发现，我们之前获得的相关知识要么过于粗疏，要么就经不起推敲，在埃文斯充满思辨的笔触下逐渐变得破绽百出。

我们知道任何历史事实都不是孤立地存在的，同样，第三帝国也不会是一个突兀的存在，《历史与记忆中的第三帝国》第一部分"共和国与帝国"，正是聚焦于第三帝国的前史，试图在杂乱的线索中找寻第三帝国得以出现的那些具有重要意义的影响性因素。第一章"种族灭绝蓝图？"讲述了德国人在1904年至1907年间对纳米比亚（当时德国的殖民地）赫雷罗人和纳马人部落发动的骇人听闻的战争。故事并不复杂，20世纪初德国殖民政府侵占土地的步伐不断加快，德国农场主因此遭到袭击，大约150名德国移民者被杀害。于是，德国从柏林派遣了一支14000人的军队前往镇压，其统帅特罗塔将军作风强硬血腥，他在击败一支赫雷罗人的军队之后宣称：在德国人边境内发现的任何赫雷罗人，不管是武装人员还是平民百姓，一律处死。妇女和儿童则被赶进沙漠活活饿死。鉴于特罗塔的种族信念，毫无疑问，这就是后来人们所称的种族灭绝。

也就是说，在这个问题上，德国皇帝的德国和希特勒的德国之间存在延续性的问题。自然，许多殖民政府的统治都堪称残暴，动辄以大屠杀来镇压起义，但是只有德国人采用了集中营这种形式并创造了这种称谓，还刻意营造了极为严酷的环境，其目的既要强制在押人员劳动，又要将他们毁灭。这无疑启发了纳粹的"通过劳动来毁灭"的思想，并为1942年纳粹在考虑解决犹太人的所谓最终方案时，提供了一个现成的、可以借鉴的方式。当然两者也有差别，当特罗塔在纳米比亚抡起屠刀的时候，德国国内批评声四起，当时的德国总理比洛以及社会民主党和天主教中央党的政客们都直言不讳，予以谴责。可是纳粹对犹太人的屠杀是在纳粹最高层的认可和安排下统一地按部就班地进行的，当然这也不难理解，在纳粹上台的数年之内，他们已经以各种方式的暴力把异议的声音清除殆尽，到了1942年，在第三帝国的高层内不可能再存在多元化的声音。

从某种角度看，第二次世界大战是第一次世界大战的延续，那么分析德国1918年的战败对于理解前者的发生就有着特别的意义。对于1918年的许多德国人来说，他们对德国的战败求和感到费解，因为仅仅几个月前的1918年春天，德国似乎胜券在握。僵局持续了几年之后，战争突然朝着有利于德国的方向发展。1917年初，德国人决定发起无限制潜艇战，德国潜艇每个月击沉向英国运送给养的船只总吨位有50多万吨。协约国军队厌倦了战争，法国军队中到处发生兵变，这足以说明他们的士气有多低落。最重要的是，十月革命和沙皇军队的瓦解使俄国退出了战争。德国得已重新部署军队——到1918年4月，德军在西线的兵力从325万增加到400多万。德国发起的春季攻势使英法军队后撤了80公里。可是几个月后，德国的领导人却在求和了。

埃文斯在书中列举了五个原因：一是协约国在军事情报方面逐渐占据优势，可以有效破解德军的无线电信息；二是协约国即将在空战中获胜；三是在毒气战方面，力量平衡也被打破，英军研制出一种有效的防毒面罩，还研制出新型快速的莱文式毒气发射炮，而德军的防毒面具无法抵御这种武器的进攻；四是在坦克战方面德军全面处于劣势，坦克数量远远落后于英法军队；五是在经济能力方面，协约国后劲十足，而德国已经捉襟见肘，粮食供应出现问题，据估算，有五十多万德国平民死于营养不良和相关疾病。这些因素都决定了德国在"一战"中必然落败的命运，但是不少德国人——希特勒就是其中一位——并不这么认为，他们固执地以为：德国其实根本没有被打败，德国军队实际上取得了胜利，却在国内被犹太革命分子从背后捅了刀子。遭到叛徒煽动的罢工和示威破坏并最终毁掉了主战派的努力。以至于希特勒在他的《我的奋斗》中宣称："与犹太人不可能达成和解，只能是你死我活。"协约国不彻底的胜利以及德国内部广泛弥漫的不服气的情绪都为第二次世界大战的爆发埋下伏笔，而认为犹太人在背后捅刀子的想法则使得整个德国社会的反犹情绪更加高涨。

《历史与记忆中的第三帝国》是对史学界有关第三帝国最新研究成果的再评论，书中有大量新鲜的材料、新鲜的视角自是不在话下，但对我个人而言，我对第六章"社会局外人"和第七章"胁迫与同意"更感兴趣些，而这两章则恰恰是埃文斯自己的原创性研究，这也说明他在有关第三帝国历史研究中所处的独特位置。在"二战"后很长时间里，研究者和普通读者都被纳粹对犹太人血腥的灭绝政策及其实践所震惊，只是到最近的十几年来，随着许多有关第三帝国局外人的文献的披露，人们终于意识到，在纳粹统治下的第三帝国，有很多群体都是被遗忘的受害者，历史学家以前很少研究他们的命运。纳粹对许多群体都采取仇恨和毁灭的政策，毫无疑问，犹太人是这些政策最主要的受害者，但还有其他群体也是受害者，比如吉卜赛人、同性恋者、智力障碍者、肢体残疾者、惯犯、不合群的人、无家可归者、流浪汉、斯拉夫人和其他被德国统治的民族。德国的反犹文献可谓浩如烟海，可有关纳粹对德国社会其他少数群体迫害的深远历史背景，人们却几乎只字未提。埃文斯就这个主题的研究应该说是具有开创意义的。

应该说对20世纪造成深重伤害的社会达尔文主义思想，是因为1859年达尔文的名著《物种起源》的发表而获得命名的，可是其思想溯源却可以早得多，据埃文斯的研究，近代早期德国社会就存在着包罗广泛的所谓可耻群体，主要是指那些从事与肮脏或污染物质接触的行业的人。随着启蒙理性精神逐渐替代了基督教的行为准则，德国社会的可耻群体有缩小的趋势，1731年，神圣罗马帝国正式宣布，剥皮人、屠夫和刽子手以外的所有行业都是荣誉行业。普鲁士国王腓特烈二世于1775年废除了以前驱赶和消灭吉卜赛人的政策，转而努力促使他们融入社会。但是总体而言，社会局外人的地位在18世纪的德国没有得到普遍提高，而且通过采用某种标准对社会局外人进行重新定义、调查、隔离和污名化，与当时英国和法国的情况是相似的。一直到19世纪末期，情况才出现显著变化。优生学、种族卫生和退化的理论，尽管在意大利、法国、美国等许多国家的影响力在不断增强，但似乎从19世纪90年代开始，它们在德国知识分子中间引起了特殊的共鸣。

诸如龙勃罗梭、李斯特等犯罪学家、精神病学家有关人种退化的理论开始在德国引起广泛的重视。"一战"前夕,优生学和种族卫生等语言已经被德国刑事律师、国家检察官、刑法官员和社会评论家广泛使用。在魏玛共和国时期,种族卫生成为独立的学科,1923年慕尼黑大学创立了该学科的第一个教席,在接下来的九年里,德国大学共开设了不下四十门有关该学科的课程。正是基于这样的思想基础,纳粹毫无障碍地实施了种族卫生政策,反对犹太人与非犹太人之间通婚和发生性关系,强迫多达四十万名"劣等遗传"的德国人做了绝育手术。应该说,种族主义、社会达尔文主义和人种改良思想在19世纪与20世纪之交的喷发是一个世界性的现象,但只有在德国,它顺利地进入司法、行政和社会管理领域,这些领域的思想和实践又被医疗化,又在魏玛共和国期间被政治化,这一切使德国走上了灾难性的道路,致使它对反常人群进行无限期监禁、绝育以及最终的大规模灭绝。而且德国的屠杀并不是从犹太人开始的,而是从1939年针对智力障碍及肢体伤残的人开始的。

因此,从宏观的角度看,纳粹德国对社会局外人采取的禁闭、绝育乃至灭绝措施,是大约从1890年到1940年这半个世纪现代社会的政治宣传和科学进步的产物。从这个意义上看,埃文斯对德国社会局外人的历史研究就和鲍曼《现代性与大屠杀》一书对于现代性黑暗面的控诉达成了某种默契,也就是说科学并不天然地具有正面的含义,现代性在改善人们的日常生活的同时,也蕴含着可怕的破坏性力量,而纳粹的大屠杀则将这种破坏性以触目惊心的方式予以展示。

第七章"胁迫与同意"主要是探讨纳粹政权的独裁性质。在"二战"结束之后的数十年里,人们形成了一个普遍的共识,即纳粹德国是一个警察国家，监视和控制机构无所不在，公民个人没有多少思想和行动自由。但是从20世纪60年代开始，新一代历史学家开始探索第三帝国统治体系的内在矛盾和不稳定性。这类研究含蓄地指出，德国人有相对的自由，普通德国人与纳粹政权的关系中有自愿的成分。在这方面，左翼德国历史学家格茨·阿利做出了最具影响力的断言，他认为"第三帝国不是一个靠武力维持的独裁政府"，而是一个广受欢迎的政权，从一开始人们就有支持该政权的广泛共识。在纳粹德国，"元首的统治和人民的意见之间有着无保留的一致"。在德国的一些历史学家看来，承认这种一致性是承担集体罪责的基础，而集体罪责则是德国统一之后的民族认同中最为重要的融合因素。总体而言，似乎已经出现了一个新的共识，即第三帝国是"合民意的独裁政权"，一些德国和德国以外的历史学家近年都在普遍地使用这一概念。

针对史学界这一颇为流行的观点，埃文斯雄辩地做了批驳。他指出纳粹获得政权并不合法，希特勒立法权的主要法律基础《授权法案》是非法通过的，因为国会议长戈林违反了法律，拒绝将缺席但合法当选的共产党代表算入总数，这样赞成票才能够达到所需的三分之二以上。而且在纳粹获得政权过程中，以冲锋队为代表的纳粹暴力起到了至关重要的作用，他们针对共产党和社会民主党发起了成千上万起街头暴力事件。1933年6月21日社民党被取缔后，其三千名主要成员立刻遭到逮捕、殴打和折磨，还有许多惨遭杀害。埃文斯在书中列举了一系列具体的事例，比如对民族党议会领袖欧博福仁的杀害，而在"长刀之夜"，希特勒不仅清除了冲锋队的领袖罗姆，也同时打击了保守的右翼政党，杀害了副总理帕彭的秘书和演讲撰稿人。纳粹政权是广受德国民众欢迎的独裁政权吗？大量史料给出了否定答案。比如，在兴登堡1934年去世后举行的任命希特勒为国家元首的公民投票，1938年举行的兼并奥地利的投票等场合，成群的冲锋队员将选民在家里团团围住，然后押到投票站，在投票站选民往往被迫公开投票，而投反对票的人就是反对希特勒，根据叛逆法，这就是犯罪行为。据报道，在有些地区，有太多反对票和被毁坏的选票被换成伪装的支持选票，结果支持票比实际的选民还要多。许许多多的例子表明，从一开始德国国家社会主义就是从理论到实践都充斥着暴力、胁迫和恐怖的绝对的中央集权。事实上，在某些层面上，恐怖是针对绝大多数德国人的。埃文斯指出，如果不认清这一点，便不可能理解纳粹对所征服地区人民，尤其是对东欧和东南欧人民，以及对欧洲大陆整个沦陷区的犹太人所实施的恐怖行为。

在历史研究中如同文学史的演绎，"弑父"情节也是一种基本的冲动，每一代历史学家都试图令自己的研究展现出新意，这种有时清晰有时仅仅隐藏在潜意识里的想法，使他们很自然对上一代历史学家的研究成果多了一层审视和怀疑的目光，而历史事实本身的丰富性（至少是阐释的丰富性和歧义性）则支持了这种怀疑——历史学家们似乎总是能为自己刻意求新的观点找到佐证材料。也许正是在此意义上，我们才能更好地理解克罗齐的那句名言——"一切历史都是当代史"。埃文斯对于纳粹政权独裁性质的研究恰好可以作为这句话的一个形象的注解，它反映出埃文斯这一代历史学家对于当代欧洲正在兴起的右翼势力的警觉。自然，埃文斯的研究是扎实的有说服力的，但是他研究的出发点显然也是基于一种道德感。

《历史与记忆中的第三帝国》是有关第三帝国研究著作评论

的合集，它自然没有通常以历史叙事为主体的历史著作那样的流畅感，事实上，书中评论的不少书籍多是选取一个较小的入口（比如有关魏玛共和国外交部长拉特瑙的传记，对于德国20世纪中期活跃的文化赞助者特普费尔和纳粹关系的研究），这当然是研究得以深入的一种有效途径，但是与此相应它也缺少一种恢宏的历史感和勃勃生机，当读者被带入极其复杂的次要历史事实的时候，不免要生出厌倦感了。在将这些书评编撰成书的时候，埃文斯已经在想方设法赋予它们某种秩序感，比如把全部二十八篇文章按照主题的不同分为七个部分——"共和国与帝国""纳粹德国内部""纳粹的经济""外交政策""胜利与失败""种族灭绝政治"和"余波"，但是书评写作本质上有一种被动的特征——它的写作起因是因为某本书的出版，它的评论高度也往往依赖于评论对象提供的可能性。

当然埃文斯充分利用了这种可能性，首先，他的历史眼光使他可以从汗牛充栋的有关第三帝国的著述中找到那些最有评论价值的书籍，而在具体的评书中，他也利用了书评写作思辨和分析见长的特点，比如有关拉特瑙和特普费尔这两篇文章，埃文斯就充分尊重并展示了历史人物本身的复杂性。他这样评论拉特瑙："至此，他已四面树敌：左派、右派、商人、工人阶级、犹太人、反犹分子。1919年，他在《德国皇帝》上发表了一篇短文，不仅疏远了退位君主的支持者，也开罪了贵族和中产阶级的代言人。"在有关特普费尔的文章中，埃文斯回顾了前者跌宕起伏的一生，包括特普费尔被纳粹逮捕以及获释的经过，他在驻巴黎的德国武装部队反间谍机构阿波维尔的任职及离任，他被英国占领当局关押的两年，并被归类为纳粹的"同路人"——埃文斯在这个词后特别加以注明——这一点非常合理。

但总的来说，埃文斯对于这个复杂的历史人物是持一种理解之同情的态度的，这引发了和另一位历史学家平托－达辛斯基的长期论战，在那篇文章后面埃文斯加了一段很长的"说明"，介绍了两人之间充满火药味的唇枪舌剑。埃文斯对历史复杂性的尊重，使他的某些文章显得有些冗长和缠绕，但我们也必须注意到，这也是呈现道德复杂性的必由之路——作为真相的历史事实是无法被简化的。简化的政治口号确实可以有效地鼓动人心，但那只是宣传而不是历史。

《历史与记忆中的第三帝国》第五部分"胜利与失败"从几个不同的侧面评述了纳粹失败的原因，比如纳粹被在西线的速胜冲昏了头脑，同时苏联红军在和芬兰的战争中表现出来的无能也使纳粹过于轻视苏联。埃文斯也一再强调了经济实力在拉锯战中的重要性，甚至决定性的作用，他特别引用了德国元帅隆美尔在输掉北非战役后的感慨："这是由英美雄厚的物质基础决定的。"但是这几篇文章恰恰是全书里最没有新意的地方。从宏观的角度探讨纳粹战败的书籍太多了，要想从这个角度推陈出新谈何容易。书中其他文章，"希特勒有病吗？"和"阿道夫和爱娃"评述了希特勒的私生活——希特勒的身体状况，以及他和情人爱娃的关系。老实说这已经有点堕入八卦的边缘了，但是如果考虑到有一种意见，即将纳粹所犯下的骇人听闻的暴行归咎到希特勒本人变态的心理上，那么对于希特勒身体健康状况的某种澄清也就是对于纳粹罪行部分"免责条款"的剔除——希特勒是在身体完全健康的状态下，发布那些残暴、血腥的指令的。如此这几章貌似八卦的章节也具备了贯穿整本书的庄重气质。说到底，这依然是一位严肃的历史学家的著作，埃文斯对于第三帝国方方面面的考察，总是能迂回到"道德感"这一最重要的支点上。反过来，它也使整本书稍显散乱的结构总算有了一种隐蔽的秩序。

2019 年

从专制拥趸到反纳粹斗士

"二战"中的托马斯·曼完全是一个和纳粹作顽强抗争的斗士形象。第二次世界大战爆发的1939年，托马斯·曼已经从旅居五年之久的苏黎世湖东岸的库斯纳赫特移居美国，担任普林斯顿大学文学系的客座教授。托马斯·曼开始流亡的时间更早，早在1933年2月，希特勒上台之后不久，托马斯·曼即已离开德国，起初是为了在阿姆斯特丹、布鲁塞尔和巴黎做有关瓦格纳逝世五十周年的演讲，后来形势急转直下——"国会纵火案"、兴登堡的《非常法》、3月份的帝国选举中纳粹获得绝大多数选票等—托马斯·曼开始放弃回国的念头，1945年在接受媒体采访时，托马斯·曼曾经回顾过自己决定流亡时的客观情势："我永远不会忘记，电台和报刊界在慕尼黑对我的瓦格纳演讲，发动的无知和杀气腾腾的攻击，它使我真正明白，我回国的道路已被中断。"

客观地说，1939年"二战"的爆发并未给托马斯·曼带来很大震惊，因为他早已洞悉整个形势，反而在各种力量的对抗之中，看到了最终澄清局面的可能，以超越"二战"爆发前因绥靖政策带来的令人焦虑的状态。因而托马斯·曼更加投入地投身到反法西斯的阵线中。克劳斯·施略特所作的托马斯·曼的传记说他"做出了能够做到的一切"，鉴于他在流亡者中崇高的声望，他所承担的义务也达到了前所未有的程度，他所参加并领导的帮助欧洲难民的"委员会"以及"协会"，几乎难以计数。"犹太难民委员会""基督教难民委员会""纽约政治统一服务委员会"接受他的举荐，捐献者接受他的谢意。在整个"二战"期间发出的信件中，可以找到托马斯·曼为此奔波努力的感人至深的证据：他以"美国日耳曼文化自由指导委员会"（任该会名誉主席）的名义，对"两美元""十美元"的仁慈馈赠表示感谢；他写信给纽约电影公司的老板们，请求他们延长那些以电影剧本作者身份受雇的德国作家的合同。从1940年秋天开始，托马斯·曼通过英国广播公司电台每天向德国发表广播讲话，所得收入全部捐献给英国战争救济委员会。当一些在布拉格受到迫害的德国人急需援助时，他甚至写信给华盛顿高级部门，试图动用自己的声望施以援手。这种为他人任劳负重的精神，以及在做每一件有求于他的事时所表露出来的热情和谦逊，都是对他自己所极力主张的人道主义精神的具体实践。

但是回顾托马斯·曼整个精神成长的历程，我们会发现，他的精神历程并非一帆风顺，我们甚至会吃惊地看到，1914年8月当德国正式对法国宣战时，托马斯·曼和慕尼黑剧院广场上欢庆的人群（其中正包括在仿造的卫兵门厅旁，挥动帽子的阿道夫·希特勒）几乎是处在同一认识水平线上的，托马斯·曼在给哥哥亨利希·曼的一封信中写道："有幸经历如此伟大事情，是完全没有预料到的，对此难道我们不应怀有一种感激之情吗？"

在同一封信中，托马斯·曼称这场战争是一场"伟大的、十分正规的，甚至是庄严的人民战争"。1915年发表于《法兰克福报》上的《关于战争的思考》（Gedanken zum Kriege）一文中，托马斯·曼将自己拥戴战争的想法提升到文化高度：只有德国的胜利才能保证欧洲的和平，只有德意志灵魂的保存和发展才意味着更高的文明进步。这种文明托马斯·曼称之为"文化"，它和"理性"相反，亦和英国式的以契约形式固定下来的社会道德标准不相容。他发现，个人反对民主的思想早已在路德、歌德、叔本华、尼采那里得到发展。他发现，个人自我教育、自我完善的目的正是通过这种反民主思想而实现的，而德国文学史上的浪漫派正是这种升华为世界观的反政治的范例。

这种思想显然和托马斯·曼在"二战"时所具有的人道的反专制思想存在天壤之别，这种转变过程则是耐人寻味的，在那个大动荡年代的知识分子中有着标杆性意义。讲到这里，则必然要论及托马斯·曼和年长他四岁的哥哥亨利希·曼错综复杂的个人关系。两兄弟同为德国乃至世界文化史上的重要人物，虽然弟弟托马斯·曼由于获得过1929年诺贝尔文学奖在世俗声誉上始终要高出一头，但是哥哥亨利希·曼则在政治洞察力和社会批判性方面胜过弟弟一筹。亨利希·曼深受法国作家和思想家影响，特别是法国大革命时期的思想文化、人权观念、自由和平等思想对他影响至巨，他显然是把法国民主制作为德国君主制的对立面而加以颂扬。在此，在对待德国君主制的态度方面，他和"一战"时期拥戴普鲁士专制制度的弟弟已成背道而驰之势。

事实上，思想的演变总是缓慢的、渐变式的，那么当兄弟俩思想在"一战"爆发时呈水火之势，他们分歧的源头只会更加遥远。早在1903年，兄弟之间的论战即已开始，尽管最初只是很隐蔽的。当时，托马斯·曼讥讽哥哥的小说《女神》的批判性政治性内容，而在亨利希·曼一部重要的小说《小城》发表之后，他在对该书缺乏深入研究的情况下，把它和自己的《陛下》相比较，进而得出哥哥的政治、美学观点与自己相同的结论。亨利希·曼拒绝了这种比较和结论，他不点名地批判弟弟"是反动文学家中的一个，他们象征性地拿来人民的生活，以装饰自己高贵的经历；不认识自由，却对它加以蔑视"。事实很快证明亨利希·曼这段话的正确性。在"一战"开始不久后发表的《战争中的思考》(Gedanken im Kriege)一文中，托马斯·曼不仅对自己的民族采取沙文主义的态度，而且称颂其国家形式为"我们的君主制"。兄弟俩的关系在1914年9月18日托马斯·曼给哥哥的一封信之后完全中断了。对于弟弟思想上的幼稚，哥哥痛心疾首，次年亨利希·曼发表《论左拉》一文，成为反对帝国主义战争最重要的"战斗檄文"，文中哥哥继续不点名地谈及弟弟："最严峻的考验开始了，它迫使有思想的人选择自己的道路，或者做眼下的胜利者，或者为永久的事业而奋斗。看上去似乎同是出类拔萃的战友们一时都翻脸了。这些人毁了，这些生命毁了。……一个只是建立在暴力之上，而不是建立在自由平等和真理上的帝国，一个只有命令、钱财和剥削，而人从不受到重视的帝国，是不会取胜的。"兄弟手足之情，使这场争论变得格外纠结和真诚。尽管两人都非常痛苦，但都毫不犹豫地坚持己见，而在措辞上又极力有所克制，比如这种不具名的批评。反过来，托马斯·曼也是一样，他的克制还有一层现实的考量——当时亨利希·曼尚居住在慕尼黑，弟弟显然不希望自己对哥哥的攻击成为慕尼黑警察采取行动的口实。

1917年年底，亨利希·曼曾写信向托马斯·曼表示和解，然而遭到拒绝。回信的口吻沉痛又骄傲："我整整受苦、搏斗了两年之久，荒废了我最为得意的计划，艺术上陷入沉默。自我总结、比较、维护，不是为了在你口授了这封没有一行字不是自以为是的信之后，抽泣着扑倒在你的怀里。"亨利希·曼对此的回答是直接写信给托马斯·曼本人，分析了两人性格方面的差异，也直率指出弟弟问题之所在："你的激情促使你完成了几部作品，但它也使得你对不合心意的东西采取无礼的态度。简而言之，它使你无能力去理解另外一个陌生的生命中的真正严肃性。"然而，这封信的草稿上打着"未发出"字样，也许哥哥不想再令两人糟糕的关系雪上加霜，也许他想事实本身会让误入歧途的弟弟回心转意。哥哥等得不算太久，差不多四年之后，托马斯·曼终于愿意思考兄长的观点，像青年时代一样，弟弟又一次成为汲取者，并最终朝着人道和自由的道路走下去。显然，在此他和自己的哥哥再次相逢，并且再也没有分开过。晚年，在《关于我兄长的报道》中，对兄弟俩情谊，弟弟托马斯·曼做过感人的描述："在德国的疯狂面前，他和我一样承受了太多的痛苦和忏悔，甚至比我更多，因为在他从法国出逃期间，生命安全都无法保证。"

　　令托马斯·曼思想转变的因素是多样的，哥哥的言论虽然遭到他的反击，但是毕竟给他留下深刻印象，是此次重要思想蜕变的背景，应该说起到了决定性作用。同时，纪德、修阿雷斯和库奇乌斯关于德法文化问题最初的见解也引起他的兴趣。在他们进行的公开讨论的影响下，托马斯·曼第一次对自己提出的国家民族主义合理性是否过时的问题给予了肯定的回答。通过好友汉斯·赖西格尔的译作，托马斯·曼接触到惠特曼的抒情诗,惠特曼诗中所表现的"深沉的新的人类思想"打动了他:"因为我看得清楚,惠特曼所说的'民主'就是我们所说的'仁爱、人道',只不过我们的概念陈旧一些罢了。"另一方面,右翼恐怖分子日益猖獗的活动则进一步促使托马斯·曼放弃以往的保守主义态度。尤其原来的帝国部长,当时任外交部长的瓦尔特·拉特瑙被暗杀,对托马斯·曼是一个巨大震动。托马斯·曼认识这位极力推行东西方和平共处政策的高官,并将之视为和解政策的代表斗士。

转变的迹象首先表露在有关霍普特曼诞辰的纪念文章中,在此文中,托马斯·曼首次提出"文学的教育功能"思想,这是和他对自己的作品所具有的自白性质的思考以及他对"人道主义"的理解紧密相关的。从此以后,文学的教育功能或者说道德训诫作用,成为托马斯·曼思想中的核心组成部分,早些年就亨利希·曼的檄文《论左拉》而写的论战意味强烈的《一个不问政治者的思考》中迹近于唯美主义思想的文学观被逐渐抛弃。到魏玛年代末期,托马斯·曼有关文学与政治之间关系的想法更加明确了:"面对今天的现实,一个有头脑的知识分子对社会、政治问题采取自命清高、视而不见的态度,是完全错误的,是与生活相悖的,政治方面、社会方面的事情也属于人道的范畴。"

日见清晰和左转的政治态度使托马斯·曼成为德国政治生活中引人注目的人物(自然也和他1929年获得诺贝尔文学奖,所取得的世界声誉有关),从1922年发表《论德意志共和国》的演讲开始,他的每句言论都要被贴上政治标签。在魏玛共和国最初几年,一些"无知和没有教养"的青年人就已公开对托马斯·曼表示不满,随着纳粹势力的日益增强,托马斯·曼遇到的敌对势力也在增长。1930年9月14日,在国会重新选举中,纳粹的票数陡增,为了扭转局面,托马斯·曼挺身而出,同年10月17日在柏林贝多芬大厅做了名为《致德国——向理性呼吁》的演说,虽然这不是他离开德国前最后的告诫,但却是最有力最坚决的一次。他向那些想靠"无为"过活的市民阶层指出,只有和社会主义者的联盟才能保障诸如"自由、精神、文化,这些市民阶层的幸福权力"。而他得到的是一场骚乱,在二十名用黑礼服伪装起来的冲锋队成员的支持下,戈培尔的心腹布罗南导演了一出示威闹剧。演讲后,托马斯·曼被迫由朋友带领,从后门溜出,通过相邻的柏林交响乐团漆黑的大厅,到达一个秘密出口,然后乘坐早已在此备好的小车,才得以脱离险境。此后,在慕尼黑住处,托马斯·曼不断接到匿名电话和匿名信威胁要"干掉"他,1932年,托马斯·曼收到一件包裹——被焚为灰烬的《布登勃洛克一家》。显然,寄件人想以此恐吓托马斯·曼放弃对纳粹的批判。次年,德国的局势更加恶化,在希特勒执掌政权后不久,托马斯·曼即被迫开始了自己长达十六年的流亡生涯。对托马斯·曼来说,他的精神历程只经历了"一战"后的那一次重要变化,此后他都是人道和民主政体坚定的支持者,而他在德国的遭遇(遇险、书籍遭禁、备受恐吓,以及最终被取消国籍)则从另一面证明了他的真诚和勇气。

不过,托马斯·曼之所以成为德国流亡者乃至于整个世界反法西斯阵线里举足轻重的人物,到底还是和他的文学成就有关,那么考察他的文学作品和政治主张的关系就变得尤为重要了。尽管在"一战"之后的年月里,托马斯·曼深度介入了政治和社会事务,前文也讲过他为此花费了许多精力和心血,但是托马斯·曼千方百计抓紧时间,他以德国人特有的严谨勤奋写作，多少年他坚持上午写作，下午答复各种信件，只是到了晚年，在动了一次大手术以后，他才从写字台前撤离，坐在沙发的一角，面前放上一块斜面木板，伏在上面写作。在有关时事的诸多演讲中，在英国广播公司的广播讲话中，托马斯·曼反纳粹斗士的形象得到淋漓尽致的展现。但是，当他伏案写作时，他的小说到底遵循着美和文学本身的逻辑，他的文学修养和造诣使他清楚地知道，在文学创作中如何得体地安放他的政治和社会热情。在对歌德多年精深的研究中，托马斯·曼将自己从叔本华、瓦格纳和尼采的束缚中解脱出来，对他来说，生活与艺术不再矛盾，艺术也已不是那种浪漫主义的骗人的苦行僧产物。他赋予艺术更高的地位："人类通过诗人将自己的经历用语言的形式固定下来，并使它得到永存；艺术家的严肃，这种游戏般的严肃，是人类思想高尚的最纯洁、最感人的表现形式。"

晚年托马斯·曼历数了他所处的时代所经历的巨大变革："俾斯麦统治下的德国在欧洲大陆称霸，维多利亚英帝国的鼎盛，欧洲资产阶级道德准则遭到非理性的冲击，1914年的灾难，美国登上世界政治舞台，德意志帝国的没落，俄国革命，法西斯主义在意大利和纳粹在德国的兴起，希特勒的恐怖统治，东西方反对希特勒联盟。"作为站在世界舞台中心的文化人物，这些变革尽在他恢宏的视野内，当然只是在时事评论和广播演讲中，托马斯·曼对这些变革做出了即时的、直接的回应。在他的文学作品中，所有这些只是作为背景存在着，他的那些卷帙浩繁的小说处理的场景，从表面看并不恢宏：《布登勃洛克一家》讲述的是吕贝克望族布登勃洛克家族四代人从1835年到1877年的兴衰史，正如小说副标题所言，这是一个有关家族没落的故事；《魔山》虽然人物众多，但小说人物活动的环境也仅局限于一座高山肺病疗养院；晚年巨著《浮士德博士》则是讲述音乐天才莱韦屈恩悲剧性的一生。也就是说，托马斯·曼很清楚史诗般的小说和真正恢宏的历史事件毕竟是两回事，虽然在思想意识方面他曾误入歧途，但是对于美学意义上小说的理解，托马斯·曼从来没有偏离过正确的轨道。这也可以说明为什么托马斯·曼小说创作的轨迹，并不是和他思想认知水平处于等距离的平行线上。当他的思想意识跌入专制和民族主义的低谷时，他的小说水准却始终维持在较高的水平线上；而当他的思想意识在"一战"后转入进步的民主和人道阵营时，他的小说创作也很难说相应地步入巅峰状态。事实上，艺术创作总是有一种中性的惰性，激进时它拖在后面，颓靡时它又冲在前方。它有它自己神秘的逻辑，以此和轻佻的时事评论区分开来，并将自己的重心始终倾向于遥远的永恒。

如果说叔本华和尼采增进了托马斯·曼的认识和见解的话，托尔斯泰则是他从事小说创作的伟大导师。他对托尔斯泰的热爱伴随其漫长的写作生涯的始终，在二十来岁写作第一部长篇小说《布登勃洛克一家》时，托马斯·曼已经是托尔斯泰忠实拥趸，在写字台上摆放着托尔斯泰的肖像，整部长篇都是在托尔斯泰不乏冷峻的眼光下写就的，那画像是托马斯·曼个人野心的目标。像如今的许多粉丝一样，他甚至计划亲眼去见一下这位伟大作家。那是世纪嬗替之际，托尔斯泰应允去克里斯蒂安亚参加一个和平会议，托马斯·曼打算去看他，可惜"托尔斯泰病了，取消了这次活动。我这样想象着，并真的相信是这样。托尔斯泰依旧是神"。在《布登勃洛克一家》的写作中，他学习并发展了托尔斯泰布局谋篇的技巧，即通过引导动机，那个"作家有意强调的细节，那种词句，意义上的遥相呼应，极为清晰的条理与至为深长的意味同时并举",通过这种方式将长篇叙述衔接起来。更重要的是,托马斯·曼发现,他在写作中致力于全面细致地表现自我,然后以此为中心和社会、时代发生活生生的关联——这个方法,托尔斯泰早已用更巧妙更全面的方式实现了。在托尔斯泰的作品中,他看到,这种自传式写法升华为艺术家的高贵体现。在给友人马尔腾斯的信中,这位意气风发的年轻作家曾经写道:"我相信,伟大的作家在其一生里并没有发明什么,他们只是用自己的心灵对流传下来的东西加以丰富充实并重新进行塑造。我相信,托尔斯泰的作品至少和我渺小的拙笔一样具有严格意义的自传性质。"

自此,托尔斯泰成为托马斯·曼写作上的标尺和动力之源,在 1921 年世界观发生重要转折时期,给他鼓舞振奋、引导示范的正是托马斯·曼一生都极为推崇的歌德和托尔斯泰。在整个 20 世纪 20 年代,托马斯·曼最重要的作品除了鸿篇巨制《魔山》,恐怕就要算长篇散文作品《歌德与托尔斯泰》了。在文中,托马斯·曼将两位文豪做了细致的比较,许多见解评论都很尖锐而且措辞妥帖。毫无疑问,托马斯·曼堪称托尔斯泰的知音,要是他再年长一些,也许他们可以彼此成为知音。和托尔斯泰取得的几乎一面倒的赞誉不同,托马斯·曼的文学之路虽然主要由鲜花构成,但是也一直伴有批评之声。有时候人们显得太急躁,不能立刻领会托马斯·曼从敏感的个体去触及社会和时代的羊肠小道——一种心灵的过滤器将从纷繁的世界中过滤出艺术和美,他们急于去试图看到史诗本身,而不知道文学的史诗其实只是个体的日常生活的无限繁殖,以此准确映射出历史跳动的深沉脉搏。《纳粹德国文学史》作者 J. M. 里奇就犯了这样的毛病,在书中他对托马斯·曼晚年倾注极大心血的鸿篇巨制

《浮士德博士》颇有微词，主要的纠结就在于这本忏悔之作，竟然略去那么多史实："德国的城市遭受着空袭、火箭落到伦敦、盟军进入法国、德军撤出苏联、德国最后面临的无条件投降和盟军的占领——这一连串事件书中都有涉及，但没有一件得到完整叙述。虽然小说成功地给读者造成一种充实和全面的印象，仍有大量内容被省略。例如，第三帝国的整个时期几乎都被排除在小说之外，因为叙述者泽特布罗姆关心的是讲述一位名叫莱韦屈恩的音乐天才的生平。"这样的不满大概要让托马斯·曼哑然失笑了。真正的文学家大概从未想着要把历史学家踢走并取而代之，尽管他心里一直惦念着历史。好的文学永远有一种普遍的抽象性，有一种超越真实的幻象，并借助这幻想触及更深沉的真实。

就《浮士德博士》整部小说而言，其主题是一名骄傲和受到无创造性威胁的英才的生命和创造，在这个人身上，一如托马斯·曼自己评注的那样，反映出艺术全体、文化，乃至人和精神自身在我们这个万分危急之时代的境况。莱韦屈恩作为德意志灵魂的隐喻：两者，德国和莱韦屈恩，陷入一种无创造性的、无信仰的、受到生命僵化之威胁的境地。两者都和魔鬼缔结了协议，德国是为了颓败的社会，莱韦屈恩是为了赢得创造性的迷醉和狄奥尼索斯的恣肆，以摆脱过度内省，强行进入原初的情感。两者最终都被魔鬼俘获，都背叛了人道的理性，委身于非理性的权力。托马斯·曼对这部小说极为重视，他甚至专门写了一篇《〈浮士德博士〉的诞生——一个小说的小说》以阐明自己的主旨。在"二战"结束不久，小说杀青之前，在一次有关"德国和德国人"的演讲中，托马斯·曼说道："只有一个德国，它通过恶魔诡计将其至善打造成恶。恶的德国，这是走错路的善的德国,不幸、罪恶和没落中的善。"这句话也许正是整部小说所营造隐喻的指向物,托马斯·曼在年近六旬的时候,怀着沉痛的忏悔之心,借助《浮士德博士》对自己的一生也对浪漫主义以来的德国文化和社会做了痛彻心扉的反思,也因此他才会在生前所接受的最后几次采访中,非常明确地表示这部《浮士德博士》是他的最爱:"谁不喜欢它,我立刻就不喜欢谁。谁对它承受的精神高压有所理解,谁就赢得我的由衷感谢。"这已经有临终绝笔的意味了,虽然其后在高龄,托马斯·曼还写了别的小说,以及广受赞誉的有关克莱斯特、契诃夫和席勒的长篇随笔。但显然,最主要的工作已经完成。

2015 年

从见证者到写作者

《谁，在我呼喊时》是法国诗人、学者克洛德·穆沙撰写的一本研究见证文学的评论集。看到副标题"20世纪的见证文学"，我立即决定买下此书，因为这一主题也是我这两年写作的一个中心主题。见证文学——指那些亲身遭受过浩劫性历史事件的人，作为幸存者，以自己的经历为内容写出的日记、回忆录、报告文学、自传体小说、诗歌等作品——以其主题的庄严和重大，以及和我们当下生活千丝万缕的联系，当然更重要的是某些见证文学所达到的复杂性和深度，使我近年将自己的精力逐渐从立足于美的文学转移到这些被死亡和阴影笼罩的文字上。自然，需要马上补充的是，美并不天然地和见证文学为敌，只是后者的滞重遮掩了美飘逸的身姿，使它以另一种我们几乎不认识的形象突兀地展示在我们眼前。换句话说，只要是杰出的文学，哪怕是墨汁般阴森的见证文学，美也会是其坚定的盟友，只是两者的联系更近隐蔽和内在，更考验批评家的眼光。

书中论及的曼德施塔姆、策兰和凯尔泰斯是我喜欢的诗人和作家，曾分别就三人的作品和令人慨叹的身世写过文章。当然，最先引起我的好奇和阅读兴趣的是另外几位重要的见证文学作家，其主要作品尚未译介到中国，我也是通过此书才首次听闻他们——写纳粹集中营经历的罗伯特·昂代姆，1946年2月27日在纽伦堡法庭上以被屠杀者代言人身份出庭作证的20世纪最重要的意第绪语诗人亚沃罗姆·苏兹科维尔，在西伯利亚科雷马集中营做了十六年苦力的沙拉莫夫，1944年在美军进攻菲律宾民都洛岛的战役中被俘的大冈升平。而关于希腊诗人里索斯，我之前看过一些译成中文的诗作，但是对他的生平还是通过穆沙在此书中的文章《他靠给予存活》有了较为全面的了解。

这几篇文章主要立足于介绍见证文学作家的生平和著作，假设读者对他们了解不多，因而原本就不长的篇幅中不少内容都用来阐述基本情况，当穆沙将注意力转移到文本上时，所余篇幅已经不多，这当然会影响思想的深度。比如和乔治·斯坦纳的《语言与沉默》以及米沃什的《诗的见证》相比，穆沙的分析显然在行文的精彩和深度方面要逊色一筹的。好在，中国读者对这几位见证文学的代表作家确实知之甚少，哪怕从粗略了解的层面上，这些文章也是有积极意义的。也许有国内出版社或出版公司就会从这本书里受到启发，将上述作家作品译介到中国，让西方20世纪的见证文学在中文里有一个较完整呈现。所有这些见证文学著作都是就过去人类历史中发生的极端残暴事件的回应，但是如果我们承认野蛮的折磨和虐杀是人性中持续存在的阴暗死角，那么对于过去这些残暴事件的见证和揭示，事实上有着相当迫切的当下的意义——善忘的人类需要被不断地、反复地提醒。

在这几篇介绍性文章中,我对有关昂代姆和沙拉莫夫的两篇印象较深。罗伯特·昂代姆的《在人类之列》出版于1947年,同年普里莫·莱维的《这是不是个人》也在意大利出版,两本如今被公认为描写纳粹集中营的杰作在当时都备受冷遇,后者在全意大利只印行了两千五百册,前者直到1969年才等来莫里斯·布朗肖所撰写的第一篇重要评论。《在人类之列》见证的是那些在"二战"期间被遣送到国外、关押在集中营里的人的遭遇。昂代姆写道:"我力图勾勒出一座德国集中营——布痕瓦尔德集中营的冈德舍姆营区;讲述在那里被称为'别动队员'的囚犯们,过着怎样的一种生活。"为此,昂代姆采取了严格的自传笔法,当他讲到其他囚犯的经历时,总是说明它们是如何被他耳闻目睹,从不谋求驰骋想象进入内部加以搜求。经由穆沙的介绍,我们知道昂代姆的叙述风格十分简约,同时又锲而不舍地追求精确,细致地为读者展示集中营里囚犯们所经受的肉体折磨。

在对昂代姆的生平做了一番介绍——生于1917年,1941年加入反对德国占领的抵抗运动,在运动中结识后来成为法国总统的密特朗,1944年被盖世太保逮捕,押解到德国布痕瓦尔德集中营,一年后正是在密特朗帮助下,昂代姆获救——之后,穆沙将注意力集中在《在人类之列》的语言层面,他引用昂代姆的话:"我们这些刚回来的人,带着各自的回忆和活生生的经历,依然有一种疯狂的欲望,要把那些事情原原本本地讲出来。"但见证作家们在这里遇到了所有其他作家都会遇到的问题——表达的困境,而且对于浩劫越是强烈地想予以揭露,表达的困境随之就会越大。对此,昂代姆非常清楚:"在我们掌握的语言与要诉说的经历之间,存在巨大的差距,这差距在我们看来是一条不可弥合的鸿沟。"一个直接的原因是,浩劫本身在伤害人的肉体的同时,也相应地使语言受损:"语言泥化了,变得软塌塌。从这些嘴里再也说不出任何有条有理、坚强得足以留存的东西。只剩下一团软麻布,磨得越来越薄。句子互相跟随着说出来,又彼此矛盾,像一个个悲惨的嗝,一股词的胆汁。"基于这样的认识,昂代姆在《在人类之列》的写作中变得格外谨慎,整本书的行文都非常简约,少有形容词,在句法上也不事铺张,"它瓦解着地狱中烂泥一样的滔滔不绝,也瓦解着天堂里的滚沸和骚动"。

从穆沙的介绍和引用的片段来看,《在人类之列》并非一部纯描写纯叙述的作品,昂代姆在叙述中经常会带入自己的思考,这些思考一般都是融入对具体细节的描述之中,读者有时甚至意识不到它们的存在,但已经被作者的思想深刻地影响着。也就是说单方面的描述或者思考,都很难胜任"见证"这一重大的历史任务。单纯的描写难以精确体现作者的道德态度,而失去后者的文字说到底是毫无意义的;而单纯的思考则背离了"见证"之"见",在场对于见证来说是前提是先决条件,那么呈现出作者的所见则是见证文学的基础,而且也为紧随其后的思考提供了鲜活的素材。至少在穆沙看来,《在人类之列》中的思考远远超出昂代姆其他著作中那些明确的思辨性表述,也超出了他后来为忠实于自身经历而参加的各种政治活动。

昂代姆揭示的是纳粹集中营,而沙拉莫夫的《科雷马故事》揭示的则是苏联远东劳动营的残酷。纳粹德国和苏联在"二战"中展开过你死我活的激战,可是两者在骨子里(极权和狂热)却有许多相似之处,以至于它们的集中营和劳改营在摧残人的恶劣程度上也是不相上下、不分轩轾。沙拉莫夫1907年生于沃洛格达，1926年考入莫斯科大学，1929年以传播《列宁遗嘱》罪名被捕，被遣送到白海西南岸的索洛韦茨，劳改三年。1931年他刑满释放返回莫斯科，投身文学创作，发表了一些诗歌和散文。1937年1月在更加严酷的大清洗背景下，他再次被捕，以托洛茨基反革命分子的罪名被判处劳改五年。这一次，他被遣送到西伯利亚科雷马劳改营做苦工，服刑期不断延长，总共有十六年之久。根据现有数据，1932至1953年间，在这个荒芜偏远的劳改营里，一共曾有九十万劳改犯服苦役，大多数人因寒冷、饥饿、劳累和疾病而死去，沙拉莫夫是少数幸存者之一。1953年斯大林去世带来转机，沙拉莫夫于同年获得自由，次年他在一家泥炭厂谋得一份工作，同时开始创作他最重要的作品《科雷马故事》。他断断续续写了很多年，一直到1973年《科雷马故事》才最终杀青，又过了五年，1978年《科雷马故事》俄文全本出版，但不是在苏联，而是在伦敦。20世纪80年代随着苏联政治局势的松动，1987年《科雷马故事》才第一次在苏联出版，苏联解体后新成立的俄罗斯联邦将书中片段列进中学生必读书目中。

也许是因为过长的写作时间，也许是因为作者有意采取一种断续、分散、裂变的传记形式，《科雷马故事》显得非常庞杂。全书包括146篇相对独立的作品，分成六辑："科雷马故事""左岸""铁铲能手""论罪犯的世界""落叶松的复活"和"手套"。每篇作品通常比较简短，分别描写科雷马的一人、一景、一事，或者分析劳动营体制的某个齿轮。和昂代姆《在人类之列》谨守作者个人视角不同，在沙拉莫夫书中，传记的冲动不仅指向他自己，也同时指向别的劳改犯，显然他想呈现的是一幅尽可能全面的科雷马劳改营全景图,除了他自己的故事,他所看见所听闻的其他劳改犯的故事也被《科雷马故事》所囊括。总体上,整本书使读者感受到一种恐怖的普遍状态:一个巨大的国家机器,正同步地、均等地搅碎一大批人的生命。对于沙拉莫夫在《科雷马故事》中所采用的纪实与虚构相间的写法(他甚至主要凭想象写出同在科雷马劳改营,但未曾谋面的诗人曼德施塔姆的生活状况和心理活动),穆沙做了精彩辩护:"群体性历史事件的见证者,并不能像某些历史学家设想的那样,可以还原为一个绝对客观、真空状态的证人。不能苛求他像机器一样单纯地记录事件,再把它'如实'地陈述出来。……记忆、情感、身体的悸动,精神世界的波澜,历史事件在个人身上留下的所有伤痕,都是值得我们关注和思考的。"这段话拓宽了人们对见证文学之"见证"的一般理解,说到底见证文学这一概念的重心应该落在文学二字上,修辞的准确、情感的深度、哲学层面的思考——这些衡量一般意义上的文学的重要指标,也一样会对见证文学发挥重要作用,两者的区别应该仅仅在于题材上,前者包罗万象,而后者只是对准了人类的浩劫——战争和集中营。

在这里穆沙实际上涉及了一个非常重要的问题——见证文学先天的道德优势对文学形式方面的压迫。这种压迫体现在我们阅读一些在文辞上存在明显缺陷的见证文学上,你明知道这是一部行文粗糙的作品,但是你仍然不忍断然否定它们,仅仅因为它们揭示的是苦难和罪恶。关于这个问题,穆沙在《空中的坟墓》一文中进行了更为细致的探讨,我以为,这篇文章在《谁,在我呼喊时》整本书里是最精彩的。文章有一个副标题——"读曼德施塔姆、策兰和凯尔泰斯"。这三位作家诗人恰好在中国都有比较充分的翻译,这也说明在见证文学范畴内,他们在文学水准和影响力方面明显比别的作家要高出一筹。这使穆沙不用在他们的生平上花费过多笔墨,而是围绕三位作家的具体作品——《无名战士之诗》《死亡赋格》《给未出生的孩子做安息祷告》——展开论述,较窄的批评入口为有深度的分析提供了可能。

之所以将这三部作品放在一起评述,是因为它们"与群体毁灭中的'无名状态'息息相关"。众所周知,在政治恐怖状态下,尤其是纳粹对犹太人的屠杀中,毁灭机制中重要一环就是去人性化,将犹太人视作非人的肮脏的物,从而从心理上减轻屠杀者可能的负疚。三部作品都和历史浩劫有关,但都保持着一种观察上的或者说是修辞上的距离,这种从"现场"向后退缩的倾向其实为作品获得了更宽敞的道德空间(通常的见证文学则是向现场的趋近),就像看油画一样,后退几步反倒更容易看清。穆沙在文中提到对见证文学的批评意见,比如说纳粹对犹太人大屠杀在美国受到一种"令人难以置信的情绪化处理";比如有人批评从1985年(普里莫·莱维的《这是不是个人》在那一年再版)开始,每个人都似乎向往发现并理解一种更为精彩的恐怖。穆沙指出这种言论隐含着傲慢和轻浮,但对这种批评中的合理成分也给予充分重视:"补救历史断裂的呼求,的确很容易沦为感伤主义的宣泄。"为了避免这显然的弱点,作家们反倒要和所写对象保持一定距离,远离那张由良好意愿编织成的哀婉动人的网,始终保持独立和冷静。

在这里,见证文学的写作者遇到一个真正的难题——如何从见证者过渡到真正的写作者?悖论的是,只有这样他才能更好地完成见证的任务。穆沙敏感地意识到,真正好的见证文学甚至未必正面写到某一历史事件,而是从旁侧,以各种隐含的意义触及它。他还提到沙拉莫夫对于"懒惰"的见证者的批评,指责他们从未想到要使他们的见证达到"作品"的高度。对于沙拉莫夫来说,这个高度是必须的,因为只有这样才能与他所经历的事件相匹配。否则,那些随意写下的文字,那些过于夸大的修辞最终会危及见证者所经历事件的真实性。因为事件本身的真实性并不能天然地保证记录这些事件文本的真实性,或者说,文字有它自身的真实性,那么,在此我们又会遇到修辞和苦难之间永恒的矛盾:在苦难面前讲究修辞几乎称得上是羞耻的事情(至少托尔斯泰就是这么看的,并且在晚年对文学恶语相向),可是不加文辞修辞的苦难则会失真,失去它原本厚重的分量而变得可疑和轻浮。

对那些深受浩劫之苦的幸存者,社会总是承认他们享有一种特殊的权利,应该比别人得到更多的重视,在集体记忆中留下印记——一种天然的道德优势。这种承认,补偿着极权主义的迫害,勾描着被抹去的痕迹。但见证,一旦试图实现它真正的意图,却总是困难重重。因为说到底,见证本身也总是处于消解之中,见证者亲身经历的"此时此刻"瞬息间就变为"彼时彼刻",那么他们对于那一刻的回忆和描述已经带有追溯的意味了,文字几乎是抓住那一刻唯一的手段,而事件本身的严重性则会对文字形成一种无法避免的依赖——它到底不能自在自足地呈现。

《空中的坟墓》提到的另一个观点也非常有见地:在文学领域,我们说某人重要,仅仅是因为他是某部作品的作者,他全凭其作品本身才在集体记忆中占据一席之地,更重要的是,他还在写作中时就已完全和作品合二为一了。写作要求作者随着正在成形的作品不断变化,他的自我是一个没有一定之我的"我",或者说,没有写作也就没有"我"。作者让自己的作品吞噬,以自我消灭为工作的前提。而见证文学的作者则要全力以赴,以完全凸显自己这个特定的我,他要不断提供他在场的证明,在那个特定的时间特定的地点。这使见证作家获得见证的资格,获得控诉的道德支持,但对于普遍的文学而言,从长远的效果看却无异于饮鸩止渴——覆盖在全部文字之上的那个超大的自我将使文字最终窒息,而见证的凭据和动机也将一起随之消亡。

《空中的坟墓》论及的作品和作家正是在上述两者间取得难能可贵的平衡。凯尔泰斯的《给未出生的孩子做安息祷告》并未直接描写集中营,而是以一闪而过的片段,暗示叙事者以往的经历。组成情节主干的事件,都是叙事者从集中营归来以后,甚至很久以后发生的,然而前尘往事如同鬼魅般笼罩着主人公,影响着他生活的现状,从侧面令人信服地折射出集中营之恶。"集中营的时间,它的黑暗的光,仍在猛烈地照射着一切新的思想和语言。"《死亡赋格》是策兰的名作,我们知道策兰父母都死于集中营,他自己也只是从集中营里侥幸逃生,但是这首诗处理的却是二手材料。策兰曾和友人强调,他写《死亡赋格》直接的原因是他偶尔读到一篇报道,讲的是纳粹集中营里演奏音乐的犹太人,他们在被处决之前,在同伴们挖掘墓沟时,被迫演奏忧伤的乐曲。也许有人会问,既然策兰有过集中营的亲身经历,为什么没有处理自己亲眼所见亲耳听到的直接经验,而是去处理这得自报纸报道的二手材料?我相信策兰直接的集中营经历也一直萦绕在他心头,但事实上他直接取材于此的诗作并不多,对于有写诗经验的人,这并不难理解——有时太过强烈的经验反而会给流畅表达带来障碍。再重要的主题，都需要一个表达的契机，一个灵感的突然闪耀，以便连通语词和经验之间那永恒的鸿沟。

至少对于策兰，在他看到报纸报道犹太人在死前被迫演奏音乐这件事时，他苦苦追寻的灵感这才向他的经验全面打开，这才使他的集中营经验通过浸透着死亡气息的语词节奏获得通向表达的管道。另一方面，真有批评家对《死亡赋格》那美妙的余音缭绕的节奏提出批评，指责这首诗利用苦难寻找诗的美感。当然，在我看来这是在钻牛角尖，但也从反面说明作家表达本身的欢畅和喜悦，的确有可能和题材严肃的悲剧性形成矛盾造成误解。这是源远流长的不分轩轾的两军对垒，其源头大概可以追溯到柏拉图和亚里士多德那里。而文学和哲学都源源不断从这蓬勃不衰的焦点中汲取营养，造就了一整部驳杂斑斓的人类文化史。

《无名战士之诗》是曼德施塔姆的名作，创作于1937年2月至3月间，当时曼德施塔姆住在沃罗涅日流放地，即将被重新逮捕，遣送海参崴的劳动营，并死在那里。也就是说，曼德施塔姆当时正遭受严酷的迫害，但他的笔端并没有对准这近距离的迫害，触及的却是二十年前发生的第一次世界大战。他这样做的理由其实和他的知音策兰很接近，他个人的命运太残酷，甚至于令他难以直视，而必须经由远距离的"一战"经验的折射才能够予以全面深入的观察，哪怕这观察对象明白无误地就是死亡。在这首诗中，过去、现在、未来纷至沓来，杂沓重叠，诗人的想象力得到最大幅度的施放，正是在这种松弛的有表现力的语言中，人的苦难、战争的残酷以及政治的恐怖得到有效的、淋漓尽致的呈现，那些惨烈的时刻，最终成为诗人的对谈者,而见证的任务也就在诗的更恢宏的背景下顺便得以完成。其诗作语言本身的灵动和活跃更衬托出苦难之重,而不是相反。

2015 年

让历史真相从迷雾中浮现

作为"年代四部曲"——《革命的年代》《资本的年代》《帝国的年代》《极端的年代》——的作者,霍布斯鲍姆关于历史的沉思必定会引起高度关注。这四部曲虽然出版年月距今不算远,最后一部《极端的年代》出版于1994年,但已迅速跻身历史学经典之列,在系统描述当代世界如何形成方面几乎是无与伦比的。年代四部曲有一种贯穿始终的内在节奏,在清晰明快的叙述风格下,又不乏冷静辛辣的分析和论断。四部曲涵盖从法国大革命到1991年整个人类的历史,视野恢宏,但对不同地域差异的观察又极为敏锐、入木三分。

尽管在历史叙述占主导地位的四部曲中,霍布斯鲍姆也在不断展现他在抽象思维分析方面的杰出才能,但是这些分析和判断毕竟是基于某些基本的史实或事件的,而只有在《论历史》这本书中,我们才能正面了解到这位著名的马克思主义历史学家那深湛的历史观。这就像我们在欣赏了某位球星在球场上令人眼花缭乱的盘球过人、惊世骇俗的射门之后,在球员休息室里听取这位球星以从容的声调讲述他刚才在场上的心得体会。也许没有比赛进行时的那种直接的魅力,但是理论永远是行动的先导,在历史研究方面尤其如此,很难想象一个历史观保守平庸的历史学家,仅凭漂亮的修辞和史料就能写好历史。从反面讲一样成立,业已写出经典的历史学著作的历史学家,当他反思自身——历史学自身以及历史学家自身——时,他的历史学观念一定和历史著作本身靠精彩叙述建立起来的魅力是相辅相成的。

《论历史》并不是一部结构体系完善的专著,尽管全书分为二十一章,但是每章之间并没有明显的逻辑关系,事实上,这本书是霍布斯鲍姆在八旬高龄时编纂的一部论文集,由不同时期发表的二十一篇文章、书评和演讲稿构成。最早的两篇文章《过去感》和《从社会史到社会的历史》发表于1970年,最晚的两篇文章《耐人寻味的欧洲史》和《我们能为俄国大革命下定论了吗?》发表于1996年,其时霍布斯鲍姆已是耄耋之年。也就是说,《论历史》里的文章多是霍氏在学术生涯中晚期因为某个机缘——评论某本书或者参加某个研讨会或者受邀主讲某个讲座——而写的。一般而言,各领域形形色色的评论本质上都要有"受邀而作"这个外部机缘才会显得自然,因为再美妙、微妙的历史意识都可以运用在历史书写的"球场"上,而通常也只有在这样的场合,所谓的概念和方法论才能名副其实地发挥它们恰如其分的作用——不至于显得过于自恋和夸夸其谈。但是,正如霍布斯鲍姆在《论历史》的前言中所言:"目前的潮流却倾向于从概念和方法论上提出历史问题。"而他自己则将《论历史》这本书视作对他并不那么喜欢的潮流的一种被动回应,用他自己的话说就是:"正当崇尚和平的历史学家泰然自得地在肥美的史料牧地上低头咀嚼,或反刍着其他人的出版物时,其他领域的理论家却已经不知不觉地围上来。"

观念的交锋是这个时代的特色之一,也悖论地反映出这个时代思想上本质的孱弱。霍布斯鲍姆对此虽然并不热衷,但是当他去应战时,他的表现也毫不含糊,并借助这个纯粹思辨的平台,对他一直关心的诸多历史问题展开精彩论述。首先,霍布斯鲍姆关心的是社会与政治两方面对于历史的运用和滥用。而在这个问题的后面,则是对于"历史真相"一以贯之的追寻,哪怕霍布斯鲍姆深知20世纪下半叶以来逐渐流行的相对主义思潮正在以花样百出的名目蚕食着历史真相。按他自己的说法:"我认为如果不区别什么是及什么不是,那么历史就不存在了。"换言之,历史真相对于霍布斯鲍姆是确凿存在的,至少这是他从事历史研究的信念所在和出发点。

《论历史》排在最前面的三篇文章——《在历史之外与在历史之中》《过去感》《关于当代社会,历史能告诉我们什么?》——正是集中探讨这一问题的。在文章中,霍布斯鲍姆列举种种历史被滥用的例证,讲到这个问题必然要触及克罗齐的名言:"一切历史都是当代史。"如果说克罗齐的这句话是对历史研究某种本质的精彩概括的话,霍布斯鲍姆则以其特有的韧性力争往前再走一步,试图挣脱社会和政治时时刻刻绑在历史学家身上的锁链。他敏锐地意识到:"历史作为一种民族主义者和种族主义者或基本教义派会加以运用的原始材料,就如同罂粟乃是海洛因的原料一样。"问题是,历史从本质上又经常无法合乎现在的需要,因为当代政治想要合理化的现象,并非来自古代,也并非来自永恒,而是一种历史的新事物。这样一种强烈的现实政治需求和历史材料的脱节,导致的唯一后果就是现实政治对于历史的扭曲,然后用半真半假的所谓"史实"来给自己的政治主张背书,至此,也就到达了霍布斯鲍姆所批判的政治对于历史的"滥用"。

另一方面,20世纪下半叶后现代思潮在西方大学兴起,特别是在文学系和人类学系,并最终也对历史研究造成冲击。后现代思潮归根结底是一种价值相对主义在现代的显现,它暗示所有貌似客观存在的"事实",其实只是人的主观愿望所构建出来的,简言之,事实与虚构之间并没有明显的不同。这种思潮也许出发点是基于对"父辈思潮"的反动——一种在文化各个领域广泛存在的弑父情结,但是客观上它有意无意暗合了现实政治的需要,助长了政治对于历史的滥用。和时髦的后现代思潮针锋相对,霍布斯鲍姆强调"具备区分事实与虚构的能力,乃是基本中的基本"。否则,历史学家的研究就可能变成一个制造炸弹的工厂,而现实政治中各种极端组织就将在这样的工厂中,将化学肥料变成炸弹。

关于对历史的滥用,胡适也曾有过精彩论述,他在介绍詹姆士的实在论哲学思想时说的一段话,和霍布斯鲍姆的论述实在有异曲同工之妙,胡适原话是:"实在是我们自己改造过的实在,这个实在里面含有无数人造的分子,实在是一个很服从的女孩子,她百依百顺地由我们替她涂抹起来,装扮起来,好比一块大理石到了我们手里,由我们雕成什么像。"霍布斯鲍姆的可贵之处则在于,和这种日益流行的以非理性目的系统扭曲历史的潮流作不妥协的斗争。"历史要是成为鼓动人心的意识形态,那么它就自然而然成为自我褒扬的神话了。"这时,所谓历史反而成为掩盖真相的眼罩,将人们蒙蔽在意识形态的迷雾中。对此,在《关于当代社会,历史能告诉我们什么?》一文末尾,霍布斯鲍姆给出自己简洁又坚定的回答:"将这块眼罩拿掉,是历史学家的任务;若是做不到,至少偶尔将它轻轻掀起。"

如果说《论历史》前几篇文章,从道德层面厘清并驱散了笼罩在历史学上空形形色色的意识形态迷雾的话,文集中间的《马克思给了历史学家什么?》《马克思与历史学》《所有人都拥有历史》等几篇文章则将整本文集带入霍布斯鲍姆最关心的议题——马克思主义和历史学的关系。作为西方当代最著名的马克思主义历史学家,无论在学术还是个人生活上,马克思主义都给霍布斯鲍姆打下了深深的烙印。霍布斯鲍姆十九岁(1936年)即加入英国共产党,马克思主义一整套的方法论和历史观已经浸入他的骨髓之中。在世俗生活中,无论历史如何变迁,他始终认为自己是一个"不悔改的共产主义者",哪怕在20世纪50年代中期,由于赫鲁晓夫在苏共二十大上的反斯大林秘密报告引发东欧政局动荡,英国共产党人在政治上也都处于集体精神奔溃的边缘,霍布斯鲍姆当时任组长的历史学家党小组除他之外都在1957年夏季退党了,其中包括汤普森夫妇、约翰·萨维尔、希尔、萨缪尔等人。对马克思主义,霍布斯鲍姆可以说做到了至死不渝,而质疑之声应该说也不绝于耳,尤其是1991年苏联和东欧集团解体以后,这种质疑就变得更加明显了。越到后来,霍布斯鲍姆的坚持就越显得孤单,而作为著名的历史学家不更应该对历史有着犀利的透视能力吗?

关于他为什么选择一直留在党内,霍布斯鲍姆在他晚年出版的自传《趣味横生的时光》中正面做了回应:"我不是作为一名年轻的英国人加入共产党的,而是在魏玛共和国解体时作为一名中欧人加入的。我加入它时,成为一名共产党员不仅意味着抗击法西斯主义,而且意味着参加世界革命。我仍然属于第一代共产党人的最后一批。对于第一代共产党人来说，十月革命是政治宇宙的北斗星。……对于从这段历史中走过来的人以及确实走过这段历史的我来说，与党决裂要比那些后来者或者从别的历史中走过来的人困难得多。"——语调很真诚，而且他一生的经历也在印证着这份真诚，但毕竟抹不掉字里行间为自己辩护的色彩。或者换句话说，至少对于霍布斯鲍姆，马克思主义仍然是一种有活力的思想。无论如何，早期共产党人的道德和理想主义情怀是令人尊重的，霍布斯鲍姆以自己矢志不渝的坚持，为自己也为他毕生信奉的东西赢得了尊敬。

在具体的历史书写的学术生涯中，马克思主义更是霍布斯鲍姆最为仰赖的方法论，比如他花费毕生心血撰写的"年代四部曲"，在叙述结构上就是在遵循经典的马克思主义的逻辑：每一卷首先叙述相应时期的经济基础，继而是对这一时期的政治冲突的描述，接下来是全景式描绘社会各个阶级，最后考察文化和理论状况。在《论历史》前言中，霍布斯鲍姆坦言马克思主义对于自己的意义："如果没有马克思，我不会对历史产生特殊的兴趣，日后我也不可能成为一个历史学教授。马克思以及青年马克思激进分子的活动，提供了我研究的素材以及写作的灵感。即使我认为马克思的历史取向中有一大部分可以丢到垃圾桶里了，我还是愿意表示我的敬意。"

在《论历史》有关马克思主义与历史学的几篇文章中——事实上，由于马克思主义是霍布斯鲍姆观察历史进程的基本视角，马克思主义意识形态可以说浸透在他的每一部著作、每一篇文章中——他则从理据上为马克思主义进行辩护。在《马克思给了历史学家什么？》一文中，霍布斯鲍姆断言，历史学转变的主要动力，来自马克思，"他的影响力毋庸置疑，尽管他自己并不知道他居然有这等成就"。他称道马克思的《法国的阶级斗争》和《路易·波拿巴的雾月十八日》都是"非凡之作",而完成于1857年到1858年间,直到20世纪50年代才公开的《政治经济学批判大纲》是马克思对历史所呈现的"最成熟的思考结果"。马克思的影响特别表现在将历史学成功转型为社会科学上,而他的优点则在于他同时考虑了"社会结构的存在以及历史性"。

20世纪历史学侧重挖掘经济与社会史,尽管法国的年鉴学派从另外的途径也将自己的地盘推进到这两个领域,但是霍布斯鲍姆显然认为在这一重要转变中,马克思主义提供了最重要的推动力。在霍布斯鲍姆看来,正是马克思特别强调了观念世界、情感世界与经济基础有本质上的联系。马克思主义对历史学的第二个贡献则是,观念领域中所呈现出来的阶级结构、权威、统治者与被统治者的利益冲突与相互关系。在探讨有关英国史学和年鉴学派关系的一篇文章里,霍布斯鲍姆特别提到另一位杰出的马克思主义历史学家汤普森写作《英国工人阶级的形成》一书的基本动机——要将织袜工与农夫从近代历史学家的优越感(他们认为他们想得更多更好,而且更有逻辑)中解放出来。这种在左派历史学家中一度颇为流行的底层视角和强烈的道德意识,在霍布斯鲍姆看来自然也和马克思主义脱不了干系。

在《论历史》一书中,霍布斯鲍姆反复讲过马克思的思想有一部分是错误的,需要扬弃(具体是哪些错误,则没有写明),但是他又表态绝不会放弃马克思的历史唯物论,也就是说,马克思对于史学的贡献主要在于提供了一套有力的方法论,而不必对马克思存在漏洞的文本斤斤计较。在这里,霍布斯鲍姆作为马克思忠实拥趸的偏心有所显现,而他的底气应该还是在于英国和他同辈的一代杰出的左派历史学家为历史学做出的扎实的贡献。霍布斯鲍姆曾经在自传里说过,"十月革命是政治宇宙里的北斗星"。当他在1996年试图在《我们能为俄国大革命下定论了吗?》一文中对十月革命重新评价时,自然引起人们的兴趣,但是通篇辩护的语调,也许是出自历史学家超越常人的历史观察力,也许仅仅意味着一个历经沧桑的老人对于自己毕生追求略带固执的守护。

《论历史》最后一篇文章是发表于1994年的《自我认同的历史还不够》,虽然文章不长,但霍布斯鲍姆将其置于书末,显然有其深意。当他暂时放开固有的"党派意识",他的文字似乎立刻恢复了经常伴随着他的活力。在这篇文章里,霍布斯鲍姆回到历史真相和历史学家的责任这一主题,和书的前几篇文章显然有一种呼应关系。在文中,他再次引用他曾经在别的文章中多次引用过的法国19世纪学者勒南的一句话:"遗忘,甚至于让历史出错,乃是民族形成的一个本质要素,这也就是为什么历史研究的进步,往往会危害国家的认同的缘故。"而霍布斯鲍曼也再次站到进步的历史研究这一边:"坚持证据的最高性,以及区别可验证的历史事实与虚构之不同,是历史学家用来表现自己对研究负责的唯一方式。"在重申维护历史真相的尊严之后,霍布斯鲍姆进而提出,谎言其实并不是最危险最有害的,因为总有后来的历史学家将其本来面目揭示出来。最危险的,在他看来是将某一群人的历史完全孤立于整个外在脉络之外,从而以真实(某种程度上)的面目制造了另一种"谎言"。霍布斯鲍姆强调对于普遍性的追寻——一种恢宏的视野,一种在复杂的社会诸因素间寻找内在联系的能力。在他看来,这还不是忠于历史理想的问题,而是不这样,人们就无法了解人类的历史,那么对于局部历史的了解势必出现偏差。

这篇文章的最后一段话,也就是整本书的最后一段话,很像是一个阅尽世事的老人给这个纷乱的世界的最后遗言,其中隐含着告诫与悲怆,相信任何读者都能从中感受到某种彻骨的寒意和战栗:

遗憾的是,从这个世界到 20 世纪末为止的大部分状况来看,坏历史并不是完全无害的,它是危险的。从明显无害的键盘所打出来的字句,其实可能是死亡的字句。

2016 年

德国为什么曾滑入深渊？

《希特勒与德国人》是沃格林于1964年在慕尼黑大学所做的同名系列讲座的讲稿。这个讲座被认为"标志着沃格林在德国作为学术教授的工作最高成就"，它们是沃格林对于当时德国精神生活乃至政治文化中精神层面最详尽、最直言不讳的分析。因此，虽然这个系列讲座宣称其只是政治学的一门导论课，但仍然引起人们很大期待，尽管选课的学生只有几十人，但是每周吸引来自不同系科几百位师生旁听。当然，到今天我们可以看得很清楚，《希特勒与德国人》是沃格林应用其政治理论分析德国政治现象的经典之作。

和许多有关纳粹的书籍不同，在《希特勒与德国人》一书里，我们不太能看到有关纳粹暴行历史细节的描述，书里也甚少涉及希特勒的情况（除非是讨论的文本有所涉及）。虽然探讨的是纳粹之罪，但是我们在很多书里看到过的纳粹血淋淋的罪恶，在这本书里相对少得多，只有在沃格林引用的凯拉斯（通常译为克劳斯）的文本中有所描述："一个被剃了头发的女孩被六个穿制服的人带着走出了栅栏,让她可以被众人吐口水。……她好几次倒下了,那些男人把她拎起来,有时候被提拎得很高,让站在远处的看客也能看到她。"在另一处:"一个犹太人在斯潘道桥上被痛揍一顿,是因为他没有向国旗致敬,而另一个犹太人在新弗里德里希街上被痛殴,则是因为他向国旗致敬,侮辱了德国的国格。"纳粹暴行在全书中被直接描述的大概就这两处,原本这些是很吸引眼球的——当然是以批判的名义,在相对简化的道德视角下。读到书最后作为附录收入的《德国大学与德国社会秩序:重新思考纳粹时代》(这是沃格林在1965—1966年冬学期发表的演讲,是"德国大学与第三帝国"系列讲座中的一讲),我们才充分了解沃格林这样处理的原因。在这个演讲中,沃格林区分了描述性的历史和批判性的历史,对那些只是呈现事件血淋淋细节的描述性历史,沃格林嗤之以鼻,那些追求所谓客观性的历史知识在他看来无异于一个诡计,因为那些对真相不动感情的知识其实在其自身的愉悦中总是隐藏着"某种认可"。

也就是说,某种不偏不倚的中立的史观根本就不存在,你要么以冠冕堂皇的理由冷静甚至冷漠地陈述残酷的事实,而在那背后起支撑作用的则是极其懒惰乃至冷酷的"存在即合理"的观念;你要么投身到批判性历史之中,因为属于历史现实的还有精神。而在描述性历史中,精神往往作为批判性因素被排除出对事件的认知,"描写的客观性就成了对精神荒废状态的同情,以及造成这种结果的同谋",那么对于这种描述性历史,沃格林的态度也就不言自明了——应当毫不犹豫地予以谴责。

《希特勒与德国人》是对德国人精神生活的一种透视,它的立足点不在于展示残酷的史实,而是聚焦于史实背后的问题:

为何纳粹会在德国坐大,进而引起一系列诸如大屠杀之类的暴行,如何避免将来再次发生此类事件。具体说,沃格林在书中研究的是像希特勒这样的人怎么能够在德国获得统治权。这个问题至关重要,只有搞清楚这个问题,如何避免此类事件的预防性措施才能够有的放矢地进行。相应地,这个问题又比做一般性史实研究困难许多,因为德国人的精神症候总是潜藏于事实表象之下,而且对于原因的探究势必涉及观念的复杂辨析,以及对于当时德国社会方方面面的考察。这些都使问题变得更加复杂,然而挑战即是动力,最关键的是,如果不厘清这些问题,德国将可能重蹈覆辙,惨剧将可能重演,这对像沃格林这样有道德良知的学者来说,是无论如何也不能面对的一个未来图景。那么如何批判性呈现德国人的精神症候(纳粹时期以及沃格林演讲时的)就成为《希特勒与德国人》这本书的发力点。同时这本书也成为一个书斋里的学者如何运用自己平生所学介入现实的绝佳范本,沃格林漂亮地演示了一个学者如何从简单的获得知识之愉悦这一较低的学术目标,跃升到如何去清理整个时代的精神废墟,重建其精神和理性的更高阶段,进而成为整个时代精神病症的诊断者和救助者。

  问题是如何去呈现隐藏于德国人内心深处病态的精神症候?沃格林的办法是分析富有代表性的文本资料,这大概也是他可以动用的唯一方法了。众所周知,语言是内心的肖像,任何复杂幽微的内心活动都将在相关的文字资料中露出端倪,如果我们反其道而行之,通过语言的探针,我们也就可以掌握内心深处或者说精神的细微变化。语言就像深入水下的渔线,老练的钓鱼者将通过渔线轻微的颤动获知水底鱼儿的动向。《希特勒与德国人》整本书都立足于文本分析,乍看起来很像是文学里新批评派所擅长和热衷的文本细读，但是两者的目的显然不同，后者的分析主要目的在于对语句之美的阐释，沃格林则是通过对所选文本细致入微的分析呈现文本作者内心罪的萌动，他特别擅长剥掉套在文本之外的层层含糊其词的隐晦外衣，将事物邪恶的本质赤裸裸呈现于众目睽睽之下。这种方法也避免了简单外露的道德义愤，通常这种声嘶力竭的声音总是难免浅薄。整本书层层深入环环紧扣的分析，一方面减少了沃格林道德感宣泄的通道，另一方面则将沃格林强烈的批判意识带入语词的逻辑深处，换句话说就是这种道德感变得更深沉和感人了，而在强度方面也没有减弱。

沃格林开设"希特勒与德国人"这个系列讲座的直接原因是"施朗事件"的爆发。施朗是德国享有极高声誉的研究中世纪的历史学家，他以"解剖独裁者"为题，尝试描绘出希特勒的形象，以系列文章的形式发表在《明镜周刊》上，随即引起激烈争论，德国国会因为争论也举办了一个关于政治自由的论坛。沃格林在书中引用了几封意见相左的读者来信，以及有关那次论坛的报道，虽然有些意见貌似纠结，但是多少都有为希特勒辩护的色彩，比如："在伍赫看来，谁选举了希特勒，谁就曾是一个糊涂的、疯狂的、被种族偏见蒙蔽的人。请您抵制这样一种观点，以为当时有更好的政权可以取代希特勒。"或者："他（指施朗的批评者伍赫）显然没有想到，他把这个人放在如此之低的位置上，就必须在同样程度上否定整整一代人的精神品质。国家社会主义者不只是几个朴素的工人。"对此，沃格林立即讥讽道，这是正确的判断，国家社会主义意味着整个德国中产阶级的堕落。而在论坛上，当人们只是以一种谨慎的方式批评希特勒时，就已经引起抵制——大厅里发出嘘声。

与此相应，在当时针对纳粹罪犯的奥斯维辛审判和林堡安乐死审判中，也处处显露出战后德国对纳粹罪犯从轻发落的趋势，比如斥责在法庭上大呼纳粹党徒为"杀人犯"的受害人，而法本、克虏伯、西门子等公司都曾在奥斯维辛建过工厂，用来剥削那些将要被处死和焚烧掉的人，这些公司的高管战后也全部仍然是大公司的经理和监事人员。所有这些现象都被沃格林视为战后德国精神荒芜的征兆，是从疏远精神的罪出发，进而通过描述性的历史来消除过去的罪。

沃格林的潜台词则是，如果纳粹之罪得不到真正清算，甚或反而得到某种程度的理解之同情，纳粹之恶就会在未来的某个时候卷土重来。沃格林指出的德国社会种种显示精神荒芜状态的迹象和征兆应该说还没到明目张胆的地步，它们或者是新闻报道里某个带有倾向性的措辞，或者是某封读者来信里负气的反诘，或者是某个学者著述里"关系从句都没有理顺"的含糊其词，但所有这些总体上形成一种笼罩着战后德国的令人窒息的气氛，因为"在完整的意义上经历一个事件，意味着这个人理解所发生的事，而理解需要知识、思想水平、品格和智力"。以托马斯·曼的小说《浮士德博士》为例，沃格林指出德国从来不乏具有极高精神境界的文化产品，可是他们无法影响德国社会总的思想水准，无法成为德国社会主流思想，反而自身成为被抨击和打压的对象，而托马斯·曼迫不得已成为"流放之王"，事实上在纳粹掌权的年月里，真正有独立思想有批判精神的德国作家学者，要么被迫害谋杀，要么只能踏上流放之途，而沃格林自己也正是这些流放异国的德国精英中的一员。

在第二章"开发诊断工具"中，以第一章引用的材料为基础，沃格林继续把分析引向深处，引向著名的"集体罪责"这个问题。沃格林指出，集体罪责意识后面隐藏着一个经验事实：我们生活在社会中，社会是通过它的代表来运作的，当代表们不发挥作用的时候，社会的所有成员，包括那些跟代表们的罪行毫无关系的人，也要共同承受罪行的后果，不管他们有罪还是无罪。差不多在沃格林慕尼黑演讲十多年后，捷克的哈维尔在论及专制制度下个人的责任时有过类似的论述，即都强调不存在一个完全无辜的受害者，在最好的状态下，他们既是受害者又是罪恶的同谋。沃格林在此将全体德国人都纳入批评的行列，换句通俗的说法，全体德国人正是孕育纳粹这朵罪恶之花的土壤，有谁可以逃脱干系呢？随后沃格林又将批判的锋芒指向黑格尔的国家哲学，他认为黑格尔有关国家的套话——"国家作为实体意志的现实性，是它在被提升到它的普遍性中的、作为自在自为的合理性东西的特殊自我意识所具有的现实性。……正如这个最终目的对单个人具有最高权利一样，单个人的最高义务就是成为国家的成员。"——是对作为个体的人的观察的有效屏障，人们总是把罪责推到国家身上，而不是推到那些具体操作的人身上，这显然是集体罪责之所以成为脱罪借口的深层原因。

从第三章"沉入施朗的《解剖独裁者》的学术深渊"开始，在随后的四章中沃格林又进入他所擅长的文本分析，从学术、福音派教会、天主教教会、法律等四个方面阐述德国人所陷入的精神堕落和精神荒芜的困境。沃格林的用意非常明显，就是全方位地呈现德国社会精神堕落的整个过程，它涉及个人生活和社会生活的每一个层面，所有人在某种程度上都是纳粹的同谋——教授、主教、法官、将军等。沃格林在书中引用阿伦特在研究艾希曼审判时所说的话，把这层意思说得更加明了：没有哪一个德国组织是无罪的,它们都直接或间接地涉入国家社会主义的罪行中,或是由于对这些罪行袖手旁观、不发一语,或是由于姑息绥靖,或是由于糟蹋语言,用跟现实毫无关联的套话,混淆法律和正义的概念,事实上是搅乱了判断是非的标准,从而在客观上掩护了凶手和暴行。

沃格林对于文本材料分析之深入和详尽,就像一位文学教授在讨论一首神秘的诗歌,当然和文学教授怀着欣赏愉快的心情不同,在沃格林分析的每一个字里行间我们都不难感受到一种巨大的厌恶和轻蔑。这是《解剖独裁者》的第一句话:"(饭桌谈话)的内容闪光如此强烈,以至于不可能穷尽。"对此,沃格林用了两大段数百字来分析,语气充满嘲讽,"这个导言通篇都是如此,里面没有一个得体的句子"。的确,从沃格林所引用的施朗书中材料看,《解剖独裁者》至少称得上是一本轻佻的书,在那些暧昧的字句间显然隐藏着对于希特勒的某种欣赏的眼光,显露出德国知识界在认知方面的弱智和堕落。在材料的选择上,所有对纳粹持严厉批判立场的作家、思想家完全在书中隐退,倒是纳粹总参谋部官员的回忆成为施朗观察的依据,对此,沃格林怒不可遏,他甚至忍不住从他擅长的冷静分析的语调中抽身出来,直接表达他的愤慨:"这是一个丑闻!而这个作者居然是德国大学里面的历史学教席教授,受到其专业同行的敬重!我并不认为,德国中间阶层是一个闹剧,一个致命的闹剧,一个血腥的闹剧,一个具有公共危险性的闹剧,但的确是一个闹剧。"

当然如此外露的抨击在《希特勒与德国人》中并不多,总的来说,掌控全书的是一种缜密又精细的分析。沃格林列举各式各样文字材料,从暧昧含混的言辞中条分缕析地勾画出与他同时代德国人集体堕落的肖像。他的批判锋芒如此犀利,不容任何带有瑕疵的研究对象蒙混过关。在谈到对纳粹的抵抗时,沃格林认为真正在精神意义上抵抗纳粹的人是极少的,他列出三个人的名字:在军队有贝克将军,在新教有年轻的柏林人朋霍费尔,在天主教有年轻的耶稣会士德尔普。而通常所谓的抵抗,只不过是因自己社会的、物质的或者组织的利益受到威胁而进行抵抗,不然就没有抵抗。在沃格林看来,这正反映出一种"残忍的无知、小市民的沉沦和思想上的懒散和凌乱"。

紧随对德国学术界的批判之后,沃格林将火力对准福音派教会和天主教教会,对于埃朗根的神学家用篡改和误用圣经经文的方式为纳粹服务,沃格林在令人信服地做了文本分析之后直言:"所有这些经文跟必须服从当权者没有关系,绝对没有关系,尤其跟必须遵守希特勒的法律更没有丝毫的关系。"纳粹治下的教会要么对教会之外的罪恶熟视无睹,要么当涉及社会世俗方面的时候也总是站在当时的强者一方,而对于强者(比如纳粹)的罪恶(比如大屠杀),教会是不会出手干预的。一个骇人的例子是,那支对波兰人进行大屠杀,旨在灭绝波兰人为德国获取生存空间的突击队,其成员22%是天主教徒,当时德国无论是福音派教会还是天主教会都没有任何代表向这些党卫队成员兼天主教徒说过,人是不允许杀人的,如果党卫队成员自己不明白这个道理,这就是彻底的堕落。由于受到纳粹代表全人类这个观念的束缚,整个人性都丧失了。

在分析的过程中,为了做对比以突出德国主流社会的精神堕落,也为了使自己的分析更具说服力,沃格林也使用了一些"正面材料"——卡尔·克劳斯《第三个瓦普几司之夜》里的片段、托马斯·曼对纳粹的批评和抨击、德尔普著作《世界与神之间》片段。这些著作连同沃格林1933年出版的《种族与国家》和《知识史上的种族观念》都是当时德国精神沙漠里难得的佳作，对纳粹的邪恶本质有极为清醒的判断和批判，但令沃格林悲愤的是，这些有见地的声音在德国根本没有引起应有的重视，甚至到20世纪60年代德国社会主流的声音也仍然是诸如施朗之流，在为希特勒和纳粹涂脂抹粉。为此，沃格林从几乎倾注了全部精力的西方政治观念史的研究中抬起头来，投身到对德国当时精神生活的剖析之中。在《德国大学与德国社会秩序：重新思考纳粹时代》一文中，沃格林对德国精神的迷失做了精彩的探讨，他指出造成这种迷失的最大原因在于以洪堡为代表的病态的教育理论。这种理论把放弃政治不仅变成臣民的责任，而且变成人的美德，认为一个人只有以这种放弃为代价，才能发展其个性和本质。这种倾向于自恋的教育理论最终造成精神的疏离，而"道德完美"则取代了生存性的追问，"完美"的理念取代了根基，"宗教观念"取代了信仰的现实，"理想"取代了神，如此等等。在沃格林看来，对这种病症的拯救，第一步就在于让人们意识到罪恶，并让这种形式向公共讨论开放，以影响更多的人，从而改变整个社会荒芜和麻木的精神气氛，为最终灵魂的拯救铺平道路。

从表面看，沃格林是典型的书斋型学者，他都保持着每天工作十几个小时的习惯直到暮年，同时每周消耗三盒雪茄。他的全集有三十四卷之多，最重要的著作是长达八卷的巨制《政治观念史稿》。沃格林的研究总是带有很强的现实诉求，他总是不忘强调观念和制度之间存在的复杂互动，历史经验会以微妙的方式显明自身，而《希特勒与德国人》则是这种思维一以贯之的结果而已。沃格林是书斋里的读书人，但是并不让人奇怪的是，正是他手中书里的那些极具深度和道德感的思想，让他奋起抗击纳粹的残暴和小市民明哲保身的世俗。另一方面，沃格林在纳粹暴政下的直接经验，也不断驱使他从书生向斗士靠拢。他在20世纪30年代出版的四本书，早早让他成为纳粹黑名单上的人物，当希特勒吞并奥地利之后，沃格林立刻被盖世太保跟踪，只是因为幸运，才得以逃脱纳粹的追捕。沃格林在自传里对此惊险过程有过描述："通过朋友，我们得以赶在盖世太保之前从警察局拿到护照，包括出境签证——全都在一天之内。同一天傍晚，我带着两个包，踏上去苏黎世的列车，一路惊恐万状，生怕盖世太保最终查到我的行踪，并在边境逮捕我。"当然，一切有惊无险，沃格林随后开启他在美国的学术生涯，直到1958年才重回欧洲，成为慕尼黑大学教授和政治科学研究所所长。除了较高的薪水，另一个原因则是："让美国民主的精神在德国扎根。"从这个角度看，《希特勒与德国人》一书没有辱没使命，是对纳粹残余思想最有力的一击。

2015 年

辑三　用苦难量度语言

真相为何难以追寻

在 2015 年诺贝尔文学奖得奖者宣布前夕，白俄罗斯女作家斯韦特兰娜·阿列克谢耶维奇已经是获奖的热门人选，在几个博彩网站开出的入围作家赔率中，阿列克谢耶维奇都是最靠前的。俄罗斯杂志《美杜莎》记者戈尔捷耶娃不失时机地对阿列克谢耶维奇做了专访，话题非常广泛，涉及当今欧洲难民问题、俄罗斯令人忧心的政治现状、如何看待刚刚过去的以及更为久远的历史，当然还包括苦难以及如何看待苦难等问题。其中有一段话引起我特别的注意：

我的许多主人公读了我的访谈后都震惊了，她们不承认自己说过这些话。这当然是因为"我们胜利了"是所有这些她们讲述的故事的共同背景。我们花了什么样的代价取得了这场胜利，这对她们来说不重要。这些苦难没有一丝一毫变成自由，用这些苦难什么都没有换来,这对她们来说也不重要。您明白吗?用生命的代价,却什么都没有换来。

这段话论及的是阿列克谢耶维奇写于1978年至1985年的早期作品《我是女兵,也是女人》,显然当作家在2015年的秋天谈论这本书时,批评意识较之从前强烈许多,在阿列克谢耶维奇写作此书过程中记下的创作笔记里,尽管也有几处质疑的地方,但对这些接受访问的女兵基本的情感仍是同情甚至颂扬的:"女人的战争有自己的色彩,有自己的气息,有自己的解读,有自己的空间。她们都是在用自己的语言说话。没有英雄豪杰和令人难以置信的壮举,只有普普通通的人,被迫干着非人力所及的人类事业。"这种态度上的变化,一方面肯定和阿列克谢耶维奇随年龄增长而提升的见识有关,一方面也是令人窒息的当代俄罗斯的政局使然。在访谈中,阿列克谢耶维奇对于俄罗斯的现状可谓痛心疾首,在她看来,整个20世纪90年代人们经历了沉重苦难的考验,但这苦难却没有换来任何回报,人们没有吸取任何教训,"在我们这个时代,不义和好战的愚昧在残酷程度上已经登峰造极"。和20世纪90年代人们所受的苦难相比,那些在"二战"中出生入死的女兵所受的苦难显然更为深重,俄罗斯获得了空洞的"胜利",但是对于民主和自由,人们依然只能望梅止渴而已。

阿列克谢耶维奇在访谈中的反思虽然刺耳,但却显然更有深度,而《我是女兵,也是女人》这本书对于苦难的揭示,由于缺少更犀利的批判视角而显得有些单纯了。尽管如此,考虑到写作时间,这本书仍然是对既有的刻板历史秩序的有力反动,所以当戈尔巴乔夫在20世纪80年代中后期开始他著名的"新思维"改革的时候,《我是女兵,也是女人》得以立即付梓,印数叫人瞠目结舌——两百万册!这本书的畅销应该说首先有赖于过去几十年,苏联的国家机器对于卫国战争喋喋不休的拙劣的宣传,这种宣传把复杂的战争和人性简化为正义和邪恶——作为正义者的苏联战斗英雄战胜了邪恶的法西斯,这种宣传声调单一粗糙,因为远离真实而显得生硬虚假。

阿列克谢耶维奇则颠覆了多年来从男性视角出发的战争叙述,她带着一种使命感要去写战争中的女兵,为她们立言,捍卫属于她们的历史。她不忍看着这些女兵在做出重大牺牲,经历了常人难以想象的苦难之后,又被男人书写的历史(对于这种历史,阿列克谢耶维奇轻蔑地总结为:无非是如何撤退、如何反攻,无非是前线哪支部队……)轻轻地一笔勾销。毫无疑问,这是一个崭新的视角,同时也奠定了这本书畅销的基石。人们不禁要问:女兵们在战场上能做些什么?她们如何面对残酷的战争?如何面对死亡?她们又会和男战士们产生怎样的情感?爱情如何在战火中滋生?而性欲又是怎样在极端的情形下被开启?带着所有这些疑问,人们翻开书,而《我是女兵,也是女人》则对所有这些问题给出了饱满的答案。

整本书采用亲历者口述的形式,事实上这也是毕业于明斯克大学新闻学系的女作家最擅长的形式,她的几乎全部作品都是采用口述的方式。口述的好处是,立刻会将读者带入某种历史情境之中,直接犀利,越过一切委婉的修饰,直抵事件的核心地带。它不给读者留下任何喘息的机会,一个又一个惨绝人寰的画面,一个又一个的死亡,它们好像在蹂躏你的心脏,在用羽毛不停地轻抚着你的泪腺,直到你在某个犹如基督受难的画面前流下热泪。

因为常年进行这种口述笔录,对于口述阿列克谢耶维奇亦有自己的心得,她跋山涉水去寻找这些亲历过战争的女兵,潜台词自然是想从她们的口中听到真相——没有被政治和意识形态涂抹过的真相。但是对于真相的追寻又谈何容易,在穿插在众多口述故事间隙的创作笔记里,阿列克谢耶维奇就曾写道:"在同一个人身上存在着两种真实:一种是被强行隐藏于地下的个人的真实,还有一种是充满时代精神的整体的真实,散发着报纸的气味。"我想马上补充的是,这所谓的第二种真实,更恰切的词语应该是虚伪,至少是虚饰,它和真实一点关系也没有。

阿列克谢耶维奇需要的显然是前一种真实,但是她也敏锐地发现,这种真实很是脆弱,比如只要讲述者面对更多听众的时候,她的讲述就不自觉地变成公共谈话,变成一种陈词滥调的演讲,无法进入个人化的语调和私人的体会中。"听者越多,故事越枯燥无味,越顾左右而言他。于是可怕的事件表现为伟大的事业,而人类内心的隐晦阴暗一瞬间就变成了光明清澈。"阿列克谢耶维奇发现,当受访者只和她一人讲述时,往往能从公共话语的陈词滥调里挣脱出来,道出完全个人化的战争记忆,这时候内心的声音渐渐战胜公共话语的聒噪,这时候往往是所谓真相悄悄现身的时刻。

阿列克谢耶维奇很清楚,自己需要的不是一次采访,而是诸多机遇,某种灵感闪光的发现——这多像诗人在等待词语被光照亮的那一刻。为了这样的机遇,阿列克谢耶维奇有足够的耐心,她在受访者家中往往一坐就是一整天,和受访者一起喝茶,拉家常,一起看儿孙子女的照片,接下来自然而然地,那个期待已久的时刻突然就出现了,"当一个人远离了那些好像纪念碑一样,用石头和水泥铸就的清规戒律时,就回归了自我,直面了自我"。女兵们往往从自己的青春讲起,从这个人化的原点出发,曾经作为庞然怪兽的战争露出它具体而微的另一面,它更个性化更人性也更打动人心。

但是口述的方式也是一把双刃剑,在口述者因靠近事件的中心而便利地带来某种真实感的同时,口述的方式也有它自身无法克服的弊病。阿列克谢耶维奇在采访中做出很大努力,试图让口述者更真实地讲述,其实已经将这种弊病显露出来。口述者确实是事件的亲历者,但是他或她所讲的,就是真相本身吗?当然不是,至少不是全部真相。首先,口述者的讲述会受制于客观环境,采访者的亲和力与听众的构成都会影响他的表述,一个人主动热忱地讲述和被动应付之间当然有天壤之别。而更容易影响口述者的是时局,尤其是在较为敏感的问题上。

尽管阿列克谢耶维奇做出很多努力,可是我们在阅读过程中,仍然能感到讲述者某种程度的患得患失和避重就轻。在书籍出版后,阿列克谢耶维奇收到大量来信,有不少是受访者写来的,几乎在所有这些信中,都有类似的表述:"我当时没有把实情告诉您,是因为时间不同,那时我们习惯于对很多事保持沉默。"和过去那些空洞的战争书籍比,《我是女兵,也是女人》显然将历史真相推进了一步,推进到个人化的层面,但是从受访者后来的表述中,我们知道几乎每一位受访者都做了不同程度的保留。也就是说,所谓的真相依然是破碎的,我们通过此书看到的依然是部分真相,破碎的真相。那是一个事实的万花筒,读者只能通过想象,将这些碎片勉强拼贴成大致的图形。在这里,想象力依然不可或缺。

再往前试想一下,就算受访者毫无保留地全盘托出自己的所见所闻,是不是就意味着真相可以唾手而得呢?当然也不是。

因为每一个人,哪怕是事件的亲历者,最终仍然会受制于自身的个人化视角,对于一个巨大的社会性事件(遑论战争了),每个人只是其中的一个原子,他只能提供他那一小部分的事实。人们的记忆有时也容易出错,并不完全可靠,而情绪和观念也会在潜意识中起作用,换言之,人们对自己有利的事情总是记得清楚一些,而不利的事情总是倾向于尽快忘记尽快摆脱。严肃的历史学家,其实对口述历史有着更为清醒的认识。著名旅美历史学家唐德刚在口述历史方面贡献卓著,他主持编纂的《李宗仁回忆录》和《顾维钧回忆录》在史学界很有口碑,也都是以口述为主,但是他对口述历史之难也体会很深,在《张学良自述的是是非非》一文中,唐德刚曾坦诚口述历史之难:"它不是像张学良这些历史人物所想的,'我讲你写'就成了。其实它的实际工作,比起一般的写作更为艰苦。何也?因为一般史书的写作,只是根据各种史料,按图索骥,写其'书'而已矣。搞口述历史就要多一层工作了,它在一般史学的著述程序之外,还要加上当事人关键性的口述,而这种口述往往是画龙点睛,与表面的故事,甚至完全相反。"简单地说,如何核实讲述者说的那些事实,就是一大难题了。所以哪怕是一般的新闻写作,也是要强调均衡采访事件各方当事人,避免让一方声音处于绝对优势,否则这种新闻写作是会存在明显短板的,是难以令人信服的。

拿这些标尺来衡量《我是女兵,也是女人》,就显出它因过度依赖口述而带来的先天不足。大部分女兵讲述的故事,都缺乏相对明晰的背景资料,我们多半不知道故事是发生在哪一次战役中,宏观的战争局势处于什么阶段,很多故事都孤悬在时空中,只有一个共同的庞大的卫国战争背景。当然造成这种局面，也和阿列克谢耶维奇对材料的取舍方式有关——她总是把最令她感动和震撼的故事挑选出来，而那些看起来不重要不震撼人的背景资料多半被舍弃了。也就是说，阿列克谢耶维奇只要故事的高潮部分，这固然使整本书变得异常饱满（很可能是过于饱满了），但她也使这些故事由于缺乏铺垫，缺乏对气氛的酝酿和营造而变得单薄了——走向了她初衷的反面。

　　从文体的角度，口述也有它无法克服的缺陷。从行文上，奠定整本书语言风格的是女兵们自己的口吻，阿列克谢耶维奇当然可以对这些口述进行编辑加工取舍，但她不可能改变这种口头语言固有的性质，她不可能把它变成书面语言，也不可能增添什么，以达至自己想要的批判性内容。也就是说，这种口述事实上将文体禁锢在一个较小的区域，留给创作者在文体上发挥的空间非常有限。而如果你认同文体是文学至关重要的核心部分的话，你也许就可以理解口述式的纪实文学为什么很少能登上文学荣誉的顶峰。阿列克谢耶维奇这样的作家事实上将自己置于一个非常被动的局面，她不能对讲述者讲述的内容和方式进行过度干预，她所能做的只能是尽可能激发讲述者的热情，但是这些内容本身的真实性又是很难去印证的。仅就这一点而言，以第三人称叙述为主的写作和报道则有先天的优势，至少这样的方式可以将受访者的口述内容置于作者的审视之下，作者可以对口述内容进行评论，指出其难以自圆其说之处，或者对内容的真实性提出自己的质疑甚至辨析。当然，在《我是女兵，也是女人》里也穿插了一些类似于采访手记的片段，在某些采访之前，阿列克谢耶维奇也对采访的环境和进行过程有所交代，但总的来说，这方面的内容很少，还不足以和受访者口述内容建立一种平衡感。

口述式纪实文学另一个在文体上的问题是结构的缺失。就《我是女兵，也是女人》这本书来说，众多受访者的口述内容在书中并没有凝合成一个整体，阿列克谢耶维奇大致按故事在战争中的先后顺序予以排列，但是如果将其中的一些口述任意调换到书的其他位置，也不会过于影响整本书的阅读感受。这说明这本书在结构上是松散的，每一个部分都不是紧紧附着在自己的位置之上。造成这种现象的原因，也和阿列克谢耶维奇过于追求内容的震撼性有关，在大量的采访材料中她只选取最具震撼性的内容，那么所有在书中呈现出来的故事都缺少铺垫，缺少一个完整故事的那种起承转合。一个老练的小说家就很清楚"过程"的重要性，对于一本小说来说，只需要几个情节上的高潮就足够了，他大量的工作其实是基础工作，就是高潮之前的铺垫工作——人物的日常对话，他的动作和表情，他和其他人物之间微妙又复杂的关系，甚至于天气状况，等等。同样是写战争，我们可以将巴别尔的《红色骑兵军》拿来做一个比较，《红色骑兵军》里的小说一般都很短；可是在较小的篇幅里，我们依然可以看到不少看起来和情节展示关系不大的闲笔，故事情节再怎么激烈，巴别尔也不忘对自然景观进行描述。当然由于巴别尔高超的语言掌控能力，这些自然景观描述本身非常精彩，而且同时也给故事情节披上了一层感性的外衣，它们对于小说主旨的揭示有着不容忽视的重要作用。在这样的作用下，小说主人公的一个眼神，或者一次貌似简单的离别都足以打动人心，根本无须动用死亡的琴弓去拨动读者的心弦。甚至在对真相的追寻方面，小说由于和事物拉远了距离，反而比贴近现实的纪实文学更具优势，因为小说中充沛的想象力将会帮助它更完整地接近真相，而只会近距离观察的纪实文学将逐渐变成近视眼，缺乏想象能力也就必定会缺乏透视能力，而透视事实上是逼近真相的必由之途。

就《我是女兵，也是女人》来说，整本书的内容过于扎实，一个高潮接着一个高潮，以至于读者会产生应接不暇的疲倦感，而被并置的高潮事实上却抵消了彼此的力量，到后来读者的心弦和泪腺甚至都变得有点麻木了。因为聚焦于苦难，阿列克谢耶维奇为自己的书赢得了道义的力量，诺贝尔文学奖的颁奖词也清楚指明了这一点："她的复调书写，是对我们时代的苦难和勇气的纪念。"但是对于文学而言，道德并不是全部，在我看来文学中的道德其实是一种危险的力量，弄不好的话，很有可能无可辩驳的道义将压垮全部的语言建设。在阿列克谢耶维奇的著作中，我们可以清晰感知道德和语言的分离，而我们也知道单纯因道义树立起来的标杆将不可能传诸久远，如果没有语言的力量作为一种保护和支撑的话。阿列克谢耶维奇的所有著作，具备重要的社会历史文献意义，但和诺贝尔文学奖曾经因为自己独到的眼光建立起的文学高标相比，她还差得远。阿列克谢耶维奇自己其实也很清楚这一点，在获奖之后接受记者采访时，兴奋之余她也表达了某种不自信："当然我也很紧张，因为毕竟有伊凡·蒲宁、帕斯捷尔纳克这些前辈伟大的影子在那里……这些影子太伟大了。"其实不仅仅她提到的这两位作家，还有索尔仁尼琴，还有布罗茨基，和这些作家相比，阿列克谢耶维奇的确还算不上伟大，而如今诺贝尔文学奖眼光之平庸，恰好和整个日益平庸的时代相辅相成、相得益彰。

2016 年

诗如何承担"可怕的责任"?

在《诗的见证》第二章"诗人与人类大家庭"中,米沃什以极为尊崇的语气介绍了自己的堂兄奥斯卡·米沃什,这位出生于立陶宛的法籍诗人,显然在米沃什 20 世纪 30 年代旅居巴黎时给予他深刻影响,"我从不掩饰我青年时代对他作品的熟悉,以及我们的个人接触,这在一定程度上决定了我自己做诗人的方式,使我倾向于抵制文学时尚"。

这是怎样的文学时尚呢?在米沃什另一部著作《欧洲家族》(*Rodzinna Europa*)一书中有更详尽的描写。在这本书中,米沃什回忆了和奥斯卡·米沃什交往的许多细节,而且饱含深情:他们在意大利餐馆吃早餐;他们和奥斯卡·米沃什的一位仰慕者某"男爵夫人"在蒙梭公园沿着沙砾小路散步;米沃什回波兰时,他的这位堂兄来给他送行,"站在地铁'歌剧院站'的台阶上,像一只文雅的老鹰""我跑下楼梯,又一次转过身来,然后把他狭窄的侧影衬托天空的形象映入我的记忆中"。映入二十三岁米沃什记忆中的当然不仅仅是他堂兄的形象,还有奥斯卡·米沃什近乎完整的诗学思想。因为堂兄的影响，米沃什对象征主义诗歌以来的现代诗歌的艳羡被强行扭转为质疑乃至不屑。

"现代诗歌带有一个颓废时代的烙印，是不应当太当真的：一个作者坐在窗前，试图用以捕捉凌乱的感觉印象的那些聪明的文字纺织物，又能表现什么呢？"几十年后，米沃什依然清楚地记得他堂兄当年跟他说的话，可见这些话对他影响之巨。从中，我们也可以看出，米沃什所抵制的文学时尚其实正是整个西方的现代主义诗歌潮流，鉴于波德莱尔、马拉美等现代派诗歌主将在20世纪30年代早已取得几乎难以撼动的经典地位，这种质疑本身就充满勇气，甚至带有那么一点悲壮色彩。奥斯卡·米沃什作为诗人的命运即是明证，虽然有几位作家欣赏他，但他显然为那些创立文学新风尚的人所藐视和嘲弄。以至于当米沃什1981年在哈佛的讲坛上介绍奥斯卡·米沃什的思想时，不得不首先对他的生平做了简单介绍，因为讲坛下的美国学生对他几乎一无所知，尽管在20世纪50年代美国诗人雷克斯洛什曾经翻译过他的一本薄薄的诗集。

米沃什在演讲中分析的是奥斯卡·米沃什20世纪初的一个作品《关于诗歌的一些话》，文中对于现代派诗人的嘲弄犀利、直率、毫不掩饰："这种小小的孤独练习，在一千个诗人中的九百九十九个诗人身上带来的结果，不超过某些纯粹的词语发现，这些发现不外乎由词语意料不到的联系构成，并没有表达任何内在的、精神的或灵性的活动。"与此相反，他赞赏并且召唤的是一位现代荷马、莎士比亚或但丁，这位未来的大诗人将把现代诗人从狭小的微不足道的自我中解脱出来，"加入比以往任何时候都更有活力、更富生机和更痛苦的劳动大众那深刻的秘密"。这样的声音在 20 世纪初现代主义诗歌鼎盛时期确实犹如空谷回声,但并不是完全孤绝的。比奥斯卡·米沃什更早,道德主义者托尔斯泰在《艺术论》一书中早就将"纵情"声色的波德莱尔和魏尔伦等现代诗人批得体无完肤,并且在书的末尾为当代艺术指明方向——把人类的幸福在于互相团结这一真理从理性范畴转入情感范畴,并且用上帝主宰取代现在的暴力主宰,换言之,就是爱的主宰。在演讲中,米沃什并未提及托尔斯泰,他为他堂兄找到的另一个同道是女哲学家西蒙娜·薇依,他引用的是薇依 1941 年夏天,在法国沦陷时写给《南方手册》编辑的一封信:"刚刚结束的这个时期的作家们,需要对我们时代的种种不幸负责。……达达主义、超现实主义是极端的例子。它们表达了对全面放纵的迷狂,这迷狂控制心灵,一头栽进直观性,拒绝所有价值考虑。"考虑到当时正在欧洲大陆肆虐的法西斯暴行,薇依的抨击底气十足,而且有现实的惨剧作为证据。相似的例证,我们还可以列举出美国当代诗人吉尔伯特 1969 年在《美国之音》上所做的演讲《谈 1965 年美国诗坛》,当时《美国之音》邀请十九位美国当代诗人到电台演讲,吉尔伯特的演讲词给我留下最深的印象,开篇他就以独有的直率开诚布公:"对我来说,诗是宏大的见证。诗这种艺术是把紧要的价值观念显示出来,并灌输给读者。"换言之,他反对美国学院派诗人的无关痛痒的雕虫小技,"我发觉很难信赖这些遁世的人……假使诗要伟大,内容必须是重要的"。从托尔斯泰到奥斯卡·米沃什到薇依到吉尔伯特再到切斯瓦夫·米沃什,几乎构成了一条完整的反对现代派诗歌的"统一战线",至少他们都站在诗歌的"内容"这一边,他们无一例外都反对现代派诗歌着力于词语效果而忽视诗歌的社会内容和社会关怀。

可是由于我对波德莱尔、兰波等现代派诗人由来已久的热爱，我在阅读《诗的见证》的前几章时一直持一种矛盾的心情，一方面我欣赏奥斯卡·米沃什和薇依话语中透露出的道德热情，尤其是在20世纪人类所经受的种种磨难的背景下；另一方面，我也觉得他们对现代派诗歌的抨击实际上是以简化后的现代诗歌——或者也可以说是以现代诗歌中的拙劣作品——作为靶子，其实是屏蔽了现代诗歌中最精深的那一部分作品和思考。没错，现代派诗歌肇始于现代诗人语言意识的觉醒（以马拉美为最突出者），但要强调的是，这里的语言并不和社会相对立，正相反，现代派诗人正是敏锐意识到语言和物（社会）的互动关系，当你在表达你的社会观点、哲学思想甚至宗教思想时，你别无他途，只能通过语言。在这个意义上如何运用语言这个典型的形式问题，其实也就是如何表达社会思想和社会关怀这一典型的内容问题。形式和内容这一古老的对立在此合二为一，因此现代诗歌的主将瓦雷里曾经说过："对任何人都是'形式'，对我则是'内容'的问题。"这是一种微妙的平衡，其特技只掌握在少数杰出诗人手中，现代诗歌的问题也在于这种平衡的失却，现代派的拙劣诗人由于过度着迷于语词效果，从而简化了诗歌语言的内涵，使得语言从它们所依赖的物中漂浮起来，变得轻佻无力。对于词与物的永恒的矛盾，法国诗人谢阁兰曾用精辟的话语完美地归纳过："词语与物轮流将唯一的存在据为己有。"可以想象，任何一方长时间的缺席都会带来紊乱，并且必然会引发抨击之声。

我注意到米沃什在引述奥斯卡·米沃什观点之后，马上加以解释："《关于诗歌的一些话》的作者，绝不是什么马克思主义者，他的话不应被视为呼吁有社会承担的诗歌。"我也注意到米沃什在引述薇依观点时激赏之下的犹疑:"引用西蒙娜·薇依是一种危险的尝试,她的思维与被视为理所当然的习惯格格不入,而她使用的概念,例如善与恶,可能很容易使某个引用她的人被贴上反动分子的标签。"这说明米沃什拥有一种高度的词语敏感性,这种特质使他对所有言之凿凿的观点都存有一份怀疑,哪怕他在情感上对这样的观点是多么认同。这将使他最终堕入到一种复杂性之中,而他的深刻亦在这种复杂性中得以完成。

并不让人意外地,在第四章与第五章"与古典主义争吵"和"废墟与诗歌"中,当米沃什列举作为宏大见证的具体诗歌文本时,他的敏感充分展示了出来:他并没有改变自己的基本观点(对真实的热情追求),但他经常地从自己的对立面去观察和调整自己的观点,以使其吻合"真实",哪怕这时他的观点不再是泾渭分明、清晰可辨的。这两章无疑是全书的核心章节,其论述的精微是其他章节不能比拟的。第四章"与古典主义争吵"可算是"诗的见证"的反面例证,米沃什首先强调由于历史上很多时候,诗人多半来自特权阶层,"权力和财富使他们对生命的感觉变得舒适"(这一点,我也不能完全认同,因为疾病和死亡立刻就会让这种舒适荡然无存,无论你是出自哪个阶层)。然后,米沃什笔锋一转——即使他们想要表达苦难,但也会遇到一个以语言形式出现的障碍,这障碍凝结在传统的表达方式中,当你习惯性地借用这些传统方式时,它就是一种障碍,因为它根本无力反映永远难以预料的现实。

随后米沃什以第二次世界大战时那些被纳粹残杀者临刑前的作品为例,"我们似乎觉得那些由被剥夺了希望的人在巨大感情压力下写出的作品,一定会打破所有传统手法才对,但情况并非如此"。受害者用来表达自己悲惨遭遇的语言,有很多陈腔滥调。学者博尔维奇有专著《纳粹占领下被判处死刑者作品》,分析了从几个国家但主要是从波兰搜集来的大量文本,他充分肯定这些文本作为社会文献的意义,但对于它们的艺术性,他的结论非常悲观:"没有哪怕一篇作品是值得注意的,所谓值得注意是指作者试图通过超越传统的沟通性语言或通过瓦解传统的沟通性语言来表达恐怖。"由此不难看出,米沃什所谓"与古典主义争吵"的主语应该是"现实",他进而又说,这场冲突永不会终止,并且第一种倾向(指形式)永远以这样或那样的变体成为主宰,第二种倾向(现实诉求)则永远是一种抗议的声音。米沃什并且让人稍感意外地激烈抨击以道德要挟文学的做法:"任何人求助于种族灭绝、饥饿或我们同类的其他肉体痛苦来攻击诗歌或绘画,都是在进行蛊惑人心的煽动。"实在说,这种自相矛盾的观点是优秀诗人必然要面对的困局,只有在他们最好(没有办法,必须得亮出对于"效果"的评判)的作品中,形势和内容纠缠不清的局面才会有所缓解。

  正如博尔维奇的著作所显示的,其实抱有"见证"意愿的诗人和写作者不在少数,为什么其作品值得"注意"的比例如此之小?这个问题,米沃什没有深究,而在我看来这是非常重要的问题,可能比仅仅简单呼吁诗歌应该具备道德诉求更重要。一般来说,诗人和艺术家是"细微末节"方面的专家,因为和人们的直觉相反,正是寻常的生活场景和事件给作者提供了更大的道德空间,而不是相反。一个杰出的作家,完全有可能把一次散步或者理发写得惊心动魄,但是当他面对太过深重的苦难,却有可能发不出声音来——痛苦让他失语,这是常有的事。面对苦难我们能说些什么呢？此时，情感里如果夹杂一丝反讽都会让我们羞愧万分，遑论其他了。当然难度构成更大的诱惑，一旦有所突破，带来的冲击也是无与伦比的。但是在这里，又是道德家们反感的"技艺"凸显了出来，并被置于诗人们优先考虑的紧迫地位。还是诗人庞德总结得巧妙——技巧考验真诚，他将两个似乎总是对立的观念绑在了一根线上，而且是如此和谐。

米沃什对于现代诗歌倾向于形式实验的责难，在更高的层次上，可以被便当地视为道德家对于艺术家的责难。道德家通常倾向于不信任艺术家，因为这些艺术家不可救药地执着于美，执着于效果（在死亡的关头，他们似乎也有闲心去考虑分寸和尺度）。但是道德家们不要忘了，生命的良好品行只会来自对日常生活的良好梳理和反应，语言的分寸感和美感，其实总是对应着人们在日常生活中行为的得体与否，而行为是否得体当然也就更直接地对应着善与恶了。从这个角度我们又可以回到庞德的那句名言，一个技艺高超的诗人，他的道德感也总是最敏锐的，哪怕他在书写一只小鸟的死亡，他也有能力反映出整个人类的宿命感。反之，一个忽略技艺的道德家也总是会被他随身携带的苦难压垮，语言破碎不堪，甚至来不及发出一声惨叫，更别说去见证什么了。好在，米沃什首先是一个诗人，其次才是一个有良知和道德感的诗人，他敏锐的直觉使他避免堕入自己挖掘的道德陷阱，从而为语言的完美组织提供了机会，并最终使他的良知在黑暗的时代发出感人的光芒。

在第五章"废墟与诗歌"中，米沃什以波兰当代诗歌中的几位杰出诗人为例，从正面阐明了诗到底是如何承担那"可怕的责任"的。由于波兰这个国家和民族的灾难深重（因为夹在德国和苏联这两个强邻之中，而反复遭受蹂躏），波兰诗人无论优劣都自觉地将"二战"时的现实作为自己诗作的主要题材，20世纪70年代出版的《战斗的波兰诗抄》厚达1912页，收录的诗歌大部分写于被德国占领时期，这些诗作大多仅具有文献价值，艺术性都不高，米沃什坦率地批评这些诗歌"常常太啰唆，在号召战斗时又太露骨，同时在较深的层次上，它表现得像个哑巴，徒劳地试图从喉咙里挤出一点听得懂的声音；极度渴望发言，但却无法成功传达任何实质性的东西"。随后，米沃什以女诗人斯维尔什琴斯卡为例，来阐明为猛烈的暴行经验寻找表达方式之困难。女诗人住在华沙，1944年夏天参加了著名的"华沙起义"，战后她试图书写这次经历，但没有成功——它们太唠叨、太哀怜，她销毁了手稿。直到三十年后，斯维尔什琴斯卡才找到合适的形式去表现一直萦绕在她心头的有关"华沙起义"的记忆。米沃什在书中引用了女诗人的一首短诗《筑街垒》，那的确是一首感人至深的佳作，是对当年那些在起义中丧生的波兰人的庄严哀悼，而且令人惊讶地采用了近乎童谣的形式。米沃什提到的另外几位诗人赫伯特、鲁热维奇、比亚沃谢夫斯基、辛波斯卡等均是波兰文学中的佼佼者，他们都在诗中处理过对极权的抗争、人的尊严等重要主题，可是无一例外，他们的诗作都和血淋淋的暴行保持了一段距离（没有直接描写），而是通过象征和隐喻间接地触及它们，这样的处理方式没有减损诗作的力量，反倒是情感因隐忍更形强烈。这就如同拳击，收回来的拳头才有可能往前击打出更大的力量，而一味往前伸出拳头则不会给对手造成任何伤害。

米沃什引用的奥斯卡·米沃什的一句话，我印象深刻："诗歌始终紧跟着人民那伟大灵魂的种种神秘运动，充分意识到自己那可怕的责任。"责任之前的修饰词"可怕"非常精辟准确：一方面它显示出这种责任之重大，另一方面它也在提醒承担这种责任之困难。表态总是容易的，道德热情在感动他人的同时也容易让自己感动，但对敏感的诗人而言，在强调社会责任的同时避免被责任所异化、所吞噬，大概也是他不可推卸的艰巨任务之一。只有以此为前提，诗人的道德热情才能真正转化为改造社会促进社会进步的正面力量，而不被它的反作用力所扭曲。

2012 年

被"新信仰"扭曲的心灵

米沃什是一位卓越的诗人,在年轻时代和许多青年诗人一样,"素来不热衷政治,而且恨不得同现实的生活不发生任何关联"。那个时候,他的诗歌通常以法国诗歌为榜样,带有明显的超现实主义色彩,但是正如米沃什在《被禁锢的头脑》一书英文版序言里所说:"现实永远不会让我长时间脱离一切。" 20 世纪上半叶发生在欧洲的一系列残酷事实深刻影响到米沃什的诗歌创作,使他断然放弃早期的过于形式化的诗风,转而"以不妥协的敏锐洞察力,描述了人在激烈冲突世界中的暴露状况"(诺贝尔文学奖授奖词),并最终在 1980 年为他赢得诺贝尔文学奖。

如果说米沃什在诗中还是以较为间接的方式去触及政治、社会和意识形态的话,那么《被禁锢的头脑》则完全是在思辨的层面,展开对极权政治的探讨和批判。当然反过来我们也可以说,诗人的身份和敏锐赋予这种社会观察以抽丝剥茧般的细致,而这种细致则立刻为这种观察赢得更接近于真理的复杂性。但它并不讨好,因为"羡慕苏联共产主义的人认为这本书极尽侮辱之能事,而反共分子们指责该书缺乏一种明确的政治态度,怀疑作者骨子里是一个马克思主义者"。没有易于让人辨识的标签,没有气势汹汹颇具蛊惑力的狂热,但悖论的是所有有识之士都会一眼看出其中秘藏着珍宝,难怪书一经出版即获得加缪和雅斯贝尔斯这两位重量级作家和学者的赞赏,后者还为本书的德文版撰写了序言,在序言中,雅斯贝尔斯准确地将《被禁锢的头脑》概括为"一个带着大问题深入事实并意识到自身思想的人士的言论","他是作为一个深受触动的人,通过对于在恐怖中发生的事实的分析来发言的,这同样也显示出他具有追求正义、追求并非伪造的真理的精神"。

"深受触动"说明米沃什仍然是以诗人特有的敏感为武器,介入到对极权社会的观察和批判中,按照米沃什自己的话说就是:"我写这本书,目的在导引读者走入波兰、捷克、罗马尼亚和匈牙利知识分子的内心世界去。"的确,在这个世界上,没有比人更复杂的事物,而借由对人的复杂性的剖析,我们也许可以一窥思想演变的复杂历程。自然,米沃什拥有利用这一写作路径的独特优势,那就是他本身就是那些残酷事件的亲历者,而且他和他在书中重点剖析的四位作家要么是朋友要么至少曾经很熟络。这使他可以如愿深入到波兰各类知识分子的内心世界,并以他们为镜子反观自身。

也是因为以"深受触动"为基础,本书的思辨深度固然毋庸置疑,但是我们通读完全书,马上记住的仍然是那些活生生的画面,它们像冰冷的斧头不断敲打着人们陷入道德困境中的思想。在第四章"阿尔法,道德家"中,米沃什描述了1945年4月,在苏联红军赶走德国人之后,他和阿尔法回到华沙所看到的情景:"我们迷失在乱石堆中,在那曾经是城市街道的地方堆积着一座座瓦砾山。我们数小时踯躅在曾经熟悉的城市一隅。此刻我们已经完全认不出它来了。我们顺着一个红砖的坡面往上爬,发现自己置身于一个幻想中的月球景观。这里是一片沉寂。"在第七章"戴尔塔,行吟诗人"中,米沃什描述了在华沙犹太人隔离区看到的一幕,这个场景有如梦魇经常在他的脑海里萦回:"(这位犹太姑娘)大约二十出头,身材高大丰满,看上去很活泼。她双手举过头,挺胸在大街上狂奔,同时大声尖叫着:'不!不!不!'她无法理解她必须死这一事实:死亡是由外力强加给她的,她热爱生命,她还年轻,她还没有任何准备,她不想去死!在她尖声大叫反抗之际,党卫军用自动手枪射中她的躯体,出现了她的躯体惊愕的瞬间,生与死在这一瞬间交会,这姑娘满身是血,还在马路上痛苦挣扎,党卫军用皮靴狠狠地踢了她一脚。"在第九章"波罗的海三国"中,米沃什描述了他在乌克兰某大城市火车站看到的一个波兰普通农民的家庭:"丈夫、妻子和两个孩子,他们坐在篮子和一捆包袱上面,妻子在给较小的孩子喂奶,皮肤黝黑、满面皱纹的丈夫则把茶壶中的水倒进一只带把的杯子里递给大儿子。"在整本书中都小心翼翼克制着自己情感的米沃什这一刻倒是袒露心扉:"我久久望着他们,突然惊觉两行泪水正顺着我的脸颊滑落下来。"

像上述这些让人感触深刻的场景在书中出现得并不多,米沃什在几处都说到,他无法平静地叙述他所看到的种种惨象,在他看来流畅地珠圆玉润地呈现痛苦本身就是令人怀疑的事情,他宁愿把那些悲惨的事件埋入内心,让它们成为追求真理的种子——它们要为自己悲惨的命运寻找原因,而这正是这本沉痛的书所要做的事情,米沃什自己说得好:"废墟和痛苦是社会思想的学校。"思想由于得到苦难的滋养而不再变得轻浮,这也可以解释,为什么米沃什的文字并不煽情但却感人至深。

书的主体部分是对分别以阿尔法、贝塔、伽玛、戴尔塔代称的四位和米沃什同时代的波兰作家(他们是安德热耶夫斯基、博罗夫斯基、普特拉门特、加乌琴斯基)的剖析——通过他们的经历也通过他们的作品。相较而言,对于伽玛的刻画稍嫌脸谱化,米沃什的文字在这里稍稍失去了节制,但是米沃什肯定会立刻为自己辩护:对于这样一位把"灵魂出卖给了魔鬼"的人,他所能做的只能是鞭挞和尖刻的嘲讽。正是这样的文化官僚构成了极权背景下的波兰文化主流,并日益败坏着文学趣味——以现实主义之名,同时也是在侵蚀和摧毁着整个社会的道德基石。换句话说,没有健康的社会气氛,真正的文学趣味和水准是无从谈起的。

阿尔法的形象就要丰满得多,这是一位追求道德纯洁性的作家,这一点也使他很自然地追求格调上的纯洁,"他像将水蒸馏那样提炼自己的语句",因而在"二战"之前出版的小说里,他就在关注悲剧性的道德冲突,更为可贵的是,他是一位知行合一的人,这使他的一切行为在相当长的时期里都被视作作家——公民的楷模。他以微笑面对一切苦难,他关心刚刚起步的作家,他在公众场合拒绝跟一个在华沙与德国人合作的作家握手。他的立场具有真正的人道主义特点。他坚决反对民族主义,但同时并没有共产主义的倾向,也就是说他既憎恶德国人也不喜欢苏联。和当时许多波兰作家一样,他也对波兰当时的状况不满,他迫切希望进行广泛的社会改革并拥有一个人民的政府。

这样一位在人格上令人尊敬的作家,"二战"后转向来自东方的新信仰,的确引人深思,至少不能简单地从单一的功利角度对此进行考察。从大的方面来看,德国法西斯的野蛮奴役是主要诱因——人们在逃避一种恶时慌不择路而陷身于另一种恶。在《被禁锢的头脑》英文版序言里，米沃什写到苏联红军1945年某天下午的"莅临"："我正站在一个农民家的门口；几颗小口径的炮弹刚在这小村庄的街道上爆裂。然后，从盖满白雪的小山中间的平地上，我看见一列人慢慢地向前推进。他们就是红军的先遣队部队，走在最前面的赫然是一位年轻女郎，脚上穿着毡靴，手里拿着轻机关枪。"这样的时刻总是令人难忘，捷克作家伊凡·克里玛也曾在他的文章中描述过类似的情景："我站在那里（集中营）望着无穷无尽的红军士兵，疲惫不堪的马匹，精疲力竭的人，肮脏的坦克、汽车和大炮。意识到我自由了，我控制不住地哭泣。"在那样的时刻，克里玛说得明白，苏联红军体现着善的力量，"很长时间后我才完全明白，常常不是善与恶之间的力量在战斗，而仅仅是两个不同的恶，在为了控制世界而互相争斗"。对于米沃什何尝不是如此？波兰人民被解放了，只是在后来他才知道这里的解放有个同义词——奴役。而两者之间的时间差则可以解释像阿尔法这样的作家何以转向东方的新信仰，而且是诚心实意地。

在历数了阿尔法转向东方集团的种种表现之后，米沃什以他一贯的警醒立刻补充道："对我来说，过于严厉地谴责阿尔法是很难做到的。"米沃什也有过一段和当时的波兰政府合作的经历，从1945年到1951年，米沃什曾经先后做过波兰政府驻华盛顿和巴黎大使馆的文化参赞，当有人问他是否是为了钱才这样做时，他的回答直率而坦诚："我甘愿为他们服务，并不是物质上的理由，而是为了信仰。"看到"信仰"这个词我颇感吃惊，但很快又折服于米沃什的诚实。当然促成一些文人和当时的波兰政府合作还包括以下几项客观条件："二战"后，波兰政府为了拢更多观望的人，所采取的政策比较温和，"现实主义"的创作信条还没有被提出；另一方面，作为作家和诗人，母语的环境实在太重要了，不到万不得已，他们不会放弃这些。"一个诗人连自己的语言文字都没有之后，还能算诗人吗？这一切仍可为我所有，只要我愿意付出代价，这代价就是服从。"但是几年之后，米沃什依然和东方集团决裂了，当米沃什说其原因实则是由各种动机促成的，其中有些动机说起来并不冠冕堂皇，我们不会感到不屑，而是为他坦诚的自我剖析所打动。

没有人是完美的，但是和强权妥协的程度依然和我们通常所说的善恶有关，当米沃什在驻外使馆做文化参赞时，一旦他感到弦绷得太紧时，他会去寄回去点足以令人相信他这个人还是可以皈依斯大林主义的作品，当然米沃什最终和东方集团的决裂，挽救了之前的那些迫于生计做出的小小妥协，否则这些小小的妥协的裂隙就会逐渐扩大为鸿沟，最终将他完整隔绝在恶的彼岸。在米沃什看来，阿尔法的问题就是在于他的妥协正日益扩大，米沃什敏锐地发现阿尔法可以迅速利用那些苦难做文章，而且处理得如此流畅。继而，米沃什指责阿尔法"允许将自己的同情置于书报检查所规定的安全框架之内，迎合党的期望简化了他所描绘的事件的画面，同时也赢得了党的认可"。

可是按照古希腊戏剧家的信条，人只要没死，他的命运就是难以预测的，我注意到在"阿尔法，道德家"这一章后面附录的阿尔法原型安德热耶夫斯基的简历中有这样一句话："20世纪50年代初他是波兰现实主义文学的积极倡导者，1956年后成为激烈的持不同政见者——就在《被禁锢的头脑》出版四年之后。"阿尔法又一次转向了，对此，作为读者我们也不会过于吃惊，因为米沃什以诚实的笔触描绘出阿尔法战前和战时的表现时，他的最终转向几乎是必然的,而米沃什对于他的批评则在这种转向中变为苛责之辞。在米沃什所描绘的四个作家肖像中,阿尔法是和米沃什本人最像的,其肖像中包含着挣扎与困惑,小小的苟且和最终的英勇,我们不会为其中的瑕疵而叹息,这瑕疵只会更映衬出勇气的可叹可敬。没有人是完美的,但那并不是人们走向堕落的借口,追求真理的精神依然可以将有罪的人类拯救。

从米沃什的描述中,我们知道贝塔是一位杰出作家,对于贝塔的文学成就,米沃什在文章中不止一次加以强调,"当我拿到这本诗集(贝塔的第一本诗集)并费力地翻开黏糊糊的油印封面朝里看时,我立即意识到是在和一位真正的诗人打交道"。在谈到贝塔的短篇小说时,米沃什这样评论道:"我读过许多描写集中营的小说,但没有任何一本像贝塔的这本书那样令我感到毛骨悚然。""他既没有伪造任何东西,也没有刻意取悦任何人。"米沃什甚至忍不住引用了好几段贝塔小说中的片段,因为这样"会比干巴巴地叙述贝塔写作手法更能使人产生丰富的想象"。这是一些极端克制、冷静客观的集中营生活场景描写,米沃什准确地看到小说里表面流露的虚无主义是出于强烈的伦理情感,而"这种情感又来自于贝塔对世界和人性的被辜负的爱"。

越是强调贝塔文学作品的冷峻和杰出,他在战后沦为政治宣传员这一事实就越是令人唏嘘。一棵政治的罂粟将他的所有文字都败坏了,可是米沃什立刻警醒道:"事情并不是这么简单,许多杰出作家也曾在自己的作品中表现出政治激情,像斯威夫特、司汤达和托尔斯泰,甚至可以说,由于他们的政治激情,由于他们希望告诉读者的某些重要寄语,他们的作品获得了力量。"米沃什在书中对于政治因素在文学中造成的这两种截然相反的倾向的分析稍嫌简单——前者是因为他们绝不因袭苟且,而贝塔的堕落则是因为想听到党内同志的掌声——当他写作的时候。但是随后对于贝塔这种转向的内在分析则更显深度:"(贝塔)强调简化,去掉一切幻想,赤裸裸地去表现一切。"最终,词汇成了斗争的口号,同时也成了行动的一种不完善的替代物。这里存在一个重要的分野,即政治和文学的分野,并且对于贝塔来说政治最终战胜文学而胜出。可是文学并不是修辞学上的小把戏,丧失了文学对于品味和复杂性观察的保证,孤绝胜出的政治也将会变得狭隘甚至于丑陋不堪。对于敏感的心灵,这样的事实粗野而低俗,贝塔在1951年的自杀说明被他刻意隐藏的敏感心灵一直在起作用,而粗野的政治、粗陋的宣传文字则一直在极力扭曲这个生命,直至折断。

戴尔塔是个性颇为复杂的行吟诗人,他生性沉默寡言,阴郁悲观,皱着眉头看人,只是一见钱便很激动。米沃什转述的一件趣事颇能说明戴尔塔的性情。有一次,酒鬼戴尔塔被强制送到戒酒中心接受治疗,他找借口与医生打赌,结果所有医生和患者,包括酗酒者全都酩酊大醉,大家还在戒酒中心走廊上举行了一场自行车比赛。但与喜庆的外表不同,戴尔塔骨子里是一位杰出的悲剧诗人。他的诗歌的主题令人压抑,但是奇特的是,这种压抑是以绚丽的外表展示出来的,他热爱自己的幻觉世界,跳舞的吉卜赛女人、睡在窗台上的猫以及开满鲜花的苹果树。

戴尔塔从未对政治表现出任何兴趣,他讽刺所有争权夺利的党派集团。1937年当他投身到极右派阵营时,许多人都为之瞠目,但是米沃什看得明白,戴尔塔的目的只是希望自己可以像旧日的歌唱家或行吟诗人那样，手拿诗琴，身边围着一群崇拜者。他不喜欢那些不受读者欢迎、面对四壁孤独冥想的作家。正是这一点可以解释战后他和波兰政府的合作，而对于争取到像戴尔塔这样具有广泛影响力的诗人的支持，对于当时立足未稳的共产党政府显然也有着现实意义。但作家和强权政府的调情是很危险的，固然戴尔塔可以运用过分的艺术夸张手段，将自己热烈的赞美暗地里转向讽刺，但是强权政府则会动用直接的权力抒平作家的个性，使其服从于自己的目的。最终，和所有在极权社会挣扎求存的作家一样，戴尔塔的"那些失去了昔日勃勃生机的诗歌与数十个二流诗人写的平庸作品没有任何区别"。

《被禁锢的头脑》是一本颇为庞杂的书，在作为核心的四个作家的精神肖像周围，还穿插着米沃什对波兰被奴役的历史的描述，对东西方价值观念、生活方式的比较，对作为自欺欺人的面具的"凯特曼"的分析，等等，所有这些都因为亲历其中的见证者的视野而浸染着悲剧色彩。米沃什在书中忽而殚精竭虑、忽而痛心疾首、忽而冷嘲热讽，就像英勇的堂吉诃德。在这本书写作三十年后，米沃什在美国加利福尼亚撰写英文版序言时还强调："无论是左派还是右派的极权主义思潮制造出来的吸引力都还没有成为过去。尽管我在本书中描写的是极权主义历史上的一个'经典的阶段'，但是，已经过去的这三十年的光阴，并没有消除这一现象顽强存在的深层理由。"

2013 年

对抗流逝的时间

小说家哪怕在写评论时也像在写一个故事，而批评家在叙述事件时也往往充满着思辨色彩——斯坦纳的回忆录让我们再次意识到这一点。如果说，在萨义德的回忆录《格格不入》中，思辨还只是和事件同等重要的伴生物的话（其笔触可以用思辨式的叙事形容），那么在《斯坦纳回忆录：审视后的生命》中，思辨已经占据绝对优势，个人事件已经被逼入墙角旮旯，只是在各个角落里，像密码一般勉强拼凑出斯坦纳的个人履历和生活细节。

《斯坦纳回忆录：审视后的生命》不是一本很厚的书，译成中文只有十四万字多一点，但是内容却非常丰富，其涉及议题之广阔以及论述之深入绝非同样篇幅的书籍可以比拟，一般传记和回忆录里占据主导地位的个人事件描述在这本书里少之又少，抱有八卦心态的读者未免要大失所望，但如果你对真知灼见抱有热情，那这本书绝对是一本值得一读再读的佳作，用洞见迭出来形容它也不为过。

既然是回忆录，我们还是从书中吝啬地透露出的斯坦纳的生平细节谈起。斯坦纳的父亲是奥地利中央银行资深的法务人员，本身钻研法律和经济理论，但是对音乐、文学、艺术有强烈的兴趣和感受力，"父亲的书架上摆满了日耳曼形而上学和文化批评著作，从康德到叔本华和尼采，德文诗与戏剧经典作品，如兰克、蒙森、格雷戈洛维乌斯等重要历史学家的著作"。斯坦纳的母亲则熟稔多种语言，常常在讲话时，以某种语言开头，以另一种语言结束。在这样的家庭氛围中，"我的童年生活便是一场隆重学习的庆典"。

在这本回忆录中，斯坦纳只是将少许生活事件放入，因此这些事件要么隐含有深意，对于斯坦纳随后迫不及待展开的思辨起到某种隐喻般的提示作用——一种生活和思想的古老联系，要么就是特别突出和有趣，它们犹如生活这一面平静的湖水里偶尔涌起的浪花，任凭斯坦纳有意压制（出于自尊和对自恋的警惕？），仍然不顾一切地冲出重重思辨的迷雾，令读者忍俊不禁。

在第四章中，斯坦纳以难得的轻松笔调写到：在芝加哥大学读书时的室友亚尔菲原先担任伞兵，他对斯坦纳当时的处男之身颇为不屑，便主动陪着斯坦纳到伊利诺伊州的西塞罗，为他"安排了一场既彻底又温柔的启蒙"，事后还让"宽慰安心"的斯坦纳请他搓了一顿龙虾凯撒沙拉大餐。在芝大，年少的斯坦纳已经因为出众的学业而知名，以至于考试前一群学生来到他的寝室，"他们挤在床的上下铺和地板上"，请斯坦纳帮忙解释乔伊斯的短篇小说《死者》，于是他发现自己"在漫漫长夜开始授起课来"，而他的听众只是他的同学而已，讲到动情处，"我克制着自己不流下荒谬的眼泪""从那晚起，教学和诠释的塞壬女妖为我歌唱"。

在回忆老师和同道的第九章中，斯坦纳还讲述了有关新批评泰斗艾伦·泰特的一件轶事。1948年新创立的博林根诗歌奖颁给了庞德的《诗章》，评委包括艾略特和艾伦·泰特，当时庞德因为叛国罪（在"二战"中支持墨索里尼）尚在狱中，因此抗议之声不绝于耳。评委被指支持法西斯主义和反犹主义，最激烈的反对者是诗人卡尔·夏皮洛，他认为泰特是个死硬派南方佬，恶名昭彰的反民主主义者。有一天晚上，斯坦纳正在宿舍睡觉，昏昏欲睡的守夜人来通知他，说泰特教授将看重斯坦纳的立即造访。斯坦纳还以为自己刚交上去的研究报告出了纰漏，非常紧张地赶到泰特家。当然，邀请和作业无关，泰特刚刚写了一封挑战书给纽约的夏皮洛先生，要求和他决斗，而请斯坦纳来，只是想咨询他在犹太人的信仰和道德背景下，身为犹太人的夏皮洛是否可以接受决斗的挑战？当然结果有点让人扫兴，夏皮洛觉得这件事太过荒唐，便发表了他和泰特的书信，这段插曲也就无疾而终。

然而，书中像这样轻松有趣的事情实在是太少了，斯坦纳不会允许这样的事件喧宾夺主，使回忆录沾染哪怕丝毫的轻浮气质，事实上整本书总体气质是庄重肃穆的，有着大理石般的光泽和分量。书的副标题"审视后的生命"是一个准确概括，通常斯坦纳在叙述一件事情之后，即转入对事情的抽象思辨，或者走得更远，这事件只是起一个引子的作用，而他浓墨重彩的都是他一直深感兴趣的一些抽象命题：对大屠杀的反思，对理论思潮泛滥的警醒，对语言、音乐的精微思考。

书的第一章即为这种写法定下了基调。开篇斯坦纳以细致的笔调描绘出他们一家人在奥地利乡村度假的气氛，"这大而空旷的度假农舍越来越冷，现在想起来，那时大概发了霉"，还是孩童的斯坦纳感到不耐烦,恰在此时,他的姨丈从萨尔茨堡带回来一本"有蓝色蜡质封面的小书",一本纹章学入门,小斯坦纳立刻为这本书所着迷:"这本书令我目眩神迷,让我了解到世界具体物质和形式有无数明确、精致、多重的特殊性。"作为大学者的斯坦纳一生不知道阅读过多少书籍,他自己就写过三十多本专著,但在他的回忆录的第一章详细讲到早年看过的这本不起眼的小书,那一定是异乎寻常的。因为正是这本小书,让斯坦纳对独特性与差异性越来越着迷,"差异和分类是如此之多,任何分类和计量都是不可穷尽的"。随后当斯坦纳转入对于"理论"的批判也就不会让我们感到惊讶了,"无论是情感、知识及专业各方面,我都不信任理论",因为"理论不过是失去了耐心的直觉"。作为一个在理论的黄金年代孤独的人文主义者,斯坦纳学术生涯所受到的压力可想而知,但他对于理论的批判的确深具说服力,因为斯坦纳自己的文风就是一种极端敏感难以被归类和总结的风格,斯坦纳用这样的文风批判流行的理论风潮实在是恰如其分,而他本身充满魅力的行文也顺便成为他的观点的绝佳例证。

以此为出发点,斯坦纳之后提出的各种观念及其对这些观念的辨析都是令人期待的,那至少是带有个人选择、品位和回音印记的观念,它在语言和节奏的罅隙里穿行,敏捷又自如,很多时候我们就像读诗一样,在还没弄懂语言的确切含义时,就已经为他语言的魅力所倾倒。他是西方学者中少有的充分尊重非理性直觉的学者,"理性那种往往未经检验的自大,切断了可确认的经验与可能真正重要基本之事的联系",而作为对这种呆板理性的反拨,斯坦纳往往将自己的观点推进到理性和感性遥远的接壤地带,那里人迹罕至却是意义疯狂繁殖的肥沃土壤。

斯坦纳的文风极具创造力，有着鲜明的个人化的印记（所谓风格），而这正是创造力的表征，一般西方学者所擅长的逻辑性，斯坦纳自然不在话下，同时在这种绵密的文论文风中，斯坦纳还善于给出一针见血的格言式结论，这些格言掷地有声，不容置辩，它似乎就是它自己的明证，比如："纯粹的真理能够容忍匿名""理论是失去了耐心的直觉""世界的极限实际上是语言的极限""文法就是希望"等等。在此，我以为斯坦纳已经掌握了诗人的拿手好戏——命名。他给出结论，而这些论断又是那么准确和迷人，似乎不再需要二流学者笨拙地论证。同时，斯坦纳思维的跳跃也很像诗人的思维方式，他习惯于在各种事件和观念中腾挪游移，而它们之间似乎的确存在着被我们一直忽视的隐蔽联系，并且为彼此的存在提供证据和支持。我以为，此点正是斯坦纳的文章虽然晦涩但却迷人的重要原因，我们因此在获得知识的同时也饱尝了美的盛宴，或者也可以说，斯坦纳所提供的知识本身就充满柔韧的美感。事实上，书中的许多段落就是一流的散文诗，那是被斯坦纳抨击的"理论家"们想破脑袋也写不出来的。

更为重要的是，斯坦纳绝不是那种华而不实的修辞家。他用他敏感的文字探讨的正是这个世界和生命里最重要的那些问题，用他自己的话说就是："无论多么模糊暧昧，都要去探讨文字与世界的关系；无论多么难解，都要去探讨文本、艺术作品的意图，寻求认同。"首先就是对于大屠杀的反思，斯坦纳是犹太人，他对此问题的探讨因而尤其具有一种沉痛的力量。正面论述此问题是在第五章，但是前面四章似乎一直在为第五章的出场酝酿着苍凉的氛围。作为一个1926年出生在欧洲的犹太人，只要他开始回首往事，就逃不脱死亡的气息。斯坦纳的父亲是一个敏锐的犹太人,他很早(1933年)就预见到犹太人在纳粹统治下的悲惨命运,他一遍又一遍徒劳地向亲友发出警告。正是在此背景下,在小斯坦纳快要过六岁生日的某个深冬之夜,父亲向他朗诵了《伊利亚特》中阿喀琉斯杀死吕卡昂之前,他们之间的对话。斯坦纳在书中全文引用了这些对话,因为父亲提议他把这些话背下来,"所以阿喀琉斯这段话的平静无情和温柔的恐怖,永远铭刻于心"。也就是说,对于死亡意识,对于死亡的命运,小斯坦纳在六岁的时候就经由父亲的提醒开始思考了。

在第三章和第四章中,斯坦纳描述了他在美国学生时代的生活(当然是一贯地以思辨的笔触为主,论题在对莎士比亚和拉辛的精彩对比中一再转移和迷失),因为父亲的警觉,他们一家在"二战"之前已经移民到美国纽约。对于犹太人,美国无疑是安全的,但是"南风往往使空气中洋溢着屠宰场的血腥味和恶臭",欧洲犹太人被虐待被屠杀的消息正源源不断传到美国。

到第五章,因为前面章节的铺陈已经积攒了足够的冷酷气质,斯坦纳终于可以将笔触转向他念念不忘但又不敢轻易触碰(因为带有太多惨痛的个人和集体记忆)的大屠杀议题——也即对犹太人的大屠杀为何会一再发生(纳粹的暴行不过是最近的一起而已),原因究竟为何?因为"没有任何有力的分析,能提出宗教、政治、经济或社会理由,虽然这些因素多少都有些关联"。斯坦纳的结论是:"唯有神学和形而上学才能说明事实的悲剧复杂性。"

按照斯坦纳的说法,犹太教曾三度让西方文明面对理想的"敲诈勒索":由犹太教经典发展而来的严厉的、毫不妥协的道德规范;犹太教律令要求男人和女人实行利他主义,"这是对伤害及冒犯我们的人一种反本能'不自然'的限制";还有就是

"作为犹太教另一个主要异端马克思主义所倡导的乌托邦社会主义"。这种压力令人憎恶,贬黜的冲动从闷烧郁积而后延烧成焰进而全面毁灭。这是身为犹太人的斯坦纳从更高的神学和形而上学的角度对两千年来持续不断的反犹情绪的探究,他承认这并不是完美的解释,"但我无法找到更好的解释"。这一章的语调至为沉痛,斯坦纳在该章末尾写道:"兽性、愚蠢、不包容总是会选择犹太人为目标,但是这是我永不会抽身离开的选民和族群(即使这是可行的)。"他还引用同为犹太人的托洛茨基的一段充满理想主义色彩的对人类社会远景的展望,作为自己的工作清单——"人们会以主宰自己的情感为目标,把本能提升到良知的高度,使其透明……"从中透露出的对那种孤绝的理想毫无保留的拥戴让人为之动容。在这里,我们在那个睿智敏感的斯坦纳身上又发现了一种弥足珍贵的勇气,话说回来,如果没有勇气作为底座,在逻辑链条上自如滑动的睿智分析也只能是一种外在的学术自恋而已,就像许多斯坦纳看不起的"理论批评家"那样。

随着对大屠杀正面思考告一段落,斯坦纳迅速将思维之触手转入对另外两个抽象概念——音乐和语言——的深入探讨。他是如此急于要对这两个问题展开沉思,甚至于不再像前几章那样以自己的生活事件作为某种隐喻转入对抽象问题的思考,而是直接切入——第六和第七整两章几乎都是完全的思辨分析。当然,细读之后,我们知道这两章本质上是第五章大屠杀思考的余绪,它们从更深的文化角度回应着人类与生俱来的暴力倾向。斯坦纳以希腊神话里马西亚斯、塞壬和俄耳甫斯这三则深不可测的寓言故事作为案例,分析了为什么有关音乐萌发、乐器诞生的故事里,会出现如此野蛮的行径,进而指出"文字和音乐之间,存在着再清楚不过的原初冲突痕迹"。音乐对我们展开单一的主宰,在音乐里形式是内容,内容是形式,它们极为复杂和丰富,几乎可以涵盖"灵魂"。

第七章是对于语言的分析,其基础显然是斯坦纳的名著《巴别塔之后》,他是如此重视语言问题,以至于要在他不长的回忆录里辟出专章,继续对此问题加以强调和拓展。进入20世纪以后,哲学、文学领域的众多学者几乎步调一致地关注语言问题,总体而言,这是人类自省意识不断强化的结果,比如在哲学领域语言哲学的兴盛,在诗歌领域,现代诗人们以极大的热情探讨词与物之间复杂的关系,都是语言意识觉醒的表征。斯坦纳切入这个问题的角度稍有不同,他自小生活在多语环境中,他同时学会并能娴熟地运用法语、德语和英语,因此很自然地从语言交流的角度进入对于语言问题的精深探讨,其核心观念是:巴别塔恰恰是诅咒的反面。从巴别塔故事原初的意义来说,人类使用不同的语言是来自上帝的惩罚,以阻止人类联合起来兴建希望能通往天堂的高塔。斯坦纳承认在巴别塔灾难之后,留下的是用"近似值、误解、谎言与褊狭缝补而成的百衲被"。但他更强调的是"文法就是希望",比如简单的"如果"句式("如果我赢了乐透彩""如果舒伯特还健在"),就能够随意地去否定、重建,改变过去、现在和未来,以另一种可能勾勒现实的决定因素。而多一种语言,人类就多了一种填补概念和诠释的蜂巢空白的可能,因为"多语情况而形成的经验丰富性,思想和情感的创造性,概念的渗透、精致独特性,是人类精神杰出的适应能力和优点"。对差异性、多样性和丰富性的强调,始自第一章中斯坦纳对童年时阅读那本纹章学入门的感受,而通过语言这个极为重要的对象和媒介,斯坦纳将这个议题又在语言范畴类具体而微地加以阐释,"使用某种语言就等于是居住、建造、记录一个特定的世界环境",相应地,一种语言的死亡就是一个世界的死亡。

经过数章高强度的理性思辨,我们几乎已经忘记正在读的是一本"回忆录",终于,书的最末三章又将我们带入惯常的回忆的氛围中,高速运转的思维终于放缓脚步,使我们得以沉浸在回忆那略带倦意和幸福的光照中。对于人和事的描述在这三章中逐渐回潮,当然其中不可避免地仍旧缠绕着思维逻辑的复杂链条。在第九章,斯坦纳回忆了对自己深具影响的师长和同侪,他们多半也是大名鼎鼎的学者——布尔什、索尔拉克、艾伦·泰特、布莱克莫尔、肖勒姆、布当、弗隆恩科。写到这些旧日师长,斯坦纳的笔调也随即从先前的冷峻转为一种亲切的轻松,他甚至还讲述了他们的一些奇闻轶事,当然也不忘在其中见缝插针地对他们的学术见解加以评论,他知道那才是他最为擅长的。第十章则尽显斯坦纳作为小说家的才能,这一章是以纯粹描述(同样精彩)带出的一组回忆蒙太奇:从有着绝美风景的N地小村落到纽约喧嚣的第五和第六大道的街区,从巴塞罗那大教堂到莱茵河、阿尔诺河、利马特河边的旅馆,从伯尔尼高地到魏玛俄国士兵的墓冢……斯坦纳回忆的触手逐一从其上细致又迅捷地扫过,他尽量克制着自己的情感,但我们不难感到斯坦纳对这些业已逝去之物的留恋。用文字将这些脑海里凌乱的印象熔铸成形,本身就在对抗着流逝的时间,或者可以更直率一点——其实是在对抗死亡。

所有的回忆之书大约都是某种意义上的死亡之书,当步入暮年的作者回首往事,其实也就是在训练自己如何面对死亡。斯坦纳的回忆录当然尤其如此,整部书虽然天马行空纵情恣肆,但是有关大屠杀的思考依然悬于斯坦纳思维的核心地带,那是他的责任,同时也是他情之所系。另一方面,老年那不完整的泛黄的胶片也逼使他不断重返记忆之乡,"希望我能自信满满地摆脱这种'幼儿障碍',成熟地迈向理性、自然主义的秩序,只对理性和孤独回应"。整部书的气质是庄严的也是幽暗的,但是斯坦纳在书的末尾突然转入对爱的分析则是意味深长的,这一段话写得特别好,有着散文诗般的优美和深邃,它不是给整本书安装一个光明的尾巴,而是犹如回光灯照亮了整个宇宙:"爱是恨的辩证,是它的镜像反映。在不同情况下,爱是非理性的必要奇迹。爱无可妥协,就像是在它意志不坚的信徒中(受谴责的)寻找上帝一样。以一个人最深处的精神、神经、骨骼,去撼动受钟爱者的视力、听力或只是触碰;去设计、劳动,毫无止境地说谎,以触及、接近所爱的男人或女人……"

2012 年

用苦难量度语言

《语言与沉默》一书中有一篇写于 1966 年的《后记》，是关于两本犹太人"二战"中所受苦难书籍的书评，这两本书是《痛苦的经卷：卡普兰华沙日记》和让－弗朗索瓦·斯坦纳撰写的《特雷布林卡集中营》，前者是研究犹太历史和风俗的学者卡普兰记于 1939 年至 1942 年 8 月 4 日的日记。后者则是"一个灭绝营里的反抗故事"，作者让－弗朗索瓦·斯坦纳并没有经历过大屠杀，在审判艾希曼期间，他去了一次以色列，感受到犹太人众所周知的隐忧——为什么欧洲的犹太人就像绵羊一样走向屠宰场？有感于此，他采访了特雷布林卡集中营为数不多的幸存者，写下了此书。两本书都有大量对令人发指的纳粹暴行的细致描述，在书评中斯坦纳一反常态，几乎放弃了他擅长的思辨分析能力，而是将更多篇幅用来转述这些暴行的细节，因为他知道这些对暴行本身的描述就是对它最好的控诉，而评论这些暴行本身却失之轻浮，正如斯坦纳在文中所说："(对这两本书)最恰当的'评论'就是逐行重新抄写，遇到死者的名字和孩子的名字就停顿一会儿，如同传统的《圣经》抄写员，碰到上帝神圣的名字时要停顿一下。"文章末尾，斯坦纳提到当年在华沙犹太人聚居区，一个孩子在日记里的一句话："我感到饿，感到冷，长大后，我想当一个德国人，我就不会再感到饿，感到冷。"斯坦纳说他想重写这句话，然后默念，为那个孩子祈祷也为自己祈祷，"因为在那个孩子写下这句话时，我吃得饱，睡得暖，沉默不语"。《语言与沉默》整本书佳作迭出，但最打动我的文章非这篇《后记》莫属，而这个毫无"技术含量"的结尾则使我久久难忘。

客观地说，斯坦纳在写这篇《后记》时，其笔触是滞涩的，远不如他在别的文章中那样妙语迭出，但它却是理解斯坦纳全部著作的一把钥匙。斯坦纳为什么服膺人文主义批评传统？为什么对在 20 世纪中叶大行其道的新批评颇多微词？简单地说，一个身负大屠杀残酷记忆的犹太学人，不可能那么轻巧地将诗歌语言脱离历史背景和语言环境，以某种方式"标准化"，从而变身为所谓永恒的东西。大屠杀记忆对于斯坦纳而言像一个吞噬一切的黑洞，蚕食着他所有的写作，如果不对它做出积极的反应，他知道他所有的写作都会变得毫无意义。悖论的是，正视这个黑洞仍然是一种危险——语言的事后的描述无论如何都有轻巧之嫌。为了平衡这种宿命般的轻浮感，斯坦纳使出浑身解数，动用全部的知识储备和情感力量，还有必不可少的天赋和才华，终于在词和物、语言和世界的永恒较量中，为词和语言这一方赢得了自尊，勉强使沉重的黑暗现实不至于坠入深渊，因为语言在跷跷板的另一端正在加重自身的分量，尤其奇妙的是，现实这一端重量越大，另一端的词语也就相应增加着重量。作为杰出的学者，斯坦纳当然知道这两者其实是不可分割的，它们在互相打量、厮杀、斗争的过程中为彼此获得了尊严。

但是斯坦纳是如何做到这一点的——如何使他在文章中反复申说的"语言"和那些形式主义批评家夸夸其谈的语言做出了泾渭分明的分野,如何使那些令人发指的"现实"不至于压垮语言自身的建设——那么我们就得回到《语言与沉默》第一辑"人文素养"里的那些精彩文章。和《后记》不同,这些文章没有直接涉及大屠杀,而只是将大屠杀摆在远景和背景的位置,从而为用语言探讨这些罪恶的事实提供了可能,同时这些罪恶事实也成为平整的镜面反射着语言自身的形象,更有利于对语言的反省。换句话说,情感的力量只有在冷静分析的基础上才可能保险地成为正面的建设性力量,才不至于走向令人厌腻的煽情的泥淖。而《后记》则以其极端的形式,成为斯坦纳考虑的核心议题——语言与沉默——的一个活生生的例证:语言在残暴现实面前无可救药的无力感。甚至于《后记》中的文字也多是拘谨地引用,作为批评家的斯坦纳能说些什么?他只能如他所说的那样去默念、去重写、去祈祷,只是不再批评,也无力批评。

当然在《语言与沉默》绝大多数的文章中,由于和现实拉开了一段可以"忍受"的距离,对于黑暗现实的聚焦重新变得清晰,而在具体的行文中斯坦纳又可以迈开他轻盈的语言的舞步。轻终于可以从反面触到重,而内容和形式也就顺利地彼此深入直至无法区分。《人文素养》是全书第一篇文章,这样的安排绝非偶然,斯坦纳在文中分析了批评工作无力感(夹杂着一点虚无感)的缘由:首先,批评家过的是二手生活,他要依靠他人的写作作为自己工作的前提,"没有他人智慧的恩典,批评无法存在";其次,19世纪的几位批评大家阿诺德、圣伯夫所信奉的文学批评作为人性建设性力量的观点遭到质疑:"有证据表明,一种对于文字生活的训练有素而坚持不懈的献身以及一种能够深切批判地认同与虚构人物或情感的能力,削减了直观性以及实际环境的尖利锋芒。相比于邻人的苦难,我们对文学中的悲伤更为敏感。"对于斯坦纳,苦难尤其是犹太人所遭受的苦难是一把简洁的尺子,随时会被他拿来量度批评工作是否走向了语言游戏的虚幻之境。因此,斯坦纳和那些奢谈语言的绝大多数批评家拉开了距离,他所有的语言探讨都指向存在之重,这样的探讨既轻盈又沉重,而那个过于沉重的现实似乎禁不住围绕它持续不断进行的语言洗涤,终于显露出真实的面容——毫无疑问,所谓的真相、真理不出意外地蕴含其中。另一方面,苦难的经验和洗礼则被在语词的欢娱中敞开的心扉所接纳,其中的矛盾正好预示着写作伦理的永恒尴尬——有感染力的文字总是掩饰不住自身的愉悦,哪怕它指向确凿无疑的苦难。

显然,斯坦纳对这长久以来就困扰众多作家批评家的问题了然于胸,写于1961年的《逃离言词》以及写于1966年的《沉默与诗人》——在我看来是《语言与沉默》一书中纲领性的两篇文章——正是试图要向这个经典的棘手问题展开"攻坚",而促成斯坦纳迈出这一步的除了单纯的学术上的考量,20世纪黑暗的现实也从他的背面狠狠推了一把,也就是说,只要不断地考察那个罪恶的现实,里里外外打量它的每一个被污染的细胞,那么你会意识到罪恶现实的窘境恰好对应着美学上进退两难的尴尬,两相对照,从美学从文学从文字的角度进入对现实的省察也许是一条尚可勉强把握的路径。《逃离言词》探讨的是语词语言在科技语言和数学语言的双重压力之下的溃败,如果说古典哲学和中世纪哲学还相信只要用必要的精确和微妙操控,语言就能够让精神符合现实,那么随着语词语言领地的日益收缩,它只能包括人类全部经验中非常狭小的一块，因而现时代的语词语言也就失去了部分的精确和活力。在斯坦纳看来指望用这样满目疮痍的语言去创作伟大的文学无异于痴人说梦，可是如果没有伟大的文学，我们马上就要追问，我们如何去准确描绘我们自己的生活以及我们自己的现实？潜台词则是，我们对于真相的追寻也必将随之而落空，"我们称为现实的东西也许是一层语言的面纱，覆盖在我们的心灵上，远离现实"。请注意最后一个短语"远离现实"，这正是斯坦纳写作《逃离词语》这篇文章的隐蔽动机——我们如何、凭什么去贴近现实，在此之前更别说描绘现实、把握现实了。在文章末尾，斯坦纳给出了期许、提出了警告，但并没有给出灵丹："除非我们能够在报纸、法律和政治中恢复语词意义的清晰和严谨，否则，我们的生活将被进一步拖向混浊，那时，一个新的黑暗时代将来临。"如果我们只能沉默，那么结局显而易见——沉默而亡，"阿波罗不再注视的文明，将不再存在"。

《沉默与诗人》是《语言与沉默》一书中集中探讨诗人的两篇文章之一，另一篇是写于1965年评论普拉斯诗作的《"死亡是一门艺术"》，如果说后者仅仅是普拉斯诗歌热潮中一篇还算优秀的颂词的话，《沉默与诗人》则是一篇充分显示斯坦纳批评实力的立意高远之作。在此文中，斯坦纳将全部注意力聚焦于诗人语言的尽头，也就是诗人无法、不能言说之处，在那里语言被蓄意推向极限，诗意的说法则是"强光开始照亮"，而更可能的事实是"当诗人越来越接近神灵所在，转化成言语的任务也变得越来越艰难"，最终，进入语言的光亮逐渐黯淡，而不可复得的光辉则把语言烧成灰烬。

随后，斯坦纳以大诗人荷尔德林和兰波为例，探讨了两位

"各自语言中第一流的诗人"中途辍笔之谜,两位诗人都把书写语言带到句法和认知可能性的极致。但在斯坦纳看来,两位诗人最终抛弃语言、选择沉默,则更加耐人寻味。斯坦纳试图给出解释:荷尔德林的沉默"象征着语言超越了自我,象征着语言不是以另外一种媒介实现自我,而是在与语言相呼应的对立面和对语言进行明确否定的沉默中实现自我"。兰波选择沉默则意味着"把行动提升到语言之上"。在斯坦纳看来,"重估沉默是现代精神里最有原创性的代表性行为"。在文章中间,斯坦纳稍显突兀地直陈本书(《语言与沉默》)的潜在主题:"20世纪政治上的非人道,加上随之而来的技术化大社会中腐蚀欧洲资产阶级价值的一些因素,可能已经伤害了语言。"面对语言的窘境,作家大概只有两条道可走,一是直面语言的危机,传递交流活动本身的不稳定性和脆弱,另一选择则只能是自杀性修辞——沉默。到文章末尾,我们逐渐明白斯坦纳实质上是在回应阿多诺那个著名论断"奥斯维辛之后写诗是野蛮的"。斯坦纳以微妙且美妙的批评文字呈现了这个问题的多种可能,但他显然支持那个决绝的选项:"当城市中的语言充满了野蛮和谎言,再没有什么比放弃写成的诗歌更有力。"

这些由沉默衍生出来的话语,充满魅力又充满矛盾。如果沉默是语言的极致,那么所有围绕沉默而展开的论述(哪怕是精彩的)也仍然是在途中的言说——它是它自己衰败的证明。斯坦纳试图在词与物、语言和世界之间架设一座理解的桥梁,这种理解未必能使二者抵达彼此,但却让看起来有些绝望的相互凝视产生了意义。由于对语言和词的本质性的思考,使过于火热(抑或煽情)的现实得以降温,避免了因过分热情带来的失真,而斯坦纳念兹在兹的大屠杀记忆则反过来使所谓的语言本体论落到了实处,避免被玄虚的抽象带入虚无。当然还需要说明的是,这种相互的"保护"并非策略,而是精微的思考自然抵达的"被强光照亮之处"。

第二辑"走出黑暗的语言"将斯坦纳关于语言的深沉思考带入到德语的具体语境中,他在这一辑中分析了格拉斯、卡夫卡的小说,分析了勋伯格的音乐(音乐语言),其中最重要的无疑是写于1959年的《空洞的奇迹》。在此文中斯坦纳具体描述了德语在政治暴行和谎言的压力下如何丢失其人文意义,变身为机械僵化的呓语,只能与谎言和暴力相伴。在此,斯坦纳展示出和德语诗人、同为犹太人的策兰相似的痛苦,那就是他们不得不使用这门作为暴力辅助物的语言。它们在集中营呵斥犹太人把他们赶入毒气室,它们记录下对犹太人的暴行,它们蒙骗德国民众,让他们相信战争是正义的,无往不胜。在这个过程中,德语变得越来越面目狰狞——词汇变得更长,语义变得更加含混,修辞代替了文采,行话代替了精确的通用表达。在文中,斯坦纳痛心疾首地写道:"回想那时候所做的东西、所说的东西,都让人觉得恶心,无法忍受,但我们必须面对。"这篇文章将对纳粹的控诉提升到文化和语言的层面,其实是想道明纳粹思想得以顺利产生的文化温床,并试图从根本上提出解决这一问题的方案:"当语言受到谎言的污染,只有赤裸裸的真实才能把谎言清洗。"

随后的第三辑"经典"分别论述了荷马史诗、莎士比亚戏剧、《圣经》这三大西方文学源头性的经典,第四辑"大师"论述了对斯坦纳深具影响的三位西方学者文学批评家利维斯、人类学家列维-施特劳斯、学者马歇尔·麦克卢汉,第五辑"小说与今日"则论述了小说家梅里美、托马斯·曼、劳伦斯·达雷尔和戈尔丁,斯坦纳少有论及具体的诗人诗作,所以他将全书中唯一论及具体诗人的文章《"死亡是一门艺术"》(论普拉斯)归入此辑,意在凸显此辑文章侧重于从文本的角度论及文学。上述三辑里的文章无论从材料的收集掌握、批评视角的选取,还是文风的流畅方面而言都是一流的,放在任何文论选集里都不会遮掩它们的光彩。可是它们的分量和前两辑相比似乎总归轻了少许,这大概也从侧面证明斯坦纳为何一再强调文学批评一定要重视意识形态语境和历史语境,尤其是要恢复形成文学经典理念的那些哲学和神学方面的维度。

这本《语言与沉默》初版于1966年,作为一个当时才三十七岁的年轻学者,其中的才华和成熟文风令人惊叹,但发展地看,这本书中一些文章尽管精彩,却只是斯坦纳某方面研究的序曲而已。在《两种翻译》一文中,他批评当时美国诗坛祭酒罗伯特·洛威尔翻译的拉辛名剧《费德尔》,尽管辞藻华丽,节奏感强,却是"对原作的任意曲解"。他同时称道菲茨杰拉德翻译的《奥德赛》"完全契合荷马文本的声音与目的"。平心而论,这篇文章在《语言与沉默》中不算出彩,甚至难以看出斯坦纳竟然从此文出发发展出一套卓越的翻译理论,可是多年后斯坦纳写出了极为重要的翻译理论杰作《巴别塔之后》,尽管本书也没有中译,但在《斯坦纳回忆录:审视后的生命》一书中,我们可以窥见斯坦纳终于在语言、翻译和生命的本质之间建立了一条理解的线索,"所有人类在意义的衍生和接受过程中,都是翻译者"。因此,带着时间流逝和社会变迁的总体印象去读《语言与沉默》,我们又可以获得另一重阅读的愉悦。

综观《语言与沉默》,斯坦纳超拔的智慧、流畅有力的文风所带来的快感,和批评对象的黑暗和沉重——大屠杀的真相，语言在其中的堕落或者说残酷的现实对语言的挤压和歪曲——构成恒久的悖论，语言和现实、词与物之间勉强建立的互信关系再一次濒临绝境。越好就是越坏，而美妙的语言正是最完整的遮掩。除了一声叹息，然后眼睛直勾勾地盯着他人或者世界，就像贝克特笔下那些张口结舌的人物，我们还能做些什么？奇特的是，斯坦纳是带着过人的勇气和热情去表述这令人绝望的远景的，对此，我更愿意相信态度而不是结论。

2013 年

见证者之书

大概十年前,我在一本纽约书评文选里看到布罗茨基撰写的《曼德施塔姆夫人回忆录》书评,文章和布罗茨基其他作品一样精彩,尤其是结尾给我留下很深的印象,布罗茨基这样描述1972年5月30日在娜·雅·曼德施塔姆莫斯科住宅的厨房里看到她时的情景:"当时已是傍晚,橱柜在墙壁上留下一道暗影,她就坐在那暗影里抽烟。那道影子十分地暗,只能在其中辨别出烟头的微光和两只闪烁的眼睛。其余的一切,即一块大披巾下那瘦小干枯的躯体、两只胳膊、椭圆形的灰色脸庞和苍白的头发,全都被黑暗所吞噬了。她看上去就像是一堆烈焰的余烬、一块阴燃的煤,你如果拨一拨它,它就会重新燃烧起来。"

如今,这篇精彩的书评已经作为序言之一被收入中文版的《曼德施塔姆夫人回忆录》,翻过这一页就可以看到曼德施塔姆夫人笔下的另一个"五月之夜"——1934年4月13日夜(俄历),一群身着风衣的契卡人员闯入曼德施塔姆夫妇在莫斯科的家,将诗人带走。正是从这一天开始的厄运,在三十八年之后将曼德施塔姆夫人锻造成布罗茨基眼中那堆"烈焰的余烬"、那块随时都会重新燃烧起来的煤。不是每个历经厄运的人都有这样的幸运,曼德施塔姆本人就没能躲过厄运的打击,1938年底死于海参崴附近的一座劳改营。《曼德施塔姆夫人回忆录》主要就是记载曼德施塔姆从1934年第一次被捕一直到他死亡这四年间发生的事情。

总的来说,回忆录以时间顺序展开叙述:前九节写曼德施塔姆第一次被捕,第10—22节写切尔登流放,第23—45节写沃罗涅日流放,第46—59节写结束流放,第60—76节写被逐出莫斯科,第77—84节写曼德施塔姆再度被捕和死亡。曼德施塔姆夫人给每一节都拟定了标题,都有一个相对集中的主题,有的以记事为主,比如"跳楼""探监""聚会与送别"等;有的以记人为主,比如"赫里斯托夫雷奇""科里亚·吉洪诺夫""电工""纺织工人""什克诺夫斯基一家""古戈夫娜"等。在所有这些章节中,曼德施塔姆夫人自由地游弋于记忆之海,如有必要她就会追溯到更早的20世纪20年代或者提及曼德施塔姆死后曼德施塔姆夫人为了活命而四处东躲西藏的年月。这是一种相对松散的结构方式,但却很吻合记忆那蹦蹦跳跳的个性。

整本回忆录聚焦于曼德施塔姆生命最后那几年所遭遇的堪称荒诞又悲惨的事件,可是这本书并不能被想当然地理解为所谓的"血泪之书",它不是那种以煽情为主旨的控诉之书,它也不是那种以贩卖悲惨经历为卖点的自恋之作。曼德施塔姆夫人开始写这部回忆录时已年近六旬,这是一生颠沛流离的孤身老妇人对自己三十多年前被迫害致死的丈夫的深情回忆,同时也是对其所处社会的无情鞭挞。漫长的时光、严酷的社会现实、惨痛的个人经历淘洗掉一切虚浮的东西,残酷的真相最终水落石出。老妇人深知她丈夫是一位罕见的诗歌天才,这使她的笔调尤其有一种矜持和骄傲,这种骄傲不允许她将自己的笔触降落到伤感这一较低的文学品格上。

整本回忆录都被一种冷峻的叙述基调所控制,甚至在写曼德施塔姆在切尔登试图跳楼自杀这件事时,曼德施塔姆夫人也只是在尽力去描述事实本身:"他把双腿伸到窗外,我只来得及看到他整个人在往下滑。窗台很高。我绝望地伸出双手,抓住他外套的肩部。他的胳膊滑出袖筒,人掉了下去,我听到扑通一声,还有一声喊叫……外套还在我手上。我哭喊着冲进医院走廊,顺着楼梯跑到外面。"这是一段力求客观的描述,带有情感色彩的词大概只有"哭喊"一词,但这也首先是一种客观状态。曼德施塔姆夫人懂得丈夫的经历足够凄惨,她根本不需要再对此有所渲染,更有可能的是,这渲染反倒会降低作品的力度和感染力——没有比赤裸裸的呈现本身更打动人心的了。当然,客观而言,曼德施塔姆夫人追述的这些事实,都是近四十年前的事了,当初活生生的画面已经在记忆里褪去它鲜艳的底色,反而被更易凸显事实要素的黑白色所替代,正是在这种氛围中,"客观呈现"作为一种手段才可以实现,而更具抱负的那个恐怖时代见证人的使命才能得以完满的完成。

这本回忆录所特有的冷峻气质,部分还来自作者罕见的分析能力。和大多数以叙述事实为主的回忆录不同,《曼德施塔姆夫人回忆录》用来表达思考和思想的文字几乎与叙述写人的篇幅一样大,甚至在叙事写人时她也不忘时时发表自己的评论。更重要的是,这些分析和评论本身也是极具深度的,某种程度上,这本书被交口赞誉的深度即是主要来源于此。这是有关恐惧的议论:"恐惧,就是一线希望,就是求生意志,就是自我确立。这是一种深刻的欧洲情感,它源于自尊,源于关于自我价值、权利、需求和愿望的意识。"这是对人人都是罪恶体制帮凶的议论:"我们为体制所压迫,我们每个人都曾以不同方式参与建设这一体制,可我们结果甚至无力做出消极抵抗。我们的服从使那些积极为这一体制效劳的人能够为所欲为,一个罪恶的空间得以形成。"我以为后来做了捷克总统的哈维尔在《无权力者的权力》一文中系统阐释的极权社会人人有责的观点,正是在《曼德施塔姆夫人回忆录》中首先找到了灵感。

这本回忆录由纽约契诃夫出版社在1970年首版,随即在西方引起巨大反响,1978年的诺贝尔文学奖得主辛格如此评价:"这是一部最为严肃、最引人入胜的书。它道出了假借进步等美好字眼而展开大屠杀的痛苦真相。这是社会学和人类行为学方面的深刻一课。"它巨细靡遗地描述了曼德施塔姆的个人遭遇,从而折射出俄国知识分子在20世纪的悲惨命运,来反衬当时社会的反人道、反文化本质。但是话说回来,这本书之所以有如此大的影响力,在一众类似的回忆录中显得格外耀眼,归根结底还得有赖于具体的行文和语言上的魅力。书中精彩的话语和诗人般的想象力比比皆是:"那些能发出声音的人遭受了最卑鄙的折磨:他们被割去舌头,他们被命令用剩下的舌根去颂扬统治者。""我不止一次看到奥·曼试图摆脱这种曲调,想抖落它,转身走开……他摇晃着脑袋,似乎想把那曲调甩出来,就像甩出游泳时灌进耳朵的水珠。"

布罗茨基在着重评论曼德施塔姆诗歌的《文明之子》一文中称赞这部回忆录是"伟大的散文",在专门为回忆录撰写的书评中,他则尝试解释这"伟大"的由来:"渐渐地,两位诗人(指曼德施塔姆和阿赫玛托娃）的诗句变成了她的意识和她的个性。两位诗人的诗句不仅赋予她以视野和视角，更重要的是，这些诗句对她而言也成为一种语言范式。"这是站在诗人立场上的解释，虽然有其道理，但却有点小瞧了曼德施塔姆夫人。曼德施塔姆夫人自然熟读甚至熟记她丈夫的诗句（为了将这些美妙的诗句保存下来），她对终身挚友阿赫玛托娃的诗歌也不会陌生。在诗歌上的良好品味（多半表现为语言上的高度敏感）和素养当然会反映到她的散文作品中，可是曼德施塔姆夫人的散文作品自有其过人之处。曼德施塔姆的散文也是珍品，但其行文风格更具诗意，有着和诗歌相似的浓度和美感，但代价却是稍嫌晦涩，曼德施塔姆夫人的文风则有着刀劈斧砍般的力度，语言上虽不及曼德施塔姆华美，但是其视野更开阔，表达更掷地有声，恐怕作为"见证者"的文风，曼德施塔姆夫人也许要更合适一些。阿赫玛托娃的散文清澈流丽，但是在分析能力方面和《曼德施塔姆夫人回忆录》相比则要有所不及。因此，布罗茨基的断言——这本回忆录"实质上都只是一种崇高的语言形式（指曼和阿的诗）的附言"——是有失武断的。

　　的确，曼德施塔姆夫人从不讳言她在曼德施塔姆去世后忍辱偷生的目的，是为了捍卫这位杰出诗人兼丈夫的诗作和散文，这部洋洋洒洒的回忆录也是围绕曼德施塔姆和他的诗展开的，她从来没有将回忆录笔触的焦点转移到自己身上。她细致描写曼德施塔姆被抓捕的经过，详细阐述曼德施塔姆死亡的诸种可能，她描写曼德施塔姆的个性、脾气和疾病，他喜欢的书籍和朋友，甚至于他写诗的过程也被描摹下来。可是有点怪异的是，就在这么一个近乎"忘我"的过程中，曼德施塔姆夫人自己作为写作者的形象也被牢牢确立下来。以丈夫悲惨的命运为题材，曼德施塔姆夫人也成为几可和她所崇拜的丈夫比肩的作家。这是文学奇特的奖赏，它永远不会怠慢那些真正无私的才华横溢的写作者，无论他们将自己的身影伏得多么低。

《曼德施塔姆夫人回忆录》在被广泛赞誉的同时，曼德施塔姆夫人的苛刻也被较多地提及。尽管布罗茨基以一种讽刺的语调描写那些被曼德施塔姆夫人批评的某些文化圈中人，他们"冲向别墅，在那里闭门不出，以便在打字机上敲打出自己的反回忆录"，可是他也忍不住指出，曼德施塔姆夫人个性的偏执、挑剔和毫不宽容。我不知道布罗茨基的依据是什么，仅凭这本回忆录，我觉得他的指责有些过分了。我的感觉是曼德施塔姆夫人是一个性情中人，爱憎分明，对那些草菅人命的契卡人员以及沦为恶势力帮凶的文人，她当然毫不留情，但是她也以温暖的笔调描写那些正直善良的友人，比如阿赫玛托娃、帕斯捷尔纳克、什克洛夫斯基等。对于帮助过他们夫妇的那些普通人——比如在切尔登帮助他们擦地板的隔壁的年轻妓女、为曼德施塔姆被捕而伤心的房东、斯特鲁尼诺充满同情心的纺织工人们——曼德施塔姆夫人的褒扬和感恩也是溢于言表的。甚至在讽刺某些权贵时，她对那些不确定的传闻（比如高尔基恶狠狠的那句"我们来教教他怎么揍俄国作家"），也总是强调其来源是不确定的。

这种对真实真相毫无保留的追寻，也使曼德施塔姆夫人在描述曼德施塔姆时并不避讳那些不太光彩的事情。比如曼德施塔姆在1937年年初写给斯大林的《颂诗》，这首言不由衷的诗写得很艰难，但在拯救自身的命运上并没有起到作用，在离开沃罗涅日的时候，曼德施塔姆特意嘱咐房东销毁它。许多人建议曼德施塔姆夫人不要在回忆录里提这首诗，"就当它不存在"，以免影响诗人的声誉,但她的回答令人尊敬:"我不会这样做,因为这样一来真相便不完整:双重生活是我们时代的一个绝对的事实,任何人都难以逃避。"同样,她也提及他们数次得到布哈林的关照——亚美尼亚之行、1934年的重审等。他们也曾在1930年和叶若夫这样的刽子手同时住在苏呼米的政府别墅。所有这些说明曼德施塔姆夫人的苛刻首先是从对自我的苛刻开始的,她没有豁免自身,目的当然是做一个尽可能诚实的见证者。反过来,就我的阅读体验而言,这些对自身负面事件的揭露并没有破坏他们夫妇的形象,而是让这形象变得更真实、更人性,因而对其不幸遭遇的同情也就更强烈,对那个罪恶的社会体制也就越发愤恨。如果说曼德施塔姆夫人毫不宽容是为了追寻严酷的真相,那么她的目的已经达到,而那些对其偏执的苛责之声则显得有几分轻浮之嫌了。

如果说《曼德施塔姆夫人回忆录》第一个和一般苦难回忆录的不同之处在于其绵密的分析思辨能力的话,那么这本回忆录的第二大特征则是,曼德施塔姆夫人用很多篇幅描述曼德施塔姆写诗的过程,对诗人秘密的工作方式给予了令人叹为观止的纤毫毕露的展示。相较于曼德施塔姆夫人抱定的见证那个时代的初衷,这部分内容似乎有点离题,但实质上它以对艺术极端纤细敏感的强调,反衬出邪恶的专政制度的粗暴和野蛮——他们在残酷迫害怎样一位杰出的单纯的诗人啊。除去上述比较的意义之外,这部分探讨诗歌本体的部分依然存在着自身的意义。这部分内容主要在回忆录的中间部分,包括"劳作""蠕动和絮语""书和笔记本""组诗""双重枝桠""沃罗涅日的最后一冬""颂诗"等节。

曼德施塔姆夫人大约花了全书前面三分之一的篇幅详尽

描述了曼德施塔姆第一次被捕的过程,后来因为布哈林的斡旋和干预,曼德施塔姆从切尔登转到条件好一些的沃罗涅日("对于切尔登的流放犯来说,被流放到沃罗涅日就像是步入天堂"),他在此迎来自己一生中最后一个诗歌创作的高峰期。离第二次被捕和最后的死亡还有三四年的时光,虽然不知道确切的终点在哪儿,但曼德施塔姆感觉来日无多,有一次他对来访的阿赫玛托娃说起过:"我已经准备好去死。"因而在沃罗涅日难得的喘息期,曼德施塔姆在抓紧时间,"我默默看着他嚅动的双唇,而他在夺回失去的时间,赶紧道出自己最后的话语"。曼德施塔姆在逼仄的房间里来回走动,嚅动的双唇里不断冒出诗句,而曼德施塔姆夫人在一旁做着笔录。因而在回忆录中间部分有关沃罗涅日流放期的描述中较多涉及诗歌问题也就顺理成章了。

  作为诗人的妻子,而且流放的生活简单之至,曼德施塔姆夫人自然拥有了一个极为特殊的视角,来观察自己丈夫那"甜蜜声音的劳作过程"。她不是诗歌批评家,书中没有对文本近乎偏执的过度分析,她仅仅是写作这一外部动作的观察者,因而曼德施塔姆写作时的姿态、动作、表情全都纳入观察范围之内,当然还包括曼德施塔姆对于诗的看法等。"嚅动与絮语"里关于诗歌的议论令人耳目一新,显然具备极高的质量:"一首诗的诞生仰仗一个冲动,那回响于耳畔的音调已包含我们称之为内容的东西。在《谈论但丁》中,奥·曼将'形式'比喻成一块可以从中挤出'内容'来的海绵。""什么叫作寻找'失落的词语'?还不就是试图去回忆那尚不存在的东西。'我忘了我想说的词语,盲目的燕子将返回阴影的居所。'这里有一种专注,我们带着这份专注寻找被遗忘的东西,可被遗忘的东西却会突然在意识中闪现。"通过声音寻找词语和意义，这是曼德施塔姆的工作方式，显然也是一探诗歌创作之幽微境界的唯一渠道。对这一自马拉美以来就被视为正宗的诗歌创作法，曼德施塔姆夫人给予了女性的清澈的阐述，从这种视角再看曼德施塔姆那些杰出的诗作和散文自有茅塞顿开之感。另一方面，曼德施塔姆夫人在回忆录中显露的极高的诗歌修养，也顺便解释了整本回忆录行文优雅和生动的来源，在这一点上，我同意布罗茨基的看法——诗歌是散文的引领者。

1938年"五一节"（又是5月），曼德施塔姆被再次逮捕，"两名士兵推搡着他的后背"，曼德施塔姆甚至来不及和曼德施塔姆夫人说话，"他们打断了我们的只言片语，他们没有给我们道别的机会"。随即，曼德施塔姆被押上囚车遣送至远东海参崴附近的劳改营，这里离曼德施塔姆出生地华沙有上万公里之遥，环境之恶劣自不待言。此后夫妻俩再没有联系上，曼德施塔姆夫人寄给自己丈夫的包裹被退回，因为"收件人已经死亡"，1940年6月，曼德施塔姆夫人收到丈夫的死亡证明——年龄:47岁；死亡日期:1938年12月27日；死亡原因:心力衰竭。回忆录最后几节，曼德施塔姆夫人试图通过和曼德施塔姆同在劳改营的几个人的表述还原他在劳改营的状况，但是所有的信息都是零散的甚至是自相矛盾的，"无人见过死去的奥·曼。无人清洗过他的遗体。无人将他放进棺木"，曼德施塔姆仿佛孤身一人拖着病体消失于浓墨般的黑暗之中。正如布罗茨基在《文明之子》中所言:"'诗人之死'这一说法听起来总是比'诗人之生'更为具体一些。"曼德施塔姆以其死亡的悲惨悲壮，反过来照亮了他的所有诗篇，并和他的诗篇一起达成对邪恶的专制政体的控诉。曼德施塔姆夫人的回忆录则从散文的视角一方面帮助了自己的丈夫,一方面也是以自身的文字力量同样做到了这一点。

2013 年

用《回忆录》复活一个诗人的生命和灵魂

《第二本书》是娜杰日达(曼德施塔姆夫人)"回忆录三部曲"的第二部(第三部回忆录只是一些零散文章的结集,还包括对曼德施塔姆部分诗作所做的批注,重要性远逊前两部)。第一部《回忆录》尽管在叙述时间上有闪回有追溯,但总体而言是描述曼德施塔姆生命晚期两次被捕之间(1934年至1938年)他们夫妻俩的遭遇。如果说第一部《回忆录》主要聚焦于曼德施塔姆的晚年,聚焦于这位诗人生涯中最苦难也最光辉的岁月的话,《第二本书》则将观察的视角降低,呈现出来的海平面随之下降,海水退得更远,沙滩变得愈益辽阔,而远处那些曾经隐藏于海水里的珊瑚和礁石也逐渐裸露出来——一个更广袤的时代文化场景在《第二本书》中登场。《第二本书》虽然没有第一部《回忆录》那种凝重的苦难、那种重击读者心灵的瞬间力度,但是前者的视野无疑更开阔一些,它开始更多地关注和曼德施塔姆同时代的那些诗人和作家,尽管这种关注也是以曼德施塔姆为中心发散出去的。

同时，娜杰日达的主体意识在《第二本书》中开始苏醒，在书的带有序言性质的第一节"我"中，她说得明白："写第一本书时，我把自己抛在了一旁，当时这是十分自然的，没有任何预先的构思，因为我当时根本不存在。……创痛此刻如此巨大，我准备去写自己，写自己并且只写自己，但这完全不意味着我会去讲述自己。现在我思考的并非是自己，而是我这一生积攒起来的零零碎碎的经验。"不过通览全书，你会发现曼德施塔姆仍旧处在全书的核心位置，只是这核心位置被置于更广阔的背景中，有关曼德施塔姆点点滴滴的回忆贯穿全书始终，这一点使两部回忆录融为一个整体，娜杰日达也以其无私的品格在复苏曼德施塔姆诗歌命运的同时，成就了自己作为杰出散文作家的地位。

自从1919年5月1日，娜杰日达在基辅一家咖啡馆结识曼德施塔姆，直到1938年的"五月之夜"曼德施塔姆被秘密警察带走，夫妇俩朝夕相处生活了十九年。他们的关系从世俗的角度看并不平衡，娜杰日达是崇拜者，而曼德施塔姆居于夫妻关系中的主导地位，他们夫妇生活的核心就是作为丈夫的曼德施塔姆的文学创作。他们的生活一直比较拮据，很多时候只能以微薄的翻译稿酬为生，尽管如此，曼德施塔姆也不希望娜杰日达出外工作。他一直不惜余力地压制娜杰日达建设家庭的热望，压抑她身上那种觊觎他人成就的愿望。

在婚后，曼德施塔姆的创作方式主要是口授，妻子娜杰日达则是记录者，甚至有时负有为丈夫稍显凌乱的口授做整理的任务。"口授时，曼德施塔姆总是发牢骚，说我不能一下记住整首诗。他是一个要求很高的雇主，而且毫不感恩。"这种方式自然使娜杰日达对丈夫的作品非常熟悉，在书中娜杰日达随口即可引用曼德施塔姆的诗句和散文片段，这一方面是因为娜杰日达有意凭记忆记下丈夫的作品以逃避审查，一方面也是因为这种创作方式本身使得娜杰日达能够将愿望予以实现。在写作回忆录之前，娜杰日达经过多年酝酿，思考如何去写她的回忆录，在此期间，她又潜心阅读丈夫的所有作品，回忆他所有的见解和生活细节，她甚至重新阅读了对曼德施塔姆产生影响的那些书籍——索洛维约夫、别尔嘉耶夫、伊万诺夫、弗洛伦斯基、伯格森等。

对丈夫的崇拜使娜杰日达完全接受了他的文学和诗学观念，那些杰出的诗句渐渐潜入娜杰日达的内心深处，和她自己的意识和个性混合在一起，形成具有鲜明自身风格的文风。这种文风将对语言的敏感和娜杰日达自身的直率个性熔为一炉，它造就了两本杰出的散文，但又和曼德施塔姆偏于复杂、缠绕美感的文风并不雷同。对此，布罗茨基在为娜杰日达所做的悼文中有过论述："无论就内容还是风格而言，她的书实质上都只是一种崇高的语言形式的附言，这种崇高的语言形式就是诗歌，仰仗对丈夫诗句的反复背诵，娜杰日达·雅科夫列夫娜使这种语言形式成了自己的肉体。"因此，我们可以说娜杰日达的回忆录之所以重要，除了它所揭示的极权统治下诗人的悲惨命运、除了它作为一份时代证词的作用之外，那来源于优秀诗歌滋养的干练又迷人的文风则确保它自己独立地成为杰作。

作为20世纪上叶俄罗斯文化生活的亲历者和见证者，娜杰日达在《第二本书》中提供了许多珍贵的一手材料，涉及多位和曼德施塔姆同时代的重要诗人，而且因为娜杰日达坦诚直率的个性，这些描述和分析——和第一本《回忆录》一样，《第二本书》中的分析和评论也占据相当篇幅，且常有洞见——具有相当大的可信度和深度。比如在"三诗人"这一节中,娜杰日达论述了同属于阿克梅派的三位诗人——曼德施塔姆、阿赫玛托娃和古米廖夫。娜杰日达特别说道:"阿赫玛托娃在她生命的最后岁月一直回忆阿克梅派的青年时代,她总是忧心忡忡,怕未来的文学理论家们把阿克梅派列入'年青象征派',或是把曼德施塔姆从中分离出来跟赫列勃尼科夫、马雅可夫斯基组合在一起。"随着第一部回忆录在纽约的出版,以及曼德施塔姆诗歌重新引起人们的重视,娜杰日达最担心的曼德施塔姆完全被遗忘的命运应该说已经可以避免。

因此在《第二本书》中,娜杰日达可以较为从容地讨论更精细的文学史问题,探讨阿克梅派和象征派、未来派的关系。在苏联主流文学史中,人们普遍更重视未来派,把它当作一个名副其实的革新流派,阿克梅派则被当作象征派的复制品,是一棵粗壮大树上的小枝丫。但在娜杰日达看来这种看法显然小觑了阿克梅派,她敏锐地指出"阿克梅派并不是一个纯文学的结盟,而主要是一个世界观联盟"。在对待基督教问题上,阿克梅派也迥异于象征派通常对基督教的反叛立场,"古米廖夫和阿赫玛托娃笔下的是传统的教会基督教,而曼德施塔姆的基督教是他理解世界的基础,与其说他的基督教具有日常性质,不如说那是一种哲学层面上的基督教"。这些见解都颇具深度,而且更多来自娜杰日达自己的观察和判断。

在随后的章节中,娜杰日达还论及纳尔布特和津克维奇等较次要的阿克梅派的诗人,但对于中国读者来说,曼德施塔姆和另外几位白银时代重要诗人的关系显然更加吸引眼球。赫列勃尼科夫是白银时代公认的大诗人,可是因为过早离世以及作品本身的实验性,他大概是唯一没有被中文世界充分重视的白银时代大诗人，迄今还没有一本中文译诗集。甚至因为其特立独行的个性，白银时代诸多作家的回忆录中也鲜少见到他的身影。在《第二本书》中我们欣喜地发现有一个章节正是关于赫列勃尼科夫的，虽然娜杰日达见到他时已经是这位诗人生命中的最后一年。娜杰日达无缘得见两位大诗人早年交往的经过，她是在1922年，曼德施塔姆和赫列勃尼科夫在莫斯科街头邂逅之后，才认识了后者。作为浪迹天涯的诗人，赫列勃尼科夫抱怨他在莫斯科无所适从，无以果腹——显然，他已陷入绝境。这个时候，曼德施塔姆显出令人感动的善良天性，"对他照顾有加，远比对女人们要好，他对女人们总是戏谑而又稍显粗鲁的样子"。曼德施塔姆夫妇当时拿的是二等配给，也就是每月一次，"有人给我们的小口袋里装上粮食、面粉和白糖，慷慨地分给我们一块黄油和一只冻猪头"。尽管如此，他们邀请赫列勃尼科夫每天中午来他们的住处共进午餐。

  赫列勃尼科夫当时的身体状态已经非常糟糕，与他交流变得异常困难。他笔直地坐在椅子上，一言不发，虽然嘴唇在不停地嚅动。赫列勃尼科夫沉浸在自己的想法中，根本听不见任何问题，只是对十分具体的诸如"再吃一点吗？"之类的问题以点头作答。娜杰日达比较了曼德施塔姆和赫列勃尼科夫迥异的性格："前者动感十足，消瘦，快乐，爱说话，对每一缕微风都会做出反应，而后者内敛，封闭，沉默，以点头代替说话，不停地在脑中摆弄富有韵律的诗句。"但这并不妨碍曼德施塔姆对赫列勃尼科夫的激赏，在娜杰日达看来她的丈夫对任何人都不像对赫列勃尼科夫那么爱护和关心。为了给赫列勃尼科夫找到一个栖身之所，曼德施塔姆拉着他去找当时的作协主席别尔嘉耶夫，用尽犹太人个性中的全部力量对这位官员发起猛攻，要求他分给赫列勃尼科夫一个房间，理由是：赫列勃尼科夫是世界上最伟大的诗人，整个世界诗歌在他面前都显得黯然无光，因此他配得到一个房间，哪怕只有六平方米。也许为了现实诉求的实现，曼德施塔姆有点夸大了，但是他对赫列勃尼科夫诗歌的欣赏是显而易见的。可是别尔嘉耶夫和大多数文艺官僚一样——他们总能犀利地将杰出作家拒之门外——曼德施塔姆倾尽全力的最后努力没有成功，赫列勃尼科夫直接从莫斯科被抛入最后的旅途。过了不久，赫列勃尼科夫在一个荒凉地方去世的消息传开了，死前他没有得到过任何专业医疗救助。也许是受到丈夫的影响，也许是赫列勃尼科夫本身的悲剧性命运感动了娜杰日达，这整个一章的调子是哀婉和怜惜的，"这怜惜如此强烈，以至于它给了我活下去的力量"。

在论及白银时代另外两位大诗人——阿赫玛托娃和茨维塔耶娃时，娜杰日达的态度要复杂得多，应该说也暴露出她的某种局限性，甚至于这局限性使整本书的品格受到了一定程度的影响。在布罗茨基为娜杰日达撰写的悼文末尾也委婉提及这一点，说她如果缺少点什么，那就是宽容。"她是偏执的、决绝的、挑剔的、不愿妥协的、毫不宽容的。有时，她的观点是不尽完善的，或是以传闻为基础。"阿赫玛托娃是曼德施塔姆夫妇的密友，或者按娜杰日达的话说，正是自己的出现使他俩的友谊恢复了活力。在曼德施塔姆被捕后，阿赫玛托娃是最早来探望娜杰日达的人，并在被夜间搜查弄得一片狼藉的房间里安慰她。而在"二战"时，也是阿赫玛托娃想尽办法将娜杰日达带到后方塔什干，并用自己的一份口粮养活了两个人，否则很难想象娜杰日达可以度过艰难的战争岁月。在"初识"这一章节，娜杰日达自己也坦承："在塔什干的时候我自己确实是靠阿赫玛托娃活下来的。我们分开的时候，她总是从自己的餐桌上给我省下一块面包或者一小把通心粉，之后我们搬到一起，我们就靠她的配给过日子。"在这个意义上，阿赫玛托娃可以称得上是娜杰日达的救命恩人。

在第一部《回忆录》中，涉及阿赫玛托娃的部分多半是充满温情的，符合友谊的命名。可是时隔十年之后，阿赫玛托娃离世也已四年，当娜杰日达开始写作《第二本书》时，她提及阿赫玛托娃的笔触却变得明显苛刻。比如她说阿赫玛托娃日后势必会结集的译文集中，后者自己翻译的内容不超过十行，其余都是随便什么人帮忙翻译的，而稿费对半分。娜杰日达自己也说恐怕不会有人把这件事公之于众，可是她为什么要写在自己的书里呢？阿赫玛托娃真的出于生计考虑以自己的名义领取较高的翻译稿酬，然后再把活转包给他人吗？这些都是难以确定的事。至少这种揭露本身不像是朋友干的。

在提及阿赫玛托娃的散文作品《日记散页》时，娜杰日达特别在旁边的括弧里补充说明："顺便说一句，根本没有过什么日记。"在另一处，娜杰日达又借他人之口，说阿赫玛托娃疏于装扮，不会穿衣服，不会好好梳头，一句话，她只不过是个粗俗不堪的女人。娜杰日达也将这种攻击直斥为"狂躁的憎恨"，可是有必要将这种莫须有的攻击列举出来吗？这种苛刻中显然混有某种醋意，娜杰日达甚至直率地问过阿赫玛托娃，曼德施塔姆有没有求她和自己睡觉，或者曼德施塔姆在她身上花了多少钱？当她听曼德施塔姆讽刺阿赫玛托娃觉得所有人都爱恋自己时，娜杰日达笔触中显然有一种难以掩饰的快意。但是谁能否认曼德施塔姆这样说不是为了取悦甚至安抚自己妻子呢？通读全书，很难想象最初这是一本以完成女友的遗愿着意写阿赫玛托娃的书。不仅仅是因为娜杰日达在写作过程中不断回忆起自己的生活,不断回忆起和曼德施塔姆在一起的时光——偏离最初动机的写作其实并不罕见。问题是提及阿赫玛托娃时那种苛刻的带有怨气的语调,我们不清楚在写作两本回忆录之间,娜杰日达和阿赫玛托娃之间到底发生了什么,在书中似乎也很难找到那种令友谊退化的决定性事件,但是娜杰日达对阿赫玛托娃的态度在写作两本回忆录之间的岁月里的确发生了很大的变化。

对于茨维塔耶娃,娜杰日达反倒显得宽容公允一些。在"老友"一章中,娜杰日达回忆了和茨维塔耶娃的初次见面。那是1922年夏天的莫斯科,娜杰日达随曼德施塔姆去拜访住在厨师街一个小胡同里的茨维塔耶娃。茨维塔耶娃开门见到曼德施塔姆时惊呼了一声,但和娜杰日达握手时却很勉强,眼睛也只顾看着曼德施塔姆。随后,茨维塔耶娃邀请曼德施塔姆去看女儿阿利娅,却对娜杰日达说:"那您在这等等吧,阿利娅受不了陌生人。"通过这样的描述,不难感受到茨维塔耶娃对娜杰日达的轻视甚或敌意,作为丈夫的曼德施塔姆自然尴尬非常,很快就带着娜杰日达离开了。和阿赫玛托娃不同,曼德施塔姆和茨维塔耶娃之间发生过短暂却炽热的恋情,他们彼此之间互赠过多首热烈又美妙的爱情诗,茨维塔耶娃写给曼德施塔姆的有《疯狂——也就是理智》《哪里来的这般温柔》《你把头向后仰起》,曼德施塔姆写给茨维塔耶娃的则有《在堆满麦秸的无座雪橇上》《在不协调的少女合唱声中……》《不相信复活的奇迹》。而作为《醋意的尝试》的作者,茨维塔耶娃对故友以及他们的妻子们显然持一种蔑视的态度,这些作为一种前提都被娜杰日达接受了下来,这使她对茨维塔耶娃明显的轻慢持一种宽容的态度。

那是她们唯一一次见面，娜杰日达对茨维塔耶娃的印象并不坏："她绝对天然，不加雕琢，她的任性让人震惊。我记住了她的短发，几乎像男孩子一样轻松的步态，还有她如诗一般的声音。她个性十足，但这不仅是她的性格特征，更是她的生活宗旨。"娜杰日达甚至坦言很遗憾没有和茨维塔耶娃交上朋友，也许从她那里可以"让我学到那种义无反顾和奋不顾身"。在这一章末尾，娜杰日达提起阿赫玛托娃讲过的和茨维塔耶娃在塔什干的唯一一次见面。当时的茨维塔耶娃已经心力交瘁，丈夫埃夫隆和女儿阿利娅都在狱中生死未卜，儿子也正在青春期，根本不听她的话，第二次世界大战中的各方交战正酣，生灵正遭受涂炭。茨维塔耶娃向阿赫玛托娃抱怨自己的命运，满怀悲戚，突然她说去看过童年时代的房屋，院子里的椴树还和从前一样茁壮成长。她请求阿赫玛托娃不要告诉任何人这个秘密，否则"他们知道了就会砍掉它"。娜杰日达之后的评论饱含同情："我不知道还有谁的命运比玛丽娜·茨维塔耶娃的更加可怕。"

虽然《第二本书》不少篇幅纠缠于复杂的人际关系，被人和人之间的恩怨分散了批判的锋芒，总的质量要稍逊于第一部回忆录，但在描写和曼德施塔姆同时代的古米廖夫、阿赫玛托娃、赫列勃尼科夫、茨维塔耶娃和马雅可夫斯基的时候，娜杰日达到底以辛辣又同情的笔触勾勒出苏联极权统治下诗人们的悲惨命运。在此意义上，《第二本书》和第一部回忆录一样，当得起布罗茨基的赞誉："在人间对她所处的世纪和她所处的文学做出的最后的审判。"

占据《第二本书》核心位置的仍然是娜杰日达的"奥夏"，是她的曼德施塔姆。她一说起曼德施塔姆就滔滔不绝，似乎有语言的千军万马席卷着她裹挟着她。娜杰日达回忆和曼德施塔姆共同生活的十九年里的点点滴滴，回忆曼德施塔姆说过的话，记述曼德施塔姆每一个微妙的思想，在整部书中娜杰日达信手拈来地引用曼德施塔姆大量诗文，对其熟悉的程度令人叹为观止又令人感动。这一切都符合爱情那让人绝望的特征——可望而不可求。是曼德施塔姆因极权迫害过早离世客观上造就了这种情势，另一方面也是因为极权对于娜杰日达的穷追不舍（作为所谓人民公敌的妻子，她被勒令只能居住在离莫斯科一百俄里以外的偏僻小镇），使她除了丈夫的诗句和对丈夫的记忆之外几乎一无所有。在1938年曼德施塔姆在远东的劳改营被迫害死亡以后，在随后的四十多年的余生中，娜杰日达完全活在对曼德施塔姆的追忆之中，她立志要让曼德施塔姆那些美妙的随时处于被覆没状态的诗句得以留存、得以永生，同时这追忆也给她自己的生命提供了动力之源。这是一位多么柔弱的女人，可这又是一位多么勇敢、坚强和倔强的女人啊。

正因为这坚强的记忆，当娜杰日达在20世纪60年代着手写作她的回忆录时，往日的印象、记忆和诗文犹如脱缰的野马奔腾而出，这语言里有喜悦有哀伤有愤懑有精彩的分析论证，一句话，这语言里包含了这个女人的一切——她全部的肉体和精神。如果说当她写作白银时代其他诗人时，是出于一种为时代立言的外部动机，而当她写到曼德施塔姆时，那就是一种本能，仿佛是在书写她自己的生命，因为她和曼德施塔姆是一体的。她写到1919年5月1日和曼德施塔姆在基辅"废物"咖啡馆的首次相遇，"我们就这样轻而易举、不假思索地走到了一起"。在那个欢快地聚集着画家、诗人、演员和音乐家的咖啡馆，娜杰日达如何知道怎样一个可怖的命运在远处耐心地等待着他们。两人的结合并非深思熟虑的产物,娜杰日达自己也认为能和曼德施塔姆相处两周就不错了,只要"不伤心"就好。两人的朋友对他们的关系也多半并不看好,有人认为娜杰日达太过年轻,而爱伦堡则认为曼德施塔姆作为伴侣并不靠谱。在经过最初的热恋之后,毫不奇怪地和所有的爱侣一样两人也时常发生争吵,因为一些无谓之事。曼德施塔姆有一种控制欲,"想让我跟他争吵,为他争风吃醋,跟他大吵大嚷,大声喊叫"。

有那么一回,娜杰日达愤怒已极,说出那句神圣的"是我还是她",曼德施塔姆突然激动万分:"终于,你终于变成一个真正的女人了!"这里的她是指奥尔迦·瓦克谢里,曼德施塔姆生命里另一个重要的女人,也是他在婚姻内最严重的一次出轨。在奥尔迦还是小姑娘时,曼德施塔姆就认识她,1925年1月中旬,他们在街头邂逅,自此奥尔迦每天都到曼德施塔姆夫妇的家,一边无所顾忌地亲吻娜杰日达,一边把曼德施塔姆带走。夫妇俩的婚姻关系岌岌可危,只是在最后当娜杰日达决意和另一个男人出走时,曼德施塔姆才幡然醒悟,结束了这段火热的关系。这些都真实地记录在"临界状态"这一章中,在见到很多老头逃离自己年老的妻子之后,有一次娜杰日达问阿赫玛托娃,如果曼德施塔姆健在会抛弃她吗?阿赫玛托娃肯定地说:"毫无疑问。"娜杰日达和曼德施塔姆之间无疑有着伟大的爱情,但娜杰日达自己其实很清楚,这伟大的爱情部分是随着她苦难的孀居生活,随着她执着的回忆愈益繁茂起来的。她用两本杰出的回忆录,用文字那结实的绳索将曼德施塔姆和自己紧紧捆绑在一起,他们的关系如此牢固,足以抵挡时间之河永恒的冲刷。而周围的生存环境愈是险恶,也愈是映衬出这爱情的伟大("我们在一起十分美好,这也许就是因为生活永远都处在死亡和终结的门口"),反过来这伟大的爱情也映衬出极权之恶的疯狂。因此,布罗茨基才会在那篇著名的悼文里意味深长地写道:"她是文化的遗孀。我认为,她在生命的最终比刚结婚时更爱自己的丈夫。"

对娜杰日达来说,自己的首要任务是保存曼德施塔姆写下的那些诗歌珍宝,而她的回忆录则是在诗歌之外复活一个诗人的生命和灵魂,在这种复活里综合地体现着对善的追求和对恶的鞭笞。她深知"恶的惯性无比强大,相比之下,善的力量无助而又被动",因此她用全部的生命来为这柔弱的善做后援,她主要刻画了曼德施塔姆悲剧性的命运,同时兼及阿赫玛托娃、茨维塔耶娃、赫列勃尼科夫等一众白银时代杰出诗人所经受的煎熬和苦难。除此以外,在《第二本书》里娜杰日达也有意识将笔触从诗人圈延伸到社会,当然诗人的生活不是孤岛,只要忠实描写这些诗人的生活,这种触及也是迟早的事。在全书靠前的"灾害"一章,娜杰日达和曼德施塔姆刚认识不久,当时的基辅正是红军、白军交战的前线,他们通过窗子看到整整一马车衣冠不整的尸体,"那些尸体上敷衍地遮着草席,死者的四肢从四面八方垂下来"。而当白军进驻基辅之后,曼德施塔姆夫妇又从另一扇面朝市杜马的窗户,看到一群白军抓住几个红褐色头发的妇女,把她们几乎扯成了碎片,人群大声吼叫,说那些妇女是肃反分子罗莎。街上到处是尸体,那是残酷的俄国内战,诗人的悲剧命运正是在这样的背景中上演的,惨烈的时代背景衬托着诗人个体的悲剧,竟是如此耀眼。

在"浪子"一章里,娜杰日达又记下了乌克兰人民的悲惨生活。1930年5月到11月曼德施塔姆夫妇在亚美尼亚和梯弗里斯生活，就在那里曼德施塔姆在长久的诗歌创作枯竭期之后重新找到灵感，组诗《亚美尼亚》即是此行的产物。布罗茨基说得没错，作为诗人曼德施塔姆仅动用了他全部经验的十分之一，其他的十分之九则要由娜杰日达来填补。在回忆录里，娜杰日达记下小城梯弗里斯的状况：遍布乌克兰的逃亡者和流浪汉，20世纪30年代初，乌克兰因没收富农财产运动和集体化发生不可思议的农民饥荒，其规模和可怕程度堪比20年代初伏尔加河流域的大饥荒。而在城市周边则出现一些地窖，里面寄居着被迫离开自己土地的农民的儿女们。其惨状令人不忍目睹，在回忆录里娜杰日达记下自己亲眼所见的这些惨状，其用意是显而易见的，这部分内容虽然只占据全书较小的篇幅，但是无疑加大了对极权控诉的力度。极权之恶摧毁了俄罗斯几代人的命运（"好几代人的水都给搅浑了，已经无法开辟出通向纯净源头的小路了"），而诗人们只是沧海一粟，只是作为种族的触手（庞德语），他们的诗句和命运被托举出人群，成为控诉极权的有力证词。

在"浪子"这一章的第八节"局外人"中，娜杰日达尝试分析了造成曼德施塔姆悲剧命运的原因。在20世纪20年代，曼德施塔姆首次感到自己是个局外人，这种疏离感一方面来自文学圈，曼德施塔姆在很多圈子里都是一个异类，阿克梅派原本就是那个年代文坛上形形色色的文学流派里的异类，曼德施塔姆欣赏并感到亲近的人并不多，除了古米廖夫、阿赫玛托娃、茨维塔耶娃之外，大概可以算上未来主义里的赫列勃尼科夫和马雅可夫斯基。另一方面，曼德施塔姆天性单纯，信任人，尊敬所有人，除了"词语的敌人"，善于享受生活给予的一切。

对于这本回忆录的意义之所在，娜杰日达有着自己的阐释，在《第二本书》的尾声"沉默的岁月"的末尾有这样一段话，读来令人动容：

> 我此刻即将完成的这本书可能会消失。没有什么比毁掉一本书更容易的了，只要它没在地下出版社传播开来，没在印刷厂印出来，就像在俄罗斯历史的古滕堡时期那样。但即使一本书粉身碎骨了，它也不会彻底消失。那些销毁手稿、词语和思想的专家把书投进炉子之前会读到它。他们什么都不明白，但在他们古怪的头脑中终究会留下一个印象，他们知道有一个不正常的老妪无所畏惧、蔑视权力。就让他们哪怕了解这一点，这也足够了。

悲怆的语调里有一种从容和坦然。对于娜杰日达来说，第一部回忆录显然更为重要，曼德施塔姆诗歌的留存，作为诗人避免覆没的命运始终是她心之所系。当她写作《第二本书》时，第一部回忆录已经于1970年由纽约契诃夫出版社首版，并迅速被译成欧美多种语言，不断再版。随着这本书的出版，曼德施塔姆重新赢得世人的重视，娜杰日达一直悬在心头的担忧总算是放了下来。在娜杰日达看来，只要曼德施塔姆避免被扼杀被覆没的命运，他的作品就会成长为文学史里的参天大树，正如娜杰日达自己在《第二本书》开首所说："自曼德施塔姆最后一部作品问世以来，已经四十多年过去了，九部作品集的总印数不超过三万册，可是比起作品湮没图书市场的那些畅销书作者而言，他的存在完全处在更高层次上。"

而对聚焦相对模糊的《第二本书》，娜杰日达则坦然得多，也就是说她其实完全不在乎自己作为作家的地位，这是一种令人感动的无私,在为她赢得可以想象的尊重的同时,也提升了她的回忆录的品质。众所周知,在文学作品中,"无我"是极高的近乎难以企及的状态和品格,它可以使作家完全沉浸在对客观事物的观察中,不被自我的幻象所干扰(客观地说,这一点第一部回忆录做得更好)。那么,这种无私从何而来?答案很简单,那就是爱。因此我们也可以笼统地说,娜杰日达的这两部回忆录是有关爱的杰作,这爱由对曼德施塔姆的个人之爱升华而来,并浸润了整个人世和世界,获得了一种更为恢宏的气度,在那里美妙的词语和善达成了紧密的联盟,曾经充斥人世的恶则无地自容、无所遁逃。

《第二本书》以"最后一封信"一章作结,这是一封未曾送达收信人的信,它写在两张破烂不堪的纸上,写信时间是1938年10月,那个时刻距曼德施塔姆第二次被捕有五个月时间,又过了两个月,娜杰日达得到曼德施塔姆的死讯。信被扔进装满纸片的箱子里,在里面安静地待了三十年,在某次整理曼德施塔姆遗稿时被娜杰日达重新发现。这是一封感人至深的情书,我不记得是否看过比这更感人的信,作为这部爱之书的结尾,我以为这封信是这本书最完美的句号。在此我引用这封信的开头和结尾的部分作为我这篇文章的结尾,其余的请读者们自己去书中寻找,我以为只有读完全书,才配看这封短短的信:

亲爱的奥夏,我遥远的朋友!我心爱的人,我不知该写些什么,你或许永远都读不到这封信。我把它写给空间。也许你会回来,而那时我已经不在了。那么这就是我最后的记忆。奥休沙,我们孩子般的生活是多么幸福啊!我们的争执和吵闹,我们一起玩的游戏和我们的爱情。我现在甚至不抬头看天了。如果我看到一朵乌云，我该把它指给谁看呢？

....

睡醒后我告诉舒拉，说奥夏已经死了。我不知道你现在是否还活着，但从那天起我就失去了你的踪迹。我不知道你在何方。你能听见我说话吗？你是否知道我的爱。我还没来得及告诉你我有多爱你。我直到现在也难以启齿。我只会说：你，你……你永远陪伴着我，而我这个野性而又刻薄的人，从来都不会哭的人，现在却不停地流泪，流泪，流泪。

我是娜佳。你在哪里？

2016 年

文学想象领航社会正义

《诗性正义》整本书致力于反抗一种刻板的政治经济学，在书中努斯鲍姆将这种政治经济学描绘为"一项无所不包的致力于将所有人类生活的复杂性都囊括在'表格形式'中的科学工程"。至于对抗的手段，努斯鲍姆则寄望于文学想象力，具体地说就是依赖在阅读文学作品（尤其是长篇小说）过程中所培养起来的对于作为个体的人的了解和同情。这种观点其实是文学有其独特的道德功用这一古老认识的变体，只不过努斯鲍姆将这种功用具体化，去细致论述这一议题的某一侧面——文学素养究竟怎样塑造了柔软而不失权威的公共理性。

在书的开始部分，努斯鲍姆就以文学热烈的辩护者的身份出现，她对文学被逐渐贬为可有可无的消遣性故事的地位深感不满："文学被看作寄身于一个次要的和没有竞争力的大学院系，即使被认为伟大、有价值、具有娱乐性、精彩卓越，也仍然被看作远离政治、经济以及法律思想的事物。"相反，她认为文学绝不仅仅是装饰性的，文学有足够的潜力为人们的公共生活提供特殊的贡献。看起来，阅读一本小说是一件私人的事件，可在努斯鲍姆看来，阅读小说本身有着多重功用，一方面它在学校里有助于培养孩子们的洞识，另一方面，在看起来刻板的政府办公室和法庭，文学依然有可能潜入其中，以一种严肃的身份参与公共理性的塑造。

在这个过程中，一种对自身的反思一直伴随其中。努斯鲍姆一开始就特别强调了两点：一是对文学想象的强调并不意味着从根本上否定经济科学，经济科学应该建立在具体的人类图景之上，经济科学应当寻求一种更加复杂和哲学上更加恰当的基石。二是对文学想象的强调并不意味着用自身替代道德与政治理论，或者用情感取代原则性争论。毋宁说文学想象是通向某种具体的政治理论的桥梁，因为文学作品天然携带的道德感将潜移默化地培养读者的道德认知，没有这种道德认知，任何政治理论的规范性结论都难以转变为现实。

在这里，努斯鲍姆的看法其实已经和两位大学者涂尔干和特里林著名的观点暗通款曲了。前者努斯鲍姆在书中并没有提及，但是涂尔干早在1893年即在其名著《社会分工论》中明确提出：社会的基础是一种道德基础，社会不能只通过理性的协议而存在，因为要达成协议，就必须是每个参与者都要互相相信对方能遵守协议。也就是说，社会是建立在一种共同的道德秩序而不是理性的自我利益之上的。努斯鲍姆诗性正义的概念显然是从涂尔干更宏大明晰的观念中发展而来，她在书中一再批评的更粗糙形式的经济学功利主义和成本－收益分析，应该归属于人类理性在经济事务中精明的涉足。它错误地把以情感为表征的道德视为一种不稳定因素，而尽量在力求客观的经济事物中予以剔除，因为据说"根据信息来分析和看待人比根据心智和情感而做出的推理要更加准确,更加有效"(来自《诗性正义》译者序言)。问题是,貌似客观的信息归根结底是由人(带有明确道德感和情绪化的人)来遴选和制作的,它如何将情感和心智排除殆尽?另一方面,情感并非情绪化的代名词,努斯鲍姆在整本书中正是一再强调,某种深沉的情感将使我们在面对极复杂的社会事务和社会问题时能够找到一种微妙的平衡——既不会感情用事,又不会在冷静客观的幌子下理直气壮地将麻木和冷漠作为优点装饰自身。

深沉的情感意旨非常丰富,它对世界怀有同情和怜悯但并不泛滥,它是一种被恰到好处控制的情绪,反过来说它也是一种有热度的、予人以温暖的理性。显然这样的品格罕见而珍贵,它是在人们成长过程中逐渐被少数人所获得的。在此,努斯鲍姆马上会补充说,优秀小说的阅读者将在争取深沉情感的过程中占得先机。这样的观点大概也会赢得美国20世纪中叶的大批评家特里林的赞许。努斯鲍姆在书的第三章"理性情感"中唯一一次提及特里林:"就像特里林很久以前争辩的,小说所包含的关于社群的观念是一种自由主义观念,在这种观念中个人因为他们自身而被看作有价值的,被看作拥有他们自己的独特故事。"事实上,努斯鲍姆从特里林那儿所受的影响远比她提及的要多得多。

和他的晚辈学者努斯鲍姆一样,特里林信仰的真理就是复杂性——社会的复杂性、人的复杂性等。特里林是文学批评家,但在阅读文学作品过程中并不追求陶醉的感觉,而是务求从中搜索到任何道德的蛛丝马迹:"对我们的时代而言,道德想象力最有效的媒介就是过去两个世纪里诞生的小说。无论是在美学方面还是在道德方面,小说从来就不是一种完美的形式,它的缺点和失败比比皆是。但是它的伟大之处和实际效用却在于其孜孜不倦的努力，将读者本人引入道德生活中去，邀请他审视自己的动机，并暗示现实并不是传统教育引导他所理解的一切。"努斯鲍姆和特里林是不同时代的美国学者，他们擅长的领域也有所不同，前者是哲学家，后者是文学批评家，但他们显然都认同观念（理性）本身的有限性和局限性，尤其是和丰富的生活相比。作为以具体呈现人类日常生活为己任的小说，包含着事物本身天然的复杂性和道德感，那么阅读这样的小说当然会被引入道德生活，从而很自然地在善举中寻觅到恶的踪迹，在恶行中寻觅到善的留痕。这种在善恶之间习惯性的往返与揣度将赋予公共理性相应的复杂性和柔韧性，不用说，那正是努斯鲍姆所期待的。文学当然不是催人泪下的雕虫小技，在优秀文学作品中，在作家对美的观照中总能映现出善那飘忽不定的踪影，虽然这善不像实际的尺子那样便于测量，实际上其自身都难以被窥见，但是它有能力赋予公共理性那把通常过于僵硬的尺子某种柔韧度（一把软尺），以便检测在心灵和道德的罅隙里求生的人们隐蔽的正义感。以此为基础，努斯鲍姆提出自己对小说阅读的期许："小说阅读是一种对人类价值观的生动提醒，是一种使我们成为更完整人类的评价性能力的实践。"

《诗性正义》序言是译者所撰写的一篇文章《走向诗性正义？》，应该是在译者翻译本书之前就已写好，因此译者在括弧里特别强调这是一篇"代译序"。让人颇为意外的是，译者在这篇文章里对努斯鲍姆的观点充满质疑："我们不禁还是要问，基于文学与情感的诗性正义凭什么成为一种值得追求的正义标准？文学与情感是否真的能够提供一种无偏私的中立性标准，真的能够给予那些被忽视的盲点以关切？"不过我们马上要对此类质疑送上我们的质疑：既然译者对此书学术价值评价不高，为何要花费精力将此书译成中文？另一方面，通读全书之后，我们也会发现译者的质疑显然忽略了努斯鲍姆对于自己批评对象的一再限制和确认。简言之，努斯鲍姆对于道德哲学对功利主义的复杂修正是持肯定态度的，以此为参照，《艰难时事》中的讽刺看上去都不够细致"，问题是"经济学版本的功利主义理性选择理论极少包含这些哲学的精致修正"，而且其影响力也要大得多。努斯鲍姆担心的是一种被简化被量化且影响日剧的道德评价标准，它抹杀个人的独立性，同时也抹杀质性区别的结论。正如努斯鲍姆一再强调的，人类生命是一种神秘和极其复杂的东西，是一种需要用思想能力和能够表达复杂性的语言才能接近的东西，但经济学思想对这一事实视而不见。

小说首先以叙述故事为己任，小说当然也会涉及社会、道德、哲学等诸多领域，但小说的这些抽象讨论总是从一个个具体的人类生命开始的，并总是试图表达那些生命丰富的内心世界的一部分。小说这种路径本身就和粗糙的经济学从外部机械地进入人类社会的路径相抵触，甚至背道而驰，它以凸显生命个体独特性和多样性的方式颠覆了以功利目的观察人类的经济学路径。另外，从小说美学角度考虑，它也支持上述观点。小说中的众多人物，赋予它天然的戏剧性，每个人物在文字中展示自己的想法，同时也在文字中揣摩另一个人或者揣摩彼此的想法，这一过程正好可以便利地塑造读者的移情能力——想象他者情感状态和生存处境的能力。这无疑是一项克服自我主义的训练，更进一步讲，只要你没有自我到完全无视真实的他者生命的存在，你怎么可能仅仅是在抽象的数字和冷漠的效果里谈论人自身？通过小说阅读，你会知道每一个人都有一个极其不同但又丰富多彩的世界，最终你对小说人物带有同情心的好奇将会转向你自己，最终你知道你和他们一样都在通向死亡的途中，都只有一次机会去体会生命的悲欣。

在公共理性的领域为文学想象辩护，甚至将文学想象视为社会正义的领航员，这势必会涉及西方哲学史上古老的议题之一，那就是柏拉图在对话录中将诗人和诗树立为正义的对立面加以鞭笞，并要求禁止大多数文学作品的存在，把诗人逐出理想国。在柏拉图看来，戏剧诗人为了取悦观众而有意撩拨人性中易于激动的情感，有意去刺激观众的感伤情绪，从而使人们变得软弱道德败坏，失去对美德和思想（唯一真正有价值的东西）追寻的动力和渴望。这一观念在西方哲学史上大有影响，我们可以在伊壁鸠鲁、希腊和罗马的斯多葛学派、斯宾诺莎、卢梭、托尔斯泰那里找到清晰的回声。在《诗性正义》第三章"理性情感"中，努斯鲍姆首先列出四种反对情感的意见：一是情感是盲目的力量；二是对于情感的放纵将使人们远离美德和思想；三是认同情感在私人生活中的重要性，但质疑它们在公共审议中的作用；四是情感的范围具体而局限，和更大的社会单位——诸如阶级——联系不够。其中第二个意见正是源出柏拉图，努斯鲍姆也承认相较而言第二种意见要深刻得多，也更有说服力。基于这样的原因，努斯鲍姆在全书中辩驳此种意见时遇到了最大麻烦，同时我们也可以确认这是全书中最有学术价值的部分。

首先，努斯鲍姆承认此种意见的深刻很大程度上在于，它向读者展示了它自身的辩论结构，展示了如何反对它以及从何处反对它。"最特别的是，它向情感的支持者和反对者展示，激进的反情感结论建立在极具争议的自洽和超然的规范性主张之上。"而后者正是努斯鲍姆进行辩驳的突破口。努斯鲍姆很快搬出亚里士多德绝非偶然:"就像亚里士多德在很久以前所争辩的,这种情感需要一种信念(指同情怜悯),即相信某人因为别人的过错或他之外的原因而遭受了巨大的痛苦。"亚里士多德这位柏拉图最有力的辩论对手,在《诗学》里就说明了诗的历史比真实的历史更带有普遍性,因为文学更多指向可能的事物而比历史带有更多教化和道德的动机,它自然不会走向道德的反面,而且从实际效果看,诗歌对某些负面情绪也可以起到有益的教化作用。在此基础上,努斯鲍姆继续发力:"建立在美德自洽观点上的哲学总是很难解释为什么仁慈是重要的。""如果我们能够证明,功利主义通过排除情感而认定为'理性'的推理方式剥夺了我们充分地理性地感应他人痛苦所需要的信息,那将是对功利主义严厉的内在批判。"也就是说,如果剔除情感的作用,就是否认他们自身完整看待世界所必需的途径。显然,这样的"理性"思考从根本上是不可能的。

在对反情感诸理论逐个进行批驳之后,努斯鲍姆亮出她所仰赖的另一位著名学者亚当·斯密。这位现代经济学的创立者并不认为理想的理性不应该包含情感,相反,他一直致力于发展一种情感理性的理论,因为他相信某种情感的指引是公共理性的必须要素。但并不是所有情感都可以给公共理性的建设提供助益,比如以自身为中心的那部分愤怒与恐惧的情感就应该首先予以排除,因为"我们应该热心于他人的幸福,而不是沉溺于我们感应与共鸣的图景中"。对于明智旁观者这一观察视角的重视,使斯密(和努斯鲍姆一样)很自然地重视文学的道德指引作用——无可否认,读者身份实质上就是一种对明智旁观者身份的虚拟建构。我们对小说人物喜怒哀乐的感同身受,其实正预示着我们在生活中对他人情感状态的感受能力,虽然不能说不看小说就没有这种感受能力,但小说阅读显然可以强化这种能力,因为语言和修辞的魅力如同帮助我们在做心灵体操,以此来锤炼我们的同情心并加深我们对善的理解。

和许多杰出学者一样,努斯鲍姆每推进一步自己的观点,都要立刻审视新的处境,都要将可能的误区清理一遍。文学想象是重要的,可是天真地未经反思地信赖文学作品仍然是努斯鲍姆并不赞成的,很显然存在着拙劣的宣扬极端思想的文学作品,它们是有害的,无论就何种方面而言都是如此。可是文学的抽象本质使其具有一种天生的道德感,在文字符号和实物之间存在着鸿沟,这鸿沟既是虚无的源头也是祛魅的保证。脱离了具体物质回报的庸俗思想会比庸俗行为还要让人难以忍受,而写作和阅读行为本身其实就暗含着道德意味,这两种行为从表象上看都不可能挪动一片树叶,它们具备的外在仪式感从根本上保证了文学总体上是一种正面的建设性的力量——哪怕在公共理性建设的领域也依然可以体现出这一点。

第四章"诗人作为裁判"从惠特曼坦荡的诗句开始,以对几个著名案例的分析结束。惠特曼热情奔放的诗句,呼唤各种"复杂事物的仲裁人":"他是他的时代和国家的平衡器,/他以自己的鉴定信念力挽狂澜,避免时代背信的趋势,/他不是辩士,他是裁判(大自然绝对承认他),/他不像法官那样裁判,而是像阳光倾注到无助者周围。"这些精彩的诗句给努斯鲍姆有关文学想象和社会正义关系的思考提供了很好的例证,诗人不是法官却是各种复杂事物的仲裁人,很多时候即便法官们摆弄着手中的法律条文,对此也是一筹莫展。凭什么诗人可以做到这一点,可以成为时代和国家的平衡器?因为他没有刻板地依照规条予以仲裁，而是像阳光倾注到无助者周围那样，以关爱和同情心去体察事物的每一个皱褶每一个纹理，他自然也就可以做到最细致的辨析——以及最明智的裁决。当然，努斯鲍姆也习惯性地警觉，诗人热情的宣言固然过瘾，但和公共理性相距有点过于遥远，她仍然坚持要把文学想象奔放又敏感的作用，和技术性的法律推理、法律知识联系起来，以限定想象在其中发挥作用的边界，从而最终形成司法中立性的复杂思想。在全书末尾，努斯鲍姆再次确认，裁判者技术性能力是基础性的，但还必须借助文学想象去培养包容人性理解人性的能力。"如果缺少这种能力，他们的公正就将是迟钝的，他们的正义就将是盲目的。"诗性正义将以自己诗人般的敏感和热情，去拥抱公共理性中最阴暗最易为人忽视的角落。它是"连接星群的线索"，它是潜藏在地平线下的广大的呼声，它是公共事务中赖以度过海难的救生船。在它的光照下，文学和法律最终握手言和。

2014 年

跋

　　本书收录了我在 2012 年至 2019 年间撰写的二十六篇文章，最早的《诗如何承担"可怕的责任"？》发表于 2012 年 4 月 1 日的《东方早报·上海书评》，最晚的《刷新第三帝国的历史与记忆》发表于 2019 年 7 月 27 日的《新京报》。书的主体部分完成于 2014 年和 2015 年，这两年撰写的文章有十四篇收入本书。2014 年 4 月"腾讯·大家"邀请我开设专栏，我就考虑这个专栏应该有一个相对集中的主题，正好"腾讯·大家"编辑赵琼约我写的第一篇文章，是给莱维著作《被淹没和被拯救的》撰写书评，而我对"二战"时期集中营文学的兴趣由来已久，之前就写过一些相关文章，所以欣然答应，而且也顺便把这个专栏主题确定为对于集中营文学的观察和评论，兼及纳粹统治时期的历史与文化。我的"腾讯·大家"专栏更新很慢，大约一年的时间里我写了十篇文章，其中九篇都和预先设定的这个主题有关，这九篇文章也都收纳在本书中。

　　与此同时，我也在给别的媒体撰稿，和我熟悉的编辑朋友也都了解我的兴趣所在，他们的部分约稿也和我对集中营文学的兴趣重叠，比如以前的《凤凰周刊》编辑、现在的《新京报》编辑徐伟，他在这两份媒体供职时一直持续地向我约稿，本书中有五篇文章是应徐伟的约稿而写：《从见证者到写作者》《让历史真相从迷雾中浮现》《真相为何难以追寻》发表于《凤凰周刊》，《〈生而有罪〉：我的父母是纳粹》《刷新第三帝国的历史与记忆》则发表于《新京报》。书中其他文章发表于《东方早报·上海书评》《经济观察报》《南方都市报》《天南》《人物》。我要感谢所有向我约稿的编辑朋友，没有他们对我的信任，这本书是不可能完成的，他们是：赵琼、徐伟、吴永熹、张明扬、朱天元、刘铮、黄振伟、赵立。我还要感谢上海雅众出版公司的方雨辰女士，如果不是她以出版人的独到眼光看中这本书稿，这本不合时宜的书还不知道要拖延到什么时候才能出版。

我对纳粹集中营文学发生持久的兴趣，更内在的原因在于我自己作为创作者，因为自身阅历的增长和外部现实事件的不断刺激，逐渐从对文学形式方面（一种纯粹的美）的兴趣转向一种作为见证的文学。而直觉也一再提醒我，这两者之间并不存在泾渭分明的区分，那么通过这本书的写作，我就可以对这个主题的各个方面做持续地、细致地考察。在整个写作过程中，现实与想象、文学与道德、词与物这几组概念错综复杂的关系一直是我关注的核心议题，而在所有这些问题之上是一个更大的问题——见证之难。许多身处恶境中的人都有通过文字（文学）为时代做见证的冲动，但只要和文字发生关系，你就不得不遵循文学内在的规则，这规则考验耐心、考验修辞、考验想象力，最终是在考验善本身。也就是说，以见证为旨归的文学并不会因为自身对于道德上的迫切诉求，而在形式难度方面获得任何豁免，事实上，能起到某种见证作用的文学，通常在形式感方面也比较完善。文学的道德诉求和形式感是同一个事物的两个方面，它们从来都是紧紧拥抱在一起，难分彼此。

　　我是带着疑惑、抱着试图厘清问题的态度进入这本书的写作的，但在完成这本书之后，我最大的感受是，越细致的观察越不可能得出一个一劳永逸的、被简化的答案。复杂性本身是事物真正的原貌，它和堪称伟大的文学道德上的复杂性是相辅相成的。无论就历史事实还是就试图反映这历史的文学而言，恶都是一个巨大的存在，恶似乎具有一种天然的惰性，稍不留神人就会堕入它散发着恶臭的泥淖，难以自拔。善恶是完全不均衡的，和巨大的恶相比，善显得渺小、脆弱和易逝，集中营极端恶劣的现实只是凸显了这种感觉，就像莱维在他的著作中一再强调的那样，真正善良正直的人一定是集中营中第一批死去的人，所有的幸存者都拥有一个带罪之身。我想强调的是，这个幸存者概念可以从集中营这一相对特殊的环境扩大到整个俗世。不用说，这是一个让人沮丧的发现，但它也许可以让我们放弃对善的不切实际的幻想，从而跟"真"靠得更近一点？而文学最终的意义显然不在于拯救，而是让我们直面整个俗世和我们心中的恶，它不提供解决方案，最好的时候它不过提示了路径的可能，而路依旧漫长。

凌越

2020 年 3 月 21 日于广州

图书在版编目（CIP）数据

见证者之书 / 凌越著 . -- 北京：北京联合出版公司，2020.7
ISBN 978-7-5596-4211-0

Ⅰ.①见… Ⅱ.①凌… Ⅲ.①世界文学—文学评论—文集 Ⅳ.① I106-53

中国版本图书馆 CIP 数据核字（2020）第 072172 号

见证者之书

作　　者：凌　越
出 品 人：赵红仕
策 划 人：方雨辰
特约编辑：黄诚政　赵　磊
责任编辑：徐　樟
封面设计：彭振威设计事务所

北京联合出版公司出版
（北京市西城区德外大街83号楼9层　100088）
北京联合天畅文化传播公司发行
山东临沂新华印刷物流集团有限责任公司印刷　新华书店经销
字数191千字　889毫米×1194毫米　1/32　8.5印张
2020年7月第1版　2020年7月第1次印刷
ISBN 978-7-5596-4211-0
定价：58.00元

版权所有，侵权必究
未经许可，不得以任何方式复制或抄袭本书部分或全部内容
本书若有质量问题，请与本公司图书销售中心联系调换。电话：64258472-800